회귀 경찰의

리셋 라이프

회귀 경찰의 리셋 라이프 24

초판 1쇄 발행 2023년 7월 10일

지은이 ㅣ 한길
발행인 ㅣ 최원영
편집장 ㅣ 이호준
편집 ㅣ 송영규 최종건 정재웅 양동훈 곽원호 조정범 강준석 김시언
편집디자인 ㅣ 한방울
영업 ㅣ 김민원

펴낸곳 ㅣ ㈜ 디앤씨미디어
등록 ㅣ 2002년 4월 25일 제20-260호
주소 ㅣ 서울시 구로구 디지털로 26길 111 JnK디지털타워 503호
전화 ㅣ 02-333-2513(대표)
팩시밀리 ㅣ 02-333-2514
E-mail ㅣ papy_dnc@dncmedia.co.kr
블로그 ㅣ blog.naver.com/gnpdl7

ISBN 979-11-364-4591-9 04810
ISBN 979-11-364-2581-2 (SET)

한길 현대 판타지 장편소설

Papyrus Modern Fantasy

회귀 경찰의 리셋 라이프

24

PAPYRUS
파피루스

1장. 사라지다(2)

사라지다(2)

FBI 뉴욕지국의 취조실.

수갑이 채워진 채 의자에 앉혀진 로건이 손톱을 깨문다.

'왜 잡힌 거지?'

FBI가 자신을 범인으로 특정할 단서는 하나도 남기지 않았다고 자부했다.

CCTV는 무조건 피했고, 처음 두 번을 제외하면 먹잇감을 고르는 사냥터인 하트온 닷컴을 할 때도 집이 아니라 허름한 인터넷 카페를 이용했다.

자신과 연인 관계로 착각하는 사냥감들과의 연락도 추적이 어려운 선불폰이나 대포폰으로 했다.

그가 교도소에 갔을 때, 자신들이 저지른 죄는 훨씬 많은데 이런 대처들 때문에 누락된 증거들이 많다고 떠들어 대던 죄수들에게 배운 것들. 로건은 거기서 나름의 개

선을 거쳐 절대 잡히지 않을 방법을 짜냈다.

그런데도 잡힌 거다.

'빌어먹을! 다시 교도소에 갈 순 없는데!'

"대체 어떻게…… 어떻게 해야…… ."

벌컥!

문이 열리는 소리에 돌아본 로건의 눈에 서류 뭉치를 든 보니가 안으로 들어오는 게 보인다.

로건의 맞은편에 앉으며 사건 기록을 내려놓은 보니는 책상 위에 피해자들의 시신 사진을 뿌렸다.

촤락!

"보여?"

파랗게 질려 하얀 천을 덮고 있는, 물에 퉁퉁 부은 시신들.

로건은 슬그머니 시선을 피했다.

보니는 그런 그를 차갑게 노려봤다.

"똑바로 봐. 익숙한 사람들이지 않아, 알렉산더?"

고대 마케도니아 왕국의 왕, 알렉산더 대왕(Alexander the Great).

"아니면 리퍼라 불러 줘야 하나?"

너무도 유명한 영국의 연쇄살인마, 잭 더 리퍼(Jack The Ripper).

'어떻게?'

특별한 인증 절차 없이 가입을 할 수 있는 하트온 닷컴. 그런데 FBI가 자신이 그곳에서 쓴 닉네임을 알고 있다.

"……."

"보라고! 네가 죽인 소녀들이잖아!"

쾅! 움찔!

책상을 내려치는 보니의 행동에 사진을 쳐다봤던 로건이 입술을 깨문다.

역시 아름답지가 않다.

죽어 버리니 아름답지 않게 된 사냥감들.

물에 퉁퉁 부은 추레한 모습을 보니 토악질마저 솟는다.

보니는 그런 로건의 추악한 생각을 생각지도 못한 채 말을 이어 나갔다.

"그래. 볼 수 없겠지. 너도 인간이라면 볼 수 없겠지! 그래도 보라고, 이 자식아! 네가 저지른 짓이잖아!"

"변…… 호사. 변호사를 불러 주세요."

"이런 개……! 후우."

겨우 화를 누른 보니는 로건을 보며 입술을 비틀었다.

"이봐. 알렉산더 킹. 버텨 봐야 소용없어. 왠지 알아? 네 DNA와 피해자들의 몸에서 나온 DNA가 일치했거든."

'뭐?'

눈을 부릅뜬 로건이 보니를 본다.

"그뿐인 줄 알아? 피해자들이 실종된 날에 네가 피해자들과 만나는 모습도 모두 확보했어. 열심히 CCTV를 피해 다니던데?"

쿠웅!

"그럴 리가…… 흡?!"

다급히 입을 막는 로건의 모습에 보니의 미소가 더 짙어진다.

"그럴 리가? 그럴 리가 없다고?"

'빌어먹을!'

실수를 한 로건의 눈이 태풍을 만난 배처럼 흔들린다.

빠져나갈 곳이 없다. 아무리 생각해도 벗어날 수가 없다.

로건이 절망에 빠지는 순간이었다.

"거기까지입니다."

문을 열고 들어오는 노인 오웬 필의 모습에 로건이 입을 떡 벌린다.

아버지, 리암 오데아의 전속 변호사 오웬 필.

"다, 당신이 어떻게 여기에?"

로건을 일견한 오웬 필이 테이블 위에 뿌려져 있는 사진들을 힐끔 보곤 보니를 보며 미소를 지었다.

"FBI는 아직도 이런 방식의 취조를 하나 보군요. 아, 로건 오데아 씨의 변호를 맡은 오웬 필입니다."

그러며 내민 명함에 보니의 눈이 흔들린다.

하머&필. 뉴욕에서 세 손가락 안에 드는 초대형 로펌이다.

'제기랄!'

로건의 부친이 하원의원 리암 오데아이기에 어느 정도 각오는 했는데, 하필 하머&필의 설립자 오웬 필이라니.

보니의 얼굴이 구겨졌다.

"보니 맥마흔입니다."

"예, 맥마흔 요원님. 제 의뢰인께서……."

"잠깐. 정말 저자가 의뢰를 한 게 맞습니까?"

"흠. 지금 물어보면 되겠군요. 로건 오데아 씨, 제가 당신의 대리인이 되는 걸 인정하시겠습니까?"

"……예."

끝났다. 아버지 리암 오데아가 알아 버렸다.

'fuck! fuck! fuck-!'

방금 전과 다른 절망이 눈앞을 가리지만, 일단 이곳을 벗어나는 게 먼저.

로건은 오웬 필의 변호를 받아들이기로 했다.

"그러시다는군요. 이제 제가 로건 오데아 씨의 변호를 맡게 됐으니 제가 참석하지 않은 방금 전까지의 취조는 없던 걸로 하죠."

"그게 가능하다 생각됩니까!"

"제 의뢰인에게 변호사를 선임할 수 있다고 고지했습니까?"

"했습니다!"

"그럼에도 변호사를 부르지 않으셨군요. 전 이게 제 의뢰인을 향한 압박이라고 보는데……."

어떻게 생각하냐는 오웬 필의 눈빛에 보니는 이를 악물었다.

압박, 폭력이 동반된 취조로 획득한 자백은 법적인 효력을 잃을 수 있다. 이로 인해 재판 결과가 뒤바뀐 일이 한두 번이 아니기에 보니는 어쩔 수 없이 뿌려 뒀던 사진을 수습할 수밖에 없었다.

오웬 필은 푸근히 웃었다.

"감사합니다, 맥마흔 요원님."

로건은 옆에 앉는 오웬 필을 놀란 눈으로 봤다.

겨우 말 몇 마디에 옴짝달싹하지 못하는 FBI 요원. 방금 전 자신을 나락으로 밀었던 그가 패배를 하자 오웬 필을 향한 신뢰가 무럭무럭 솟는다.

"앞으로 하실 말이 있다면 제게 먼저 귓속말로 하시면 됩니다, 로건 씨."

"네."

오웬 필은 허리를 꼿꼿이 세우며 FBI 요원을 쳐다봤다.

"그럼 시작하시죠. 왜 제 의뢰인이 이번 연쇄강간살인에 연루됐다고 말하시는 겁니까?"

"연루된 게 아니라 당신의 의뢰인이 범인입니다. 로건 오데아의 몸에서 나온 타액과 피해자들의 몸에서 나온 DNA가 일치했습니다."

오웬 필은 미간을 좁히며 로건을 봤다.

"DNA를 넘긴 겁니까?"

"네, 네. 방금……."

"방금이요? 방금이라……."

뭔가를 깨달은 오웬 필은 의아해하며 보니를 봤다.

"희한하군요. 벌써 DNA 대조 결과가 나온 겁니까? 흠. 지금 이 시각이면 검사팀에 도착하지도 않았을 것 같은

데요."

흠칫!

"……익명의 투서가 있었습니다."

"그래요?"

순간 오웬 필의 미소가 번지자 보니의 가슴을 짚은 불안감이 때린다.

"그러니까 누군가의 악의적일 수 있는 일에 제 의뢰인을 체포한 거군요? 그것도 폭력적인 방법으로요. 의뢰인, 얼굴에 그 상처는 저들 때문에 생긴게 맞습니까?"

로건의 눈이 또르르 돌아간다.

뭔가 좋은 분위기.

움츠러들었던 어깨가 쭉 펴졌다.

"예, 맞습니다. 다짜고짜 제 얼굴을 때리더군요."

"그건 범인인 네가 위험한 짓을 하려고 했기 때문이잖아!"

"범인이 아니라 용의자. 단어 선별을 똑바로 해 주셨으면 좋겠군요, 요원님."

"……용의자 로건 오데아가 미성년 소녀에게 위험한 행동을 하려고 해서 강제적인 방법을 쓴 겁니다."

"위험한 행동?"

로건은 우물쭈물하며 오웬 필에게 귓속말을 했다.

"키스를 하려고 했어요."

"쯧."

오웬 필은 보니를 봤다.

"어쩔 수 없는 상황이었군요. 이건 문제 삼지 않도록

하죠."

"감사하다고 해야 합니까?"

"받아들이죠. 그럼 제 의뢰인을 용의선상에 올린 다른 이유가 뭡니까?"

보니는 방금 전과 다른 사진을 테이블 위에 늘어놨다.

"보입니까? 피해자들이 마지막으로 목격된 그날, 피해자들이 당신의 의뢰인과 만나는 모습들입니다."

오웬 필의 눈에 미세한 흔들림이 생겼다가 사라진다.

"또 이건 당신의 의뢰인이 피해자들과 채팅을 나눈 기록입니다. 보이십니까?"

오웬 필은 로건을 봤고, 로건은 고개를 푹 숙였다.

'쯧.'

"로건 씨. 날 보세요, 로건 씨. 저 소녀들과 정말 연관이 있는 거 맞습니까?"

"네⋯⋯."

"관계는?"

"⋯⋯."

오웬 필은 곧바로 대답하지 못하는 그의 모습에 속으로 얼굴을 구겼고, 보니는 그제야 실실 웃었다.

빼도 박도 못할 증거들.

여기에 방금 채취한 DNA 증거까지 합해진다면 로건은 무조건 구속이다.

그렇게 분위기가 바뀌자 오웬 필은 한숨을 내쉬었다.

'골치 아프게 됐군.'

피해자들과 마지막으로 만난 것도 모자라 채팅까지 했다.

이건 무조건 로건이 범인이다.

"잠시 담배 좀 피울 수 있겠습니까?"

"얼마든지. 여기 재떨이입니다."

실실 웃는 보니의 모습에 혀를 찬 오웬 필은 담배를 물며 채팅 내역을 봤다가 눈을 빛냈다.

'호오? 이것 봐라?'

마치 연인끼리 대화를 나눈 듯한 내용들.

그의 머리가 빠르게 돌아가기 시작했다.

"로건 씨, 이것만 대답하세요. 저들과 연인 관계였습니까?"

"네? 네."

"알겠습니다."

아직 불을 붙이지 않은 담배를 수습한 오웬 필은 콧대를 슬그머니 세웠다.

"그래서요?"

"뭐라고요?"

"연인끼리 서로 만날 수 있지 않습니까. 물론 제 의뢰인이 미성년을 만난 건 지탄받아 마땅한 일입니다. 하지만 겨우 그런 걸 가지고 제 의뢰인을 범인으로 몰다니…… 좀 불쾌하군요."

보니의 얼굴이 딱딱하게 굳는다.

"피해자들과 마지막으로 만나 그들과 함께 멀리 이동한 정황들도 있습니다! 그것도 피해자 셋의 시신이 떠내려왔던 허드슨강을 따라서!"

보니는 로건의 차, 머스탱 GT가 뉴욕을 빠져나가 허드슨강을 따라 올라가는 사진들을 보여 주며 의기양양한 표정을 지었다.

"그뿐만이 아닙니다!"

뉴욕시의 곳곳에서 발견된 다른 세 명의 피해자.

보니는 피해자들의 시신이 발견되기 몇 시간 전, 또는 전날에 그 인근에서 찍힌 로건의 차량 사진들도 보여 줬다.

이래도 범인이 아니냐는 표정에 오웬 필은 의아해하는 표정을 지었다.

"그게 어떻다는 거죠? 만나고 헤어졌을 겁니다. 그렇죠, 로건 씨?"

"……네? 아, 네! 그날 만나고 헤어졌어요!"

"이봐! 그럼 피해자들의 손톱에 남은 네 혈흔은 어쩔 건데!"

오웬 필은 푸근히 웃으며 로건을 봤다.

"싸웠습니다. 그렇죠, 로건 씨?"

"네? 네! 싸웠어요! 그, 그게 어떻게 된 거냐면……."

"제게 귓속말을 하라니까요."

"아."

오웬은 다급히 귓속말을 했다.

"싸, 싸웠어요."

"그리고요?"

"그, 그러다 보니…… 그러다 보니…….."

말을 제대로 잇지 못하는 모습에 다시 혀를 찬 오웬 필은 미소를 지으며 보니를 봤다.

"연인끼리 싸우다보면 피를 볼 수도 있는 법이죠. 제 의뢰인은 드라이브를 가셨다가 싸우시고 피를 보신 후 홧김에 피해자들을 두고 오셨다는군요. 거기다 뉴욕 곳곳에서 발견된 피해자들이 유기된 장소 근처에 제 의뢰인이 가신 건 우연이라고 합니다. 거기에 가셨는지도 기억을 못하시는군요."

"지금 그게 말이 된다고 생각합니까! 피해자들의 손톱에 남은 혈액은 한 번 할퀴어져서 남은 게 아니라 며칠에 걸쳐 남은 겁니다! 혈액과 이물질이 겹겹이 쌓였어요!"

"피가 많이 나면 그럴 수도 있는 법이죠."

"뭐라고요?!"

"전 제 의뢰인의 말을 믿을 수밖에 없습니다."

"이익! 이봐, 그럼 피해자들이 시신으로 발견됐을 때 왜 신고를 안 한 건데!"

"무서운 게 당연하잖습니까. 게다가 제 의뢰인은 전과도 있고요."

"당신에게 물은 게 아닙니다!"

"네, 네. 무서워서……."

쾅!

"야! 자꾸 이럴 거야?! 너 이렇게 협조를 안 해 주면 나도……."

"거기까지. 지금 제 의뢰인을 협박하시는 겁니까?"

"……."

"그리고 제 의뢰인이 피해자들을 죽였다는 확실한 증거

는 어디 있습니까? 저도 이 사건에 대해 어느 정도 압니다. 피해자들 모두 마약과 근육이완제에 의해 무력화됐다지요? 제 의뢰인이 그걸 매입했다는 증거는 있습니까?"

"빠득!"

오웬 필은 피식 웃으며 몸을 일으켰다.

"할 말이 더 없는 것 같군요. 일어나시죠, 의뢰인."

"예? 아, 예. 그러죠."

콧대가 살아난 로건의 모습에 보니는 이를 악물었다.

"로건 오데아, 뉴욕을 벗어나지 않는 게 좋을 거야."

"수고하세요."

저벅저벅. 쿵!

"FUCK-!"

보니는 사건 파일을 집어 던지며 분통을 터트렸고, 거울 유리 밖에 서 있던 종혁은 어이없다는 듯 웃었다.

"저 개새끼 봐라?"

그는 핸드폰을 들었다.

-네. 그레이스 탐정사무소입니다.

"납니다. 의뢰 좀 하나 합시다."

종혁의 눈이 살의로 물들기 시작했다.

* * *

"감히 네가 또!"

쩌억!

얼굴을 얻어맞고 튕겨 나간 로건이 공포에 질린 눈으로 아버지 리암 오데아를 본다.

몸이 그리즐리처럼 두꺼운 리암 오데아.

"똑바로 말해. 맞아?"

"아, 아니에요! 저 정말 아니에요, 아버지!"

"이 자식이 그래도!"

뻐억!

로건의 복부에 틀어박히는 리암의 발.

"컥! 커어억!"

"말하라고! 그래야 내가 뒤처리를 할 거 아니야!"

'뒤처리?'

순간 흔들리는 로건의 눈.

리암 오데아는 그런 아들의 머리채를 잡아 젖혔다.

"악!"

"평소였다면 네가 그 미천한 것들을 죽였든 죽이지 않았든 상관하지 않았을 거야."

그깟 동양인 몇 명 죽었다고 무슨 상관일까.

저번에 로건이 교도소에 수감이 된 것은 피해자가 버젓이 살아 있고, 그 배경도 남달랐기에 어쩔 수 없었기 때문이다.

정말 겨우 막았다. 그때 얼마나 큰 손해를 봤는지 모른다.

문제는 아들 로건의 범행이 리암 오데아 자신의 정치인생에 큰 악영향을 끼친다는 거다.

다른 것도 아닌 살인. 그것도 미성년 연쇄강간살인.

"하지만 지금은 상황이 달라. 네가 구속되는 순간 내 정치 인생도 끝난다고! 하나뿐인 아들인 네가 하나뿐인 이 아버지의 앞길을 막는 거라고, 이 자식아! 그럼 내가 널 가만둘 것 같아?!"

"아, 아버지……."

"맞아? 아니야?"

"……마, 맞아요."

쩌억!

로건의 얼굴에 꽂히는 리암 오데아의 주먹.

이윽고 로건의 전신을 리암의 주먹과 발이 두들기기 시작했다.

"악! 아악!"

로건은 몸을 둥글게 만 채 이 폭력이 어서 지나가기를 간절히 바랐다.

"후욱! 후우. 어디야. 마약이랑 그 약 어디다 숨겼어? 그 동양인 년들을 죽인 곳은?"

"그, 그게……."

로건은 재빨리 말했고, 리암 오데아는 어이없어했다.

"거길 대체 어떻게……."

"그게 우연히……."

헛웃음을 터트린 리암 오데아는 우물쭈물하는 아들의 턱을 발로 걷어찼다. 그 좋은 머리를 이따위로 쓰는 게 화가 나서 견딜 수가 없었다.

"아악! 아아악!"

피와 이를 뿜은 후 얼굴을 붙잡고 버둥거리는 로건.

리암 오데아는 소파에 앉아 있는 오웬 필을 봤다.

"어떻게 하면 좋겠나, 오웬."

후룩! 여유롭게 커피를 마신 오웬 필이 입을 열었다.

"아무것도 하지 마십시오."

"……왜지?"

"FBI가 저희를 감시할 테니까요."

로건뿐만 아니라 리암 오데아, 그의 보좌관, 그리고 오웬 필 자신까지 감시를 할 거다.

전화, 문자, 메일 등 모든 연락 수단을 감청할 거다.

이쪽에서 어떤 제스처를 취하는 순간 FBI가 움직일 거다.

"그건 불법이야!"

"FBI가 합리적인 집단이던가요?"

아니다. 그들은 특별한 상황이 되면 법의 테두리 밖에서도 움직이는 집단이다.

이번 사건이 그런 특별한 경우다.

동양인 소녀가 연쇄 강간 살해를 당했다. 중국계, 일본계, 한국계, 동남아계까지.

동양인이 들고 일어날 거다.

물론 평소 같았으면 별문제 없겠지만, 현재 시기가 시기다.

"버락 던햄 루터의 당선이 점점 가시화되고 있습니다."

We Can do it. 파탄 나고 있는 경제에 괴로워하는 미국인들이 동요하고 있다.

정권 교체.

떨어지는 낙엽조차 피해야 할 시기다.

"……그래서 어떡하란 말인가?"

"제가 처리하겠습니다."

"자네가? 괜찮겠나?"

"특별한 상황이라고 해도 변호사인 절 건드리긴 힘들 겁니다."

그것도 뉴욕에서 세 손가락 안에 드는 초대형 로펌의 주인인 자신을 말이다.

"대신……."

"아, 그건 걱정 말게. 두둑이 챙겨 주지. 우리 쪽 일감도 다 하머&필로 몰아주지."

고개를 끄덕인 오웬 필은 몸을 일으켰다.

"일주일만 기다려 주십시오."

"……괜찮겠나? 들어 보니 전 시장을 날려 버린 요원이 그 수사팀에 있다더군."

"아, 한국에서 왔다는 그 최라는 경찰을 말하시는 거군요."

"그래. 최."

뉴욕의 영웅, 최종혁.

그동안 해결한 사건들을 보면 마치 행운의 여신에게 사랑을 듬뿍 받는 것처럼 운이 좋은 요원이다.

"흠. 그는 크게 신경 쓰지 않아도 될 겁니다."

얼마 전, 소위 라비 일병 사건 때 NCIS와 대립을 한 것으로 징계를 받은 걸로 알고 있다.

"또한 FBI에 있는 제 지인에게 듣기로 그는 나서는 타입이지 누군가를 보조할 타입이 아니라더군요."

나이도, 계급도 한참 낮으면서도 진두지휘를 하지 않으면 직성이 풀리지 않는 타입.

여태까지 사건을 해결한 방식뿐만 아니라 베테랑 요원들을 마치 부하처럼 끌고 다닌다는 게 그 증거다.

"만약 그가 이번 사건에 끼어들었다면 아까 취조실에서 만나게 됐을 테죠."

"……어린놈이 성공의 맛을 본 거군."

"재산도 무척이나 많다고 합니다."

"거만하겠군."

리암 오데아는 그제야 안심할 수 있었다.

"곧 언론을 움직일 겁니다. 그래야 제가 틈을 낼 수 있습니다."

"부탁하지."

"적당히 패십시오. 지금은 병원도 보내면 안 됩니다."

"그러지."

고개를 끄덕인 오웬 필은 몸을 돌렸고, 리암 오데아는 팔을 걷으며 로건에게 다가갔다.

"아, 아버지! 자, 잠…… 악! 아아악!"

등 뒤로 울리는 비명 소리를 들으며 리암 오데아의 저택을 나선 오웬 필은 담배를 물었다.

'보니 맥마흔.'

방금 전 언급된 종혁과 다르게 평범하기 그지없는 FBI

요원.

"인력을 동원해 봤자 저 두 부자를 감시하는 게 전부겠지."

무리한다면 오웬 필 자신까지.

그렇다면 증거물을 없애는 데 별문제 없다.

오웬 필은 미소를 지으며 차로 향했다.

멀리서 누군가 자신을 지켜보고 있다는 것도 모른 채 말이다.

* * *

쾅! 쾅쾅!

보니가 책상을 내려치며 분노를 토해 내고, 그걸 지켜 보던 종혁이 쓸쓸히 웃는다.

"빡세네, 미국. 시부랄 거."

한국 같았으면 충분히 구속 사유였을 이번 사건.

그런데 빠져나간 거다.

오웬 필은 이쪽의 맹점을 너무도 정확하게 찔렀다. 너무 아프다 보니 웃음밖에 안 나왔다.

종혁은 우울해하는 몰리에게 다가갔다.

"손우드와 플레젠트빌, 그 주변 도시에 리암 오데아나 그 가족과 일가친척 보좌관 혹은 차명이든 뭐든 아무튼 소유한 부동산이 있는지 확인해 봤어요?"

"없어. 아무것도……."

"빌어먹을이네."

"미안."

"몰리가 미안할 게 뭐 있어요."

이렇게까지 치밀하게 움직인 로건, 그놈이 대단한 거다. 이 정도면 인정해 줘야 했다.

"개새끼."

왜 범죄자들은 이렇게 똑똑하나 모르겠다.

"후우. 미안, 최."

"보니는 또 왜 미안해하는 겁니까?"

어느새 다가온 보니가 울상을 짓는다.

"네가 많이 도와줬는데……."

"됐습니다. 그보다 어쩌려고요?"

"……보스를 만나 봐야지."

위험하게 빛나는 보니의 눈빛.

종혁은 그가 감청을 요청하려는 것임을 알아차리곤 혀를 찼다.

"하지 마요."

뉴욕 남부 연방검찰청의 검사장이었던 리암 오데아.

거기다 악마라는 수식어도 아깝지 않은 오웬 필.

FBI의 수사 방식에 대해 훤히 꿰고 있을 거다.

그쪽에서 언론 플레이를 하는 순간, 만약 이쪽이 감청을 한다는 게 들키는 순간 보니의 목이 날아갈 수도 있었다.

보니는 그런 위험한 짓을 저지르고 하는 것이었다.

"알아. 하지만 그렇게 해서라도 확실한 증거를 찾아야 돼."

'내가 놓친 거니까.'

자신이 조금만 더 빨리 움직였다면 확실한 증거를 확보했을 거다. 그렇다면 로건을 이렇게 허무하게 풀어 주지도 않았을 거다.

"차라리 발로 뛰어요, 보니. 범위를 많이 좁혔잖아요."

또 곧 놈들은 증거를 인멸하려고 들 거다. 놈들을 감시하다가 움직이는 걸 뒤쫓으면 된다.

"알잖아. 그놈들, 절대 본인들이 움직이지 않을 거야."

분명 믿을 수 있는 누군가를 시킬 거다. 그러니 이 방법밖에 없었다.

"고마웠어, 최. 이 신세 꼭 갚을게."

"보니!"

씩 웃은 보니는 종혁의 어깨를 두드리곤 캘리 그레이스에게로 향했고, 혼자 모든 책임을 지려는 그의 모습에 종혁은 얼굴을 일그러트렸다.

"아오, 진짜!"

머리를 벅벅 긁은 종혁은 탕비실로 향했다.

쾅!

"개좆같네, 진짜. 아으! 이건 또 뜨겁고 지랄이야!"

방금 따른 커피를 마셨다가 화를 내는 종혁에게 벤과 드롭이 다가선다.

"보니 방금 보스한테 가던데 무슨 일이야?"

"무슨 일은요? 선을 넘겠다는 거지."

"……테러에 준하는 사건도 아닌데?"

"이러나저러나 목이 위험하긴 하잖아요."

6명의 피해자가 나올 때까지 범인을 잡지 못했고, 기껏 잡은 용의자도 허무하게 놓아준 상황.

여기에 로건 오데아의 부친, 리암 오데아가 압력까지 넣는다면 중징계가 내려질지도 몰랐다.

보니는 어차피 징계를 받을 거 선을 넘겠다는 것이었다.

"빌어먹을!"

벤이 쓰레기통을 걷어찬다.

"그 자식이 범인 맞는데 대체 왜……!"

변호사란 놈들은 왜 그런 악마들을 위해 일을 하는 것일까.

왜 정당한 법의 심판을 받지 못하게 하는 걸까.

씩씩거리는 벤과 드룹이 종혁을 본다.

"최, 이대로 가만있을 거야?"

그동안 기발한 방법으로 여러 사건을 해결한 종혁.

둘의 눈이 위험하게 번들거린다.

그건 종혁도 마찬가지다.

"그럴 리가요."

'그 새끼가 거리를 활보하고 다니는 꼴을 보라고?'

차라리 혀 깨물고 죽고 만다.

이를 간 종혁은 헨리에게 전화를 걸었다.

'범위는 많이 좁혔어.'

"접니다, 헨리. 이런 부탁을 드려서 죄송한데, 플레젠트빌과 손우드, 호손 비롯해 그 주변 도시와 마을의 주민 대표들을 은밀히 좀 모아 주실 수 있겠습니까?"

영악하기 그지없는 로건.

분명 손우드 쪽으로 향했지만, 그러는 척 플레젠트빌로 돌아갔을 수도 있다. 그렇기에 플레젠트빌도 범위에 포함시켜야 했다.

—이야기는 들었습니다. 무슨 일입니까?

"현상금 좀 걸려고요. 한 5백만 달러 정도."

—흐음?

벤과 드롭도 경악하며 종혁을 봤고, 종혁은 이를 갈았다.

'이번 사건에 내 남은 돈 모두 털어 넣는다, 개새꺄.'

빠드득!

*　*　*

웅성웅성.

한자리에 모인 각 도시와 마을의 시장을 비롯한 주민 대표들이 당혹스런 표정으로 이야기를 나눈다.

"대체 뭔 일이데요?"

"그러게? 뭐 좀 아시는 거 있어요?"

"나라고 알까요."

갑작스런 CIA와 FBI의 호출.

각기 인구가 3만이 채 되지 않는 작은 도시들, 보안관이나 겨우 있는 그들에게 있어 영화나 드라마, 뉴스에서나 봤던 CIA와 FBI의 부름은 당황과 공포를 일으키기에 충분했다.

CIA 요원들이 찾아와 무작정 데려왔기에 공포심이 더 컸다.

벌컥!

문이 열리며 선글라스를 낀 요원들이 들어오자 그들은 입을 다물며 마른침을 삼켰고, 종혁은 겁에 질린 그들을 보며 고개를 숙였다.

"이렇게 급하게 모시게 된 것을 사과드립니다. 반갑습니다. FBI의 최종혁입니다."

"크흠."

"어흠흠."

"거 무슨 일인지 모르겠지만, 사람을 이렇게 납치하듯이 데려와도 되는 겁니까? CIA와 FBI쯤 되면 그래도 되는 겁니까?!"

"맞아! 내 친구가 누군 줄 알아?!"

겁을 먹은 사람들 사이에서 슬쩍 불쾌함을 드러내는 몇몇 사람들.

"죄송합니다. 제가 마음이 앞서서 바쁘신 분들에게 큰 결례를 범했습니다. 그래도 여러분들이 사는 도시와 마을에 이득이 되고자 하는 일을 논의하기 위함이니 부디 잠시만 제 이야기에 귀를 기울여 주시면 감사하겠습니다."

'이득?'

'FBI와 CIA가?'

주민 대표들은 팔짱을 끼며 어디 한번 말해 보라는 듯

한 제스처를 취했고, 종혁은 뒤의 화이트보드에 크게 인쇄한 로건의 차 사진과 로건의 사진을 붙였다.

"이 차와 이 사람을 찾습니다."

이해할 수 없는 말에 미간을 좁히는 사람들에게 로건과 차의 사진이 나눠진다.

"동양인 미성년을 대상으로 한 연쇄강간살인 사건은 여러분들께서도 뉴스나 신문을 통해 접하셨을 겁니다. 이자는 현재 이 사건의 가장 유력한 용의자로, 여러분들의 마을에서 피해자들을 강간살해한 것으로 추정되고 있습니다."

"오, 신이시여."

"으음."

순간 얼굴이 구겨지는 사람들.

그럴 수밖에 없다. 인구가 3만도 안 된다는 건 범죄 역시 그만큼 일어나지 않는다는 뜻도 되기 때문이다.

청정한 손우드, 범죄 없는 호손.

이런 자랑스런 캐치프레이즈로 외지인 유입과 사업 유치를 위해 애쓰는 그들에게 있어 연쇄강간살인이라는 끔찍한 범죄는 절대 일어나서는 안 될 일이었다.

"다행히 여러분들 마을의 주민은 아니지만……."

그 말에 안도를 하던 사람들이 얼굴을 구긴다.

"뭐요? 이봐! 지금 바쁜 사람들 모아 놓고 뭐하는 짓이야!"

"그래! 맞아! 이게 무슨 도움이 되는 이야기란 거야! 아는 기자들 많은데 이거 한번 지껄여 볼까! 어?!"

자신들 도시나 마을에 있어 치부가 될 일이라서 그런지 사람들은 불같이 화를 내기 시작했고, 종혁은 그런 그들을 서늘한 눈으로 응시했다.

"결정적인 제보를 해 주는 마을 및 지역에 5백만 달러를 지불하겠습니다."

결정적인 제보를 해 주는 사람에게도 십만 달러의 현상금을 지불할 거다.

쿵!

사람들이 입을 떡 벌렸다.

"그런데 그 지역만 준다면 섭섭하겠죠?"

종혁은 손우드의 시장를 향해 고개를 돌렸다.

"손우드가 크게 3개의 구역으로 나뉘던가요?"

"그렇소만?"

"혹여 제보를 하지 못하셔도 각 구역당 백만 달러씩 지역발전기금을 내도록 하겠습니다."

그 말에 손우드뿐만 아니라 다른 도시와 마을의 주민 대표들도 눈을 부릅뜬다.

"……하! 지금 그걸 믿으라는 겁니까? FBI가 무슨 돈이 있어서!"

"마, 맞아! 지금 사기를 치려는 겁니까! 아니, 당신들 FBI 맞아?!"

종혁은 품에서 부동산 권리증서를 꺼내어 가장 가까이 있는 사람에게 넘겨주었다.

"이게 무슨……."

"7천만 달러가 훌쩍 넘는 뉴욕 소재의 펜트하우스입니다. 센트럴파크가 보이는 멋진 놈이죠. 거기 매수인 이름 보입니까?"

"쟁…… 혹…… 초이?"

"방금 제 이름이 뭐라고 했죠?"

"초이……?!"

"최종혁. 영어로 종혁 최. 예, 접니다. 이걸 담보로 걸죠."

"미, 미친."

"뭐야. 뭔데? 혼자만 보지 말고…… 오 마이 갓."

사람들 사이로 당황이 번져 간다.

부동산 권리증서를 다시 넘겨받은 종혁은 말을 이었다.

"보시다시피 저 돈 많습니다. 제가 돈을 드리지 못한다? 그럼 이걸 내놓겠습니다. 여러분들께서 나눠 가지시든 독식을 하시든 신경 쓰지 않겠습니다."

"우리 CIA가 보증을 서겠습니다."

"우리도 보증을 하겠습니다."

꿀꺽!

"어흠. 그래서 뭘 하면 된다는 거요?"

종혁은 이제야 들을 준비가 완벽하게 된 그들을 향해 허리를 숙였다.

"이 차와 이 사람과 관련된 모든 행적을 찾아 주십시오. 부탁드리겠습니다."

사람들은 멍하니 종혁을 응시했다.

종혁이 떠난 자리.

종혁은 떠났지만, 종혁이 모은 사람들은 쉽게 일어서지 못한다.

"어, 어떻게 생각하세요, 브룩 씨? 아니, 시장님?"

"조용히 해 봐. 생각하고 있으니까."

손우드의 시장뿐만 아니라 다른 도시의 시장들도 생각에 잠긴다.

'범죄자 한 명을 잡고자 7천만 달러가 넘는 돈을 태운다고?'

미친놈이다. 이 나라에 이런 요원이 있다는 게 믿기지가 않는다.

하지만 CIA와 FBI가 보증을 했다.

믿지 않을 수가 없었다.

'그렇다면 진짜란 소린데…….'

인구가 만 명조차 안 되는 작은 도시 손우드에게 있어 5백만 달러는 굉장히 큰돈이다.

물론 시 예산에 비할 바는 안 되지만, 그래도 거의 10퍼센트는 된다. 즉, 이 돈이면 도로를 정비할 수 있고, 노인들을 위한 복지도 더 규모를 키울 수 있단 소리다.

아니, 3백만 달러만 있어도 굉장히 많은 일을 할 수 있었다.

'이런 치적을 만들면 다음 선거도 내가 승리한다는 거지…… . 선거…… 승리…… .'

그런데 만약 손우드에서 아까 그놈의 행적을 찾을 수 있다면?

만약 결정적인 제보를 하는 사람이 손우드의 주민이고, 그에게 자신이 직접 십만 달러를 준다면?

"훗!"

손우드의 시장뿐만 아니라 다른 도시의 시장들도 동시에 웃음을 터트렸다가 서로를 보며 이를 드러낸다.

"흥!"

"하!"

고개를 팩 돌린 그들은 각 구역의 대표들을 응시했다.

"이 사진들, 구역 주민들이 다 알게 하는 데 얼마나 걸리겠어?"

'아, 그리고 경찰서장도 불러야겠군.'

시장들의 눈이 욕심으로 번들거리기 시작했다.

* * *

"감사합니다. 수고하셨습니다."

"친구의 부탁은 거절하는 게 아니죠. 저희의 도움이 필요하면 언제든 연락 주십시오."

고개를 숙인 CIA는 차를 몰고 떠났고, 손우드의 유일한 숙박 시설 앞에 선 종혁은 한숨을 내뱉었다.

"후우."

"최."

벤과 드롭이 돌연 심각한 표정을 짓는다.

"저치들과는 어떻게 아는 사이인 거야?"

"아, 내가 개발한 수사기법 때문에 알게 됐어요. 귀화하라고 계속 절 유혹 중이거든요."

"뭐야, 그런 거였어?"

표정을 푼 둘 중 벤이 핸드폰을 들었다.

"예, 보스. 저희는 뭔가 나올 때까지 이곳에 있을 생각입니다. 아, 예. 감사합니다. 사랑…… 끊었네."

"뭐래요?"

"출장으로 돌려 놓을 테니까 놈을 잡을 증거를 확보하지 못하면 돌아올 생각하지 말래."

"오우."

역시 보스, 캘리 그레이스다.

피식 웃은 종혁은 몸을 돌렸다.

"자, 그럼 씻고 좀 쉬다가 1시간 뒤에 이 앞에서 모이도록 하죠."

이후 이른 저녁을 먹고 손우드를 뒤져 봐야 한다.

로건이나 리암 오데아, 일가친척 등의 명의로 된 부동산이 없다.

그렇다면 놈은 현금으로 피해자를 유린하고 살해한 공간을 사들였을 것이다. 어쩌면 버려진 지 오래된 폐건물 같은 걸 살해 공간으로 삼았을 수도 있었다.

그곳이 손우드일지, 발랄라일지, 호손일지, 플레젠트빌일지는 모르니 그곳들을 모두 뒤져 봐야 했다.

"오케이."

기지개를 켜며 숙박 시설 안으로 들어가는 그들.

방으로 들어와 간단하게 씻은 종혁은 노트북을 켜며 잠시 담배를 물었다.

모이기로 한 시각까지 시간이 남았기에 그동안 CCTV를 더 검사해 보려는 것이었다.

그 순간이었다.

쾅!

갑자기 문을 박차고 들어온 벤.

"최!"

"뭐예요. 무슨 일이에요?"

벤은 대답 대신 켜진 노트북을 돌려 인터넷에 접속했다.

그러자…….

동양인 소녀들, 집 밖으로 못 나가!

엉뚱한 시민을 검거한 FBI.

무능한 FBI. 무고한 시민을 잡을 시간에 범인을 잡아라!

FBI는 범인을 잡을 생각이 없는 건가?

"아나, 씨발."

결국 시작된 저들의 공격.

종혁의 얼굴이 구겨졌다.

"글쎄요. 본 적 없는 차네요. 이 청년도요."

"잘 봐 봐. 이런 차나 사람 본 적 없어?"

"없는데요?"

"대체 누군데 이러는 겁니까?"

"아니야. 늦은 시각에 미안해. 쉬어."

웬만하면 모두가 잘 시간인 저녁 10시의 작은 도시 발랄라.

콜럼버스 애비뉴의 메이플 스트리트, 약 250여 가구의 주민을 대표하는 오십대의 사내가 한숨을 쉬며 담배를 문다.

"아니, 이 사람들은 대체 뭘 하자는 거야?"

난데없이 자신을 부르더니 이 사진들을 내밀었던 구역 대표.

무려 백만 달러의 지역발전기금이 걸렸다는 말에 눈이 돌긴 했지만, 이 더운 날 쉴 틈 없이 돌아다니다 보니 지금 뭐하고 있는 짓인가 하는 생각이 든다.

"에휴. 그래, 가자. 가."

이제 몇 집 남지도 않았다.

그는 힘을 내며 다음 집의 현관문을 두드렸다.

"헤이! 빌! 안에 있어?"

쿵쿵쿵! 철컥, 철컥!

현관문이 열리며 덩치가 큰 장년인이 걸어 나온다.

"코니? 이 시간에 무슨 일이야?"

"가족들은?"

"아내는 세수 중이고, 애들은 자기들 방에서 TV 보고 있을걸?"

"그래? 미안한데 좀 모이라고 해 줄 수 있을까?"

"무슨 일인데?"

"우리 스트리트의 발전 기금이 걸린 일. 백만 달러짜리."

"……시장이 미쳤대?"

"나도 몰라. 하라니까 하는 거지."

"흠. 알았어. 있어 봐."

안으로 들어간 장년인이 곧 가족들과 함께 현관문 앞에 섰다.

TV를 보다 끌려 나와서 그런지 얼굴이 불퉁한 아이들.

"오랜만이에요, 코니. 무슨 일이에요?"

"오랜만이야, 케니. 다들 잠깐 이 사진들 좀 봐 줄 수 있을까?"

장년인의 가족들이 의아해하며 사진들을 쳐다본다.

"뭐야, 이 비리비리하게 생긴 자식은?"

"혹시 이 청년이나 차를 본 적 있어?"

"글쎄? 본 것 같기도 하고, 아닌 것 같기도 하고."

장년인은 가족들을 둘러봤고, 그들은 고개를 저었다.

그에 주민 대표는 한숨을 내쉬었다.

'하아. 여기도 마찬가지인가.'

이젠 목이 너무 아파 말하는 것도 힘들다.

'나머지 집은 내일 돌아야겠네.'

"알았어. 고마워. 그럼 수고해."

그렇게 돌아서는 순간이었다.

"나 저 차 본 것 같은데……."

"음?"

주민 대표와 장년인 가족들은 집안의 막내인 15살 소년을 쳐다봤다.

* * *

─봄에 친구들이랑 케니스코 저수지에 놀러 갔다가 저녁 늦게 돌아올 때 봤어요. 거기까지 차를 끌고 들어오는 사람은 없어서 분명히 기억해요.

왠지 신경 쓰였던 장소, 케니스코 저수지.

달빛조차 제대로 비추지 않는 어두운 밤, 도로를 따라 발랄라의 명물 케니스코 댐으로 향하던 종혁은 높다란 나무들로 가득한 숲이 나오자 차를 멈춰 세웠다.

'여기서부터 케니스코 댐까지 약 2킬로미터.'

케니스코 댐 위를 가로지르는 도로의 진입로에는 CCTV가 설치되어 있다. 그러나 걸리지 않았던 로건.

즉, 이 2킬로미터 사이에 놈이 사라질 수 있는 어떤 곳, 피해자들을 살해한 장소로 향하는 길이 있을 확률이 굉장히 높다는 소리다.

종혁은 흥분한 벤과 드룹을 보며 입을 열었다.

"개미 새끼 한 마리가 지나갈 법한 작은 길조차 놓치지 맙시다."

"오케이."

"걱정 마."

탁! 탁!

손전등을 들고 차에서 내린 그들에게 숲의 상쾌한 바람이 불어온다.

'여기란 말이지. 여기에 있단 말이지?'

아직 확실한 게 아님에도 맞다는 듯 외치는 촉.

주먹을 쥔 종혁은 모든 긴장을 끌어올리며 걸음을 내디디며 양옆을 자세히 살폈다.

숲. 어딜 봐도 숲.

그들은 굼벵이가 기어가는 것보다 더 느리게 나아갔다.

그렇게 얼마나 걸었을까.

"최!"

20미터 앞서 걷던 벤이 크게 외치자 종혁과 드룹이 반사적으로 땅을 박찬다.

"뭔데요?!"

"여기 봐. 여기 좀 이상하지 않아?"

"……그러네요. 확실히."

우거진 수풀 사이를 더욱 꼼꼼이 메우고 있는 나뭇잎이 무성하게 달린 나뭇가지들.

생각 없이 걸었다면 무심코 지나쳤을 광경이었다.

그러나 유심히 살피자 그것이 인위적으로 놓인 것임을 알 수 있었다.

그들은 그 너머를 손전등으로 비췄다가 낯빛을 굳혔다.

"저거…… 바큇자국 맞지?"

수풀 뒤쪽 흙바닥에 난 두 줄의 바큇자국.

희미하게 보이는 바큇자국이 그 안쪽으로 길게 이어져 있었다.

"가 보죠."

수풀 더미를 뛰어넘은 그들은 바큇자국을 따라 걷기 시작했고, 곧 발견할 수 있었다.

방치된 지 오래된 듯한 아담한 사이즈의 폐가를.

서로를 본 그들은 총을 빼 들며 조심스럽게 폐가를 감쌌다. 드롭은 폐가 뒤편으로. 종혁과 벤은 정문으로.

정문 앞에 선 종혁은 입술을 비틀었다.

'폐가인데 문이 새 거네?'

금방 허물어져도 이상하지 않을 건물인데, 문만 새로 단 지 얼마 안 된 듯 때가 덜 타 있다.

그것도 모자라 녹이 얼마 슬지 않은 자물쇠가 다섯 개나 달려 있다.

벤과 눈빛을 나눈 종혁은 진심을 다해 문을 걷어찼다.

"흐읍!"

꽈아앙!

마치 폭탄이 폭발하는 소리와 함께 자물쇠들이 모조리 박살 나며 안으로 날아가는 문.

그와 동시에 안으로 진입한 종혁과 벤은 그대로 굳어 버렸다.

곰팡이가 피고 이곳저곳이 썩어 바스라진 바닥 한 곳에 쌓여 있는 분변. 여기저기 널려 있는 구토의 흔적.

벽에 고정된 개목걸이가 있고, 강제로 뜯긴 듯한 여성의 속옷들도 여기저기 널브러져 있다.

그리고…….

"이거…….."

폐가 한구석에 자리한 다 썩어 가는 소파 위에 놓인 약통.

여기다. 이곳이 놈이 피해자들을, 그 어린 소녀들을 유린하고 살해한 장소다.

빠드드드득!

그들은 머릿속을 하얗게 태우는 분노에 잠시 아무것도 할 수가 없었다.

"후우. 후……."

종혁은 금방이라도 눈물을 쏟아 낼 것 같은 얼굴로 핸드폰을 들었다.

ㅡ최?

"네, 보니. 발견한 것 같습니다. 놈이 피해자들을 죽인 장소를."

ㅡ……?!

위치를 말하고 전화를 끊은 종혁은 끝내 견디지 못하고 털썩 주저앉고 마는 벤을 일견하며 약통이 굴러다니는 소파로 다가갔다.

아니, 그러다 무언가를 발견한 종혁은 발걸음을 멈춰 설 수밖에 없었다.

소파처럼 다 썩어 가는 나무 위에 널브러진, 정확히는 거기에 놓인 다양한 색의 머리카락이 가지런히 붙어 있는 가죽끈을 본 탓이었다.

"이, 이건?"

이 가죽끈, 본 적 있다.

로건 그놈의 차키가 달려 있던 열쇠고리.

보니가 놈의 소지품을 압수할 때 언뜻 스쳐 지나가듯 봤던 것과 똑같은 것이었다.

"이 개새끼-!"

종혁의 분노가 터져 나왔다.

한편 종혁의 차가 세워진 도로로 한 대의 승합차가 들어선다.

"집을 그냥 불태우면 된다고요?"

"그래. 알려 준 곳으로 가서 휘발유 뿌리고, 라이터 던지고. 원숭이에게 시켜도 해낼 수 있는 일이지."

그런데 이 일에 걸린 돈이 무려 3만 달러다.

'또 재판에 불리해질 어떤 증거를 없애라는 거겠지.'

이런 일이 한두 번이 아니었기에 사십대 사내는 신경을 껐다.

"네 몫은 5천 달러다."

"오오오! 당분간 왕처럼 지낼 수 있겠는데요? 흐흐흐. 응?"

운전석에 앉아 있던 이십대 후반의 사내가 갓길에 세워진 포르쉐 카이엔을 보곤 눈을 동그랗게 뜬다.

"이런 곳에 저런 비싼 차가 왜……. 아, 은밀히 데이트를 해야 하는 분들인가 보네. 크큭. 빌리, 우리 구경 좀 하고 갈까요?"

"그냥 가."

"네?"

"그냥 가라고."

차 안에서 움직임이 없다. 왠지 느낌이 안 좋았다.

그렇게 나아가던 그들은 저 멀리 숲 안쪽으로 향하는 불빛들을 발견하곤 눈을 부릅떴다.

"어? 저, 저기는?"

"세우지 마! 그냥 가!"

"아, 네네!"

중년인은 다급히 핸드폰을 들었다.

"네, 오웬 씨. 아무래도 저희보다 먼저 도착한 사람들이 있는 것 같습니다. 이번 의뢰는 포기하겠습니다."

* * *

리암 오데아의 저택이 보이는 도로 위.

온갖 기기들이 실린 승합차에 앉은 보니가 입을 떡 벌린다.

털썩!

의자에 주저앉은 보니가 통화가 끊긴 핸드폰을 멍하니 쳐다본다.

"뭐야, 무슨 일인데?"

"차, 찾았대. 찾은 것 같대."

"뭘…… 뭐?"

눈을 부릅뜨는 보니의 파트너. 곧 눈시울이 붉어지기 시작한다.

그건 보니도 마찬가지다.

'고마워, 최. 정말 고마워!'

이 은혜를 대체 어떻게 갚아야 할까.

"아! 이, 이럴 때가 아니지!"

그는 캘리 그레이스에게 감시반을 요청하기 위해 핸드폰을 다시 들었다.

그 순간이었다.

지이잉! 지이잉!

"누가 이 시간에……!"

하지만 받지 않을 수가 없다. 이 전화가 누군가의 제보일 수 있기 때문이다.

혀를 찬 그는 전화를 받았다.

"예, 보니 맥마흔입니다."

ー맥마흔 요원. 나 부지국장이야. 지금 어디지? 아니, 상관없겠지. 오데아 의원을 건드렸다고? 그것도 모자라 감청을 해?

철렁!

보니의 심장이 내려앉는다.

-지금 당장 내 사무실로 올라와. 네 파트너도 함께.

"예?! 아니, 전 지금……."

-사건을 뺏기기 싫으면 닥치고 와. 난 분명 지금이라고 말했어.

달칵.

끊겨 버린 전화에 당황하던 보니는 다급히 캘리 그레이스에게 전화를 걸었다.

"예, 보스! 지금 당장 발랄라로 감식반을……."

-부지국장? 미안하지만 나도 올라가는 중이야. 방송국이 FBI가 뉴욕의 하원의원을 감청하는 걸 어떻게 생각하냐고 물었다는군.

"……움직인 거군요."

리암 오데아 하원의원이 움직인 거다.

쿵!

감청 기계를 후려친 보니와 파트너가 이를 악문다.

"후우. 알겠습니다."

전화를 끊은 보니는 몸을 웅크렸다.

"아아아아아악!"

걷잡을 수 없이 터져 나오는 분노와 울화.

발을 동동 구르며 설움을 쏟아 내던 보니는 눈물로 얼룩진 얼굴을 닦으며 종혁에게 전화를 걸었다.

"최, 미안해."

너무 미안해서 할 말이 없다.

* * *

"예, 감사합니다. 부지국장, 조만간 날 잡아서 필드 한 번 돌지요."

콰작!

저택의 거실, 전화기를 부순 리암 오데아가 옆 소파에 앉아 안절부절못하는 아들 로건을 보며 생각에 잠긴다.

'어떻게 해야 할까……'

리암 오데아는 방금 전 도착한 오웬 필을 응시했다.

"한국의 경찰 최, 그놈이 하필 거기에 있다는군."

멍청한 아들이 동양인 소녀들을 강간하고 죽인 그곳에 말이다.

오웬 필은 살짝 놀랐다.

'협조를 할 줄도 알았어?'

이는 실책이다.

"제거할 수 있겠나?"

"안 됩니다. 그러면 일이 너무 커집니다."

일개 FBI 요원이라면 상관없겠지만, 종혁은 현재 전 세계 모든 수사기관이 차용하는 수사기법을 창시한 천재, 아니 괴물이다.

그가 비명에 죽는 순간 전 세계에서 성토가 쏟아질 거다.

또 망신을 당한 미국의 정부가 움직이게 될 터.

"……뭐? 뭘 창시해?"

"믿기 힘드시겠지만 진실입니다."

자신도 이걸 알게 된 후 몇 번이나 다시 확인했는지 모른다.

"그가 조금이라도 다치는 순간 의원님 역시 목을 간수하기 힘드실 겁니다."

로건의 사건에 협조를 하던 와중에 살해를 당했다? 미 정부는 성난 친구들을 달랠 제물로 리암 오데아를 내놓을 수밖에 없었다.

또 설령 죽이려고 한들 제때 시간을 맞출 수 있을지도 불확실했다. 사람을 모아서 보냈을 때쯤엔 이미 그곳에 있는 증거물들은 FBI에 넘겨진 후가 될 가능성이 높았다.

"……."

쩌억!

"악!"

로건의 턱을 후려친 리암 오데아는 이를 악물며 죽일 듯 노려봤다.

"당장 네 방으로 올라가."

"어, 어떻게 하시게요! 저 좀 살려 주세요, 아버지!"

"당장 올라가지 못해!"

움찔 목을 움츠린 로건은 이내 이를 악물며 자신의 방이 있는 2층으로 향했고, 그런 못마땅한 눈으로 응시하던 리암 오데아는 혀를 찼다.

"어떻게 하시겠습니까?"

"어쩔 수 있나. 자수를 시켜야지."

그래야 자신이 여태껏 쌓아 온 커리어와 앞으로의 정치 인생을 지킬 수 있다.

물론 연쇄강간살인마가 아들이기에 정치 인생에 큰 흠집이 남겠지만, 그래도 도망치게 해서 정치 인생이 송두리째 무너지는 것보다는 나았다.

"그리고 피해자들 유족 앞에서 눈물 좀 흘리며 몇 대 맞을 테니까…… 아, 이건 보좌관에게 시켜야겠군. 미안하네."

"아닙니다. 힘든 결단을 하셨습니다."

"결단은 무슨."

대선만 아니었다면 이대로 사건을 묻었을 거다.

아무리 못났어도 아들은 아들. 어느 아비가 아들이 괴로운 일을 당하는 걸 지켜만 볼까.

하지만 지금은 보내야 했다.

'다만 사건은 다른 사람에게 맡겨야겠지.'

최대한 죄를 줄여야 했다. 그래야 대선 때문에 요동치고 있는 정국이 가라앉았을 때 가석방으로 빼낼 수 있었다.

그러기 위해서는 일단 피해자의 유족들을 진정시키며 대중들에게 자신이 정직한 사람이라고 어필할 필요가 있었다.

그게 바로 참회의 눈물이었다.

일명 악어의 눈물.

"저 못난 놈 때문에 이게 무슨 난리인지……."

"술 한잔하시겠습니까?"

"그러지. 로얄살루트 52년산이 있는데 마실 텐가?"

"좋은 술은 언제나 환영이죠. 하하."

그들은 미니바로 향했다.

한편 2층으로 향하는 계단.

"자수……."

철렁 로건의 심장이 내려앉는다.

'나, 날 FBI에 넘긴다고?'

아버지가 아들을 직접.

배신이다. 이건 배신이다.

순간 주저앉을 뻔한 로건은 이를 악물며 2층으로 올라갔다.

"그놈의 정치 인생 때문에 아들을 팔아넘긴다고? 원래부터 그런 사람인 줄은 알고 있었지만, 어떻게 아들을……."

정치란 게 대체 뭐기에 그러는 걸까.

쿵!

방문을 닫은 로건은 얼굴을 쓸어내렸다.

"하하…… 후우. 그래, 당신이 먼저 배신한 거야."

컴퓨터를 켠 그는 페이탈북에 하나의 비밀글을 올렸다.

아버지, 고마워요. 아버지 말처럼 숨어서 잘 살게요 :)

아버지 리암 오데아에게 엄청난 타격이 될 말.

지금쯤 자고 있을 친구에게 내일 아침에 페이탈북을 보

라는 문자를 남긴 그는 핸드폰을 침대에 던져 버리곤 지갑을 챙겨 창문을 열었다.

드르륵!

"아, 이것도 챙겨야지."

트로피인 열쇠고리를 챙긴 그는 창밖으로 기어 나가 지붕을 타고 뒷마당으로 넘어갔다.

그러며 집을 돌아봤다.

다신 오지 않을 집.

"흥."

로건은 어둠 속으로 사라졌다.

* * *

뻐엉!

나무를 걷어찬 종혁이 씩씩거린다.

피해자들의 머리카락을 모아 만든 열쇠고리.

그것이 놈의 트로피였다.

그걸 눈앞에서 봤음에도 알아차리지 못했던 것이다.

실책도 이런 실책이 있을까.

"조금만 더 유심히 살펴봤으면 곧바로 구속이었는데……!"

종혁은 빼도 박도 못할 증거가 눈앞에 있었음에도 알아차리지 못한 스스로를 자책했다.

띠리링! 띠리링!

"예, 최종혁입……."

─최, 미안해. 내가 정말 미안해, 최. 네가 이렇게까지 노력을 해 줬는데…….

"보니? 잠깐만요. 진정해 봐요. 무슨 일이에요?"

─부지국장이 불렀어. 오데아 의원 집 앞에서 철수하라고.

"……리암 오데아 의원이 움직인 거군요."

타이밍이 참 공교롭다.

─아마…… 다른 부서로 사건이 넘어가게 될 거야.

여론을 잠재우려면 FBI는 시민들에게 보여 주기 위해서라도 특별수사팀을 조직해야 된다.

아마 그 팀의 팀장은 리암 오데아의 손길이 닿은 사람이 맡게 될 터.

그러면 이번에 확보한 증거를 토대로 로건 오데아를 입건시킨들 제대로 된 처벌이 이루어질지는 알 수 없는 일이었다.

그리고 보니와 그의 파트너는 징계는 기본이고, 말도 안 되는 일을 트집 삼아서라도 좌천시키려 할지도 몰랐다.

"하, 씨발……."

꽈드득!

종혁의 주먹이 기괴한 소리를 내며 쥐어진다.

'진짜 지랄 맞다. 지랄 맞아.'

─미안해. 미안해, 최…… 흐윽!

울컥!

"미안하긴 뭘 미안합니까! 보니가 잘못한 게 뭐 있다고!"

잘못한 게 있다면 범인을 잡기 위해 열심히 뛴 것뿐이다.
자기 목을 걸어가며 어떻게든 잡으려 발악한 것뿐이다.

－미안해. 정말 미안해…….

"미안해하지 말라고요! 씨발－!"

악을 지른 종혁은 씩씩거리며 담배를 물었다.

"아나, 진짜 지랄 염병이네."

그 순간이었다.

지이잉!

"이 씨발 것은 눈치도 없이…… 응?"

왜 이런 타이밍이 문자가 온단 말인가.

신경질적으로 핸드폰을 보았던 종혁은 잠시 손가락을 멈췄다.

그레이스 탐정사무소에서 온 문자.

－타깃. 도주. 미행 중.

'도주?'

아리송해하던 종혁의 눈에서 순간 빛이 번뜩인다.

"보니."

－최, 미안. 내가…….

"보니!"

－으응?

"이 새끼 튀는 중입니다."

－……뭐?

"로건 오데아가 도주 중이라고요!"

―왜?

그건 종혁 자신도 의문이다.

"아무래도 상황이 여의치 않으니 빼돌리려는 게 아닐까요? 이 장소가 발각된 걸 알아차린 거예요."

감식반을 요청했으니 부지국장이 알았을 수도 있다.

충분히 가능성 있는 이야기였다.

―설마 몸을 숨긴 사이에 사건을 조작하려고!?

"그럴지도요. 시간만 충분히 주어진다면 증거를 조작하거나 무고한 사람에게 죄를 뒤집어씌우는 것도 가능할 테니까요."

터무니없는 이야기지만 리암 오데아, 그리고 초대형 로펌 하머&필에겐 그 정도 힘이 있었다.

심지어 사건을 수사하는 특별수사팀마저 그의 손아귀에서 움직인다면 더더욱 손쉬운 일일 터.

―이런 개……! 어, 어디로? 어디로 도주 중인데?

"걱정 마요. 사람 붙여 놨으니까."

미국, 아니 세계 어딜 가든 놈은 손바닥 안에 있다.

이놈은 언제든 잡을 수 있었다.

그보다는 언제든 상황을 뒤집을 수 있는 힘을 가진 리암 오데아를 무너트려야 한다.

그를 위한 치명적인 무기가 손에 쥐어졌다.

연쇄강간살인범을 도주하게 만든 정치인.

그 알량한 권력도 오늘로 끝이었다.

'함께 날려 주지, 리암 오데아.'

종혁이 흉악한 미소를 짓기 시작했다.

* * *

"후우."

FBI 뉴욕지국 부지국장실에 뿌연 담배 연기가 퍼진다.

나잇살이 볼록 튀어나온 날카로운 인상의 오십대 백인 남성이 캘리 그레이스와 보니를 차가운 눈으로 응시한다.

"테러가 아님에도 감청을 승인하셨더군."

비틀린 미소에 캘리 그레이스의 입가도 뒤틀린다.

"테러에 준하는 상황이지. 뉴스 봤잖아?"

뉴욕에 사는 동양인 소녀들이 무서워서 집 밖을 나오지 못한다고 한다.

"웃기는군. 당신이 언제부터 언론의 눈치를 봤던 거지?"

"오, 마이클. 너도 리암 오데아의 눈치를 보는데 나라고 못 볼 건 뭐야?"

"이봐, 캘리."

"됐고. 하고 싶은 말이 뭐야? 나 지금 남자친구와 데이트하던 도중에 날아온 거야."

"……말이 안 통하는군."

마이클 부지국장이 보니와 그의 파트너를 응시한다.

"리암 오데아의 아들이 이번 사건의 범인이라고? 확실해?"

"확실합니다."

"증거는?"

"감식 결과가 말해 줄 겁니다."

종혁이 발견한 그 폐가에서 로건의 DNA가 나오는 순간 무조건 구속이다.

그런 보니의 말에 마이클 부지국장은 눈을 가늘게 떴다.

"그러니까 이번에도 확실하지 않다는 거군."

"이번엔 정말 확실……."

"아아, 됐어. 이번 사건은 다른 수사팀에 넘길 테니 그렇게 알아."

"부지국장님!"

"그만. 여기까지. 나가 봐."

결국 이렇게 됐다.

보니는 이를 악물며 캘리 그레이스를 봤고, 그녀는 담배를 물며 나른하게 웃었다. 그러나 웃지 않는 그녀의 눈.

"그래서? 리암 오데아의 돈을 받아 처먹거나 네게 충성하는 애들한테 수사를 맡겨서 증거를 조작하시겠다?"

텅엉!

책상을 내려친 마이클 부지국장이 얼굴을 구긴다.

"할 말, 안 할 말은 좀 가려서 하는 게 어때?"

"너부터 할 말, 안 할 말을 가리는 게 어때?"

"뭐라고? 이봐, 캘리!"

"아니면 그 빌어먹을 눈치나 좀 길러 보든가, 이 바보 같은 후배놈아. 내가 왜 이렇게 말하는지 모르겠어? 그냥 좆같아서 지껄이는 것 같아?"

오싹!

그 옛날 상사의 머리에 총구를 들이밀었을 만큼 막 나 갔지만 차마 자르지 못할 만큼 능력이 출중했던 도베르만, 캘리 그레이스.

그녀의 손에 해체된 마피아 조직이 몇 개고, 야인으로 돌아간 정치인이 몇 명이던가. 또 귀신이 된 테러범이 몇 명이던가.

그때의 향기가 물씬 풍겨 오자 마이클 부지국장은 눈매를 좁혔고, 캘리 그레이스는 피식 웃으며 핸드폰을 내밀었다.

"이게 뭔데……."

핸드폰에 띄워진 사진을 보며 의아해하던 마이클 부지국장이 입을 다문다.

"보시다시피 네가 똥꾸멍을 빨아 재끼는 리암 오데아의 아드님이자 연쇄강간살인범이 도망치는 현장 사진. 이 새끼 지금 뉴욕에 없다? 아, 이건 알고 있으려나?"

벌떡!

"무슨……!"

'흐응. 이건 서로 상의가 되지 않은 일인가?'

솔직히 상의가 됐든, 되지 않았든 별 상관은 없다. 어차피 놈은 손바닥 위에 있다.

캘리 그레이스는 일어선 마이클 부지국장의 어깨를 눌러 앉혔다.

"자, 그럼 우리 옛날처럼, 내가 널 가르쳤을 때처럼 문답을 해 볼까? 감식 결과가 나왔는데 로건 오데아가 뉴욕에 없네? 어떻게 될까?"

가장 먼저 리암 오데아가 의심을 받을 거다. 아니, 언론은 리암 오데아가 연쇄강간살인범의 도피를 도운 걸로 낙인찍을 거다.

끔찍한 범행을 저지른 범죄자의 도피를 도운 하원의원이. 뉴욕의 모든 시민을 대표하는 하원의원이 말이다.

치명적이면서도 지독한 스캔들.

그의 정치 생명을 끝장낼 일이었다.

부정(父情)이란 단어로도 커버 칠 수 없었다.

"어, 언론은 막을……."

"내 입은?"

몰랐으면 모르되 알아 버렸다.

그녀의 눈엔 훤히 보인다.

훗날 마이클 부지국장에게 충성하는 요원에게 로건을 인도하며 악어의 눈물을 흘릴 리암 오데아의 모습이.

'그 꼴은 못 보지.'

"캘리!"

"참고로 난 내일 아는 모든 기자들을 데리고 리암 오데아의 집으로 향할 거란다, 마이클. 이번엔 구속 영장을 들고."

즉, 그 낙인을 캘리 그레이스가 찍겠다는 말.

"자, 잠깐!"

"어머. 이렇게 되면 리암 오데아의 뒤를 빨아 주던 너도 타격을 크게 입겠네?"

자신의 부하 직원을 건드리려고 했다.

그것도 모자라 사건을 은폐하려 들고 있다.

FBI 요원으로서, 한 명의 수사관으로서 선을 넘은 마이클 부지국장. 누구보다 FBI를 사랑하고, 범인을 잡는 것에 자부심을 느끼는 그녀로선 결코 봐줄 수 없는 일이었다.

그녀의 눈에서 완전히 감정이 사라졌다.

"진짜 어쩌다 이렇게 된 거니, 마이클."

마이클 부지국장의 얼굴이 하얗게 질린다.

"자, 잠깐, 선배!"

캘리 그레이스의 눈빛에 잔혹함이 깃든다.

"왜? 내가 계속 팀장으로 있으니까 만만하게 보였어? 그런데 알잖아. 나는 승진을 못한 게 아니라 안 한 거라는 걸."

현장이 좋기에 승진을 계속 미룬 것뿐이다.

"그럼 이제 마지막 문제야, 마이클. 너…… 나 감당할 수 있겠니?"

진심으로 분노하는 자신을.

지금까지 쌓아 온 모든 인맥을 동원할 자신을.

당장 본부만 가도 마이클 부지국장의 앞날을 막는 건 땅을 짚고 헤엄치는 것보다 쉬웠다.

"……."

마이클 부지국장이 침묵하자 캘리 그레이스는 눈웃음을 곱게 지으며 그의 어깨를 두드렸다.

"선배로서 마지막으로 충고 하나 할게. 침몰하는 배에선 빨리 내려야 하는 거야."

담배 연기를 뿜은 캘리 그레이스는 몸을 돌렸다.

"뭐해? 안 가?"

"예, 보스!"

또각또각! 쿵!

"……빌어먹을."

핸드폰을 만지작거리던 마이클 부지국장은 결국 고개를 푹 숙였다.

* * *

다음 날, 아침. 리암 오데아의 저택 앞.

커다란 카메라를 든 방송국 기자들과 언론사 기자들이 기대 어린 눈빛을 지으며 캘리 그레이스를 응시한다.

그중 나이가 많은 기자들은 옛 향수를 느끼며 설레어한다.

옛날엔 한 번 떴다 하면 언제나 대형 사고를 쳤던 그녀.

캘리 그레이스는 그런 그들의 눈빛에 한숨을 내쉬며 담배를 물었다.

"다 늙은 할머니에게 뭘 저렇게 바라는지."

"그런 것치고는 화장이 너무 짙은데요? 숍에 다녀오셨

어요?"

"시끄러워."

깐죽거리는 벤을 타박한 그녀는 보니를 봤다.

"네 사건이잖아. 앞장서."

"예? 하지만……."

종혁은 보니의 시선이 자신에게 닿자 양손을 들었다.

솔직히 욕심이 나긴 하지만, 그동안 마음을 졸였을 동료를 위해 양보하고 싶었다.

"끄응. 후우."

파트너와 눈을 마주친 보니는 고개를 끄덕이며 벨을 눌렀다.

지이잉!

반응이 없는 저택.

보니는 입을 크게 벌렸다.

"FBI입니다! 문 열어 주십시오! 이번엔 구속 영장을 들고 왔기에 협조에 불응하실수록 불리해지십니다!"

저택까지 쩌렁쩌렁하게 닿는 외침.

기자들이 집 앞에 모여들었단 말에 다급히 일어났던 리암 오데아는 와락 얼굴을 구겼다.

"영장이라니?"

그는 거의 날듯이 도착한 오웬 필을 응시했다.

갑작스럽게 구속 영장이 통과됐다는 말에 달려온 오웬 필.

"밖에 캘리 그레이스가 있습니다."

흠칫!

"도베르만?"

타란튤라, 암사자 등 수많은 수식어로 불린 그녀.

한때 검사였던 리암 오데아가 그 이름을 왜 모르겠나.

"우리의 수작을 눈치챘다는 거로군. 이빨이 빠진 게 아니었던가……."

실책이다.

영장이 통과됐음에도 마이클 부지국장에게 연락이 안 온 것을 보면 그녀가 손을 쓴 것 같다. 즉, 캘리 그레이스의 힘이 여전하다는 의미였다.

"일단은 로건을 내놓으셔야 할 것 같습니다."

"……그래야겠군."

리암 오데아는 보좌관을 봤다.

"깨워."

"예!"

보좌관은 빠르게 2층으로 달려갔고, 이내 다급하게 내려왔다.

"의, 의원님……."

무슨 일인지 하얗게 질린 그.

"로, 로건이 방에 없습니다. 다른 방들을 뒤져 봐도 없습니다!"

"……뭐? 그게 무슨 말이야!"

다급히 2층으로 올라간 리암 오데아는 경악을 했다.

섬뜩!

"이, 이 미친놈이 결국!"

대형 사고를 쳤다.

도주. 도망을 친 거다. 연쇄강간살인범이.

이제야 캘리 그레이스가 움직인 이유를 깨달은 그의 무릎이 풀린다.

'내가 뒤로 빼돌렸다고 생각한 건가!'

어떻게 이 집에 있는 자신보다 먼저 안 것인지 모르겠지만, 저들은 로건이 이곳에 없다는 걸 알게 됐고 엄청난 오해를 하게 된 거다.

"마, 막아."

"예?"

"막으라고! 저놈들이 절대 내 집에 들어오게 해선 안 돼!"

로건이 없다는 걸 들켜선 안 된다.

들키는 순간 자신은 끝이었다.

"예, 예!"

보좌관이 다시 1층으로 달려가려는 순간이었다.

꽈아앙!

"무슨?!"

폭탄이 터지는 듯한 굉음.

기겁하며 1층으로 내려간 리암 오데아는 박살이 난 현관문과 안으로 들어오는 FBI 요원들을, 그들의 뒤에 있는 캘리 그레이스를 보곤 마른침을 삼켰다.

보니는 그런 그를 향해 영장을 들어 보였다.

"몇 번 고지를 하였음에도 문을 열어 주지 않으시기에

강제적인 방법을 썼습니다. 로건 오데아를 데리러 왔습니다, 리암 오데아 씨."

"……로건은 잠시 자신의 자취방에 가 있으니 이야기 좀 하지. 저 빌어먹을 놈의 기자들도 치우고. 이 무례한 행동은 그것으로 가감하지."

캘리 그레이스를 바라보며 말하는 리암 오데아.

당당한 그의 모습에 보니의 입이 날카롭게 뒤틀린다.

"그 자취방이 뉴욕 밖에 있나 봅니다?"

"뭐?"

보니는 그에게 사진 한 장을 꺼내서 보여 줬다.

뉴욕의 남부에 위치한 뉴저지주의 도시 뉴어크(Newark)의 고속버스 터미널로 들어가는 택시에서 내리는 로건의 모습이 찍힌 사진을.

'뉴, 뉴욕을 벗어났다고?'

"아, 이것도 있군요."

아버지, 고마워요. 아버지 말처럼 숨어서 잘 살게요. :)

"당신의 아드님께서 페이탈북에 남긴 메시지입니다."

"……!"

리암 오데아는 헛숨을 삼켰고, 보니를 비롯한 FBI 요원들이 비릿하게 웃었다.

이제 피날레다.

보니는 숨을 깊게 들이마셨다.

"어라?! 지금 연쇄강간살인범을 도주하게 만든 겁니까−?!"

우르르르르!

기자들이 달려오는 소리에 리암 오데아의 얼굴이 파랗게 질렸다.

* * *

"후으."

햇살이 내리쬐는 아침.

기지개를 켜며 일어선 로건이 침대를 벗어나 창가로 걸어간다.

드넓게 펼쳐진 포토맥강과 커다란 섬들.

뉴욕의 허드슨강보다 좁긴 하지만, 섬들이 있어서 그런지 색다른 매력을 보인다.

"아쉽네."

오늘 저녁, 늦어도 내일 아침이면 다른 곳으로 이동을 해야 된다.

지금쯤이면 자신이 도망쳤다는 걸 알았을 아버지.

하지만 아버지는 자신의 뒤를 쫓기는커녕 도리어 자신이 도주할 시간을 벌어 줄 거다.

"모두가 아버지를 물어뜯기 위해 덤벼들 테니까."

지금쯤이면 자신이 범행을 저지른 장소를 발견한 FBI가 영장을 신청했을 터.

언론도, FBI도 아버지 리암 오데아를 물어뜯기 위해

총력을 다할 거다.

아버지는 이제 자신이 살아남기 위해서라도 최선을 다해 시간을 끌어야만 했다.

네 실수로 인해 주목을 받을 것 같으면 다른 이의 약점을 터트려 화제를 돌려라. 그러면 시간을 벌 수 있다.

아버지 리암 오데아에게 배운 거다.

"한 열흘 정도 여유가 있는 건가? 그 정도면 어디든 갈 수 있겠지."

이미 증거까지 확보된 이상, 아버지가 최선을 다한다고 한들 열흘 이상은 어려울 수밖에 없었다.

하지만 미국을 벗어나기엔 충분한 시간이었다.

테이블로 걸어가 지도를 펼친 로건은 콧노래를 흥얼거렸다.

"캐나다로 갈까? 아니면 멕시코? 흠……."

꼬르륵!

"흠."

생각해 보니 어제 집을 나선 이후 아무것도 먹지 않았다.

가방을 연 그는 가방 안을 가득 채운 돈뭉치 위에 올려진 지갑과 지도를 챙겨 들며 호텔을 빠져나가 아침이라 싱그러운 바람이 불어오는 포토맥 강변을 걸었다.

"어? 이런 곳에 카페가 있네?"

숲길에 덩그러니 놓인 허름한 카페.

조금 더 걸어가야 식사할 곳을 찾을 수 있으리라 생각했던 그는 잠시 고민을 하다가 안으로 들어갔다.

'내가 노출될 동선은 줄이는 게 낫지.'

모자를 깊게 눌러쓰고 있지만 목격자는 최대한 줄이는 게 낫다. 교도소에서 배운 내용이다.

딸랑!

"하암. 어서 오세요. 아무 데나 앉으시고, 다 고르시면 부르세요. 여기 메뉴판이요."

카운터에 엎드려 흐느적거리는 이십대 후반의 청년.

참 무례한 모습이지만, 오히려 잘됐다고 생각한 로건은 적당한 자리를 골라 앉으며 메뉴판을 펼쳤다가 살짝 놀랐다.

'별게 다 있네?'

커피와 음료는 당연하고, 샌드위치부터 케이크, 아메리칸 블랙퍼스트, 볶음밥까지 웬만한 요리는 다 있다.

"여기요."

"그냥 말하세요."

"……커피랑 블랙퍼스트, 양송이 수프 주세요."

"네!"

청년은 주방 안으로 들어갔고, 그걸 보던 로건은 이내 신경을 끄며 지도를 펼쳤다.

"멕시코 국경은 넘기가 힘든데……."

악명 높은 국경수비대가 지키는 멕시코 국경.

반면 캐나다는 국경을 넘기가 쉽다. 그러나 여권 같은 신분증이 필요했다.

"흠. 좀 더 고민해 봐야겠네."

저벅저벅.

"음식 나왔습니다."

너무 깊이 생각했나 보다.

정신을 차린 로건은 커피부터 한 모금 마셨다가 살짝 놀랐다.

'제법인데?'

꽤 좋은 원두를 제대로 내려냈다.

허름한 카페라 전혀 기대를 하지 않았는데 의외의 선물을 받은 것 같다. 작은 기대감을 품은 로건은 따끈한 김이 올라오는 양송이 수프를 입에 가져갔다가 자신도 모르게 미소를 짓고 말았다.

"수프도 훌륭하네."

그는 본격적으로 식사를 시작했다.

"잘 먹고 갑니다."

"네, 굿모닝 되세요."

한껏 만족스런 표정을 지은 로건은 다시 숙소로 돌아가 생각을 이어가기로 했고, 그 모습을 지켜보던 종업원은 다시 카운터에 엎어졌다.

"아, 심심해. 거 컴퓨터 한 대 들여놓자니까…….."

오싹!

갑작스럽게 드는 오한에 고개를 돌린 종업원은 카페 주차장 안으로 들어오는 경찰차에 미간을 좁혔다.

'경찰?'

그는 핸드폰을 꺼내 들어 1번을 꾹 눌렀다.

딸랑!

"와우, 이런 곳에 카페가 있었네. 커피 한잔하고 갈까?"

"안 돼. 바빠."

"어서 오세요. 식사하실 거면 아무 데나 앉으시고, 다 고르시면 부르세요. 여기 메뉴판이요."

"아니, 식사할 건 아니고. 혹시 이런 사람 본 적 있어?"

종업원은 경찰이 내미는 수배 전단지를 보곤 살짝 눈을 빛냈다.

"아뇨? 누구…… 맙소사."

"보다시피 흉악한 놈이니까 가게에 붙여 놓도록 해."

"로건 오데아……. 예, 알겠습니다. 수고하세요."

"음. 혹시 커피 돼?"

"제가 손이 느려서 30분은 기다려야 하는데 괜찮으시겠어요?"

"쯧. 그놈 보면 바로 신고해. 가자고."

"그러지. 요즘 희한하게 갑자기 사라져 버리는 범죄자들이 많단 말이야. 도대체 어디로 도망친 건지……."

딸랑!

종업원은 경찰이 경찰차를 타고 시야에서 사라질 때까지 지켜보다가 핸드폰을 귀에 가져갔다.

─뭐야. 무슨 일인데 긴급 콜을 때린 거야, 서 대리?

"과장님, 여기 카페에 연쇄강간살인범이 떴는데 어떡할까요? 영업과에 알릴까요?"

-뭐? 어디? 어디로 갔어?

"여기 카페에서 글렌 에코 방향으로요."

어느새 그의 눈에선 졸음이 사라져 있었다.

*   *   *

"워싱턴이라……."

미국의 수도, 워싱턴 D.C.

참 인연이 깊은 것 같다.

피식 웃은 종혁은 핸드폰을 들었다.

"예, 글렌 에코에 도착했습니다. 지금 어딥니까?"

-여기요! 여기!

"아, 보이네요."

저 멀리서 손을 흔드는 그레이스 탐정사무소의 직원.

통화를 종료한 종혁은 뒤를, 어두운 밤임에도 선글라스로 흉흉한 눈빛을 가린 요원들을 보곤 입을 열었다.

"가시죠."

이제 마무리를 할 시간이었다.

*   *   *

"미친! 미친!"

저녁 9시, 사람이 없는 시간에 느즈막하게 식사를 하러 나갔다가 헐레벌떡 호텔로 돌아온 로건이 다급히 짐을 정리한다.

도망쳐야 한다. 도망쳐야 했다.

아침에 갔던 허름한 카페가 아닌 다른 식당에 들렀다가 발견한 자신의 수배 전단지.

그걸 본 로건은 뒤도 돌아보지 않고 식당을 빠져나왔다.

"빌어먹을 아버지!"

집안에선 왕이었던 아버지.

언제나 자신이 잘못한 게 있으면 폭력을 썼던 아버지.

그만큼 무서웠지만, 그래도 그렇게 무섭기에 한편으로는 든든했다.

그런데…….

"겨우 이 정도도 막지 못하는 병신이었다니!"

잘못 생각했다. 아버지 리암 오데아는 그저 집안에서만 폭군인 병신 찌질이에 불과했다. 그런 찌질이가 무서워 여태껏 반항 한번 못했다는 것에 로건은 분통이 터질 수밖에 없었다.

"다 챙겼지? 아!"

다급히 열쇠고리, 아니 트로피를 챙긴 그는 다시 한번 빼놓은 게 있나 살펴보다가 고개를 끄덕이곤 호텔을 나섰다.

'체크아웃은 뭐 알아서 하겠지.'

뒷문으로 슬그머니 빠져나와 주변을 둘러봤다가 한숨을 내쉰 로건은 케빈 욘 방향으로 걸음을 옮겼다.

그는 가로등 불빛조차 듬성듬성한, 평소라면 어떤 위험

이 도사리고 있을지 모르기에 절대 들어오지 않았을 밤의 어둠 속을 헤치며 나아갔다.

그렇게 얼마나 걸었을까.

저 멀리 화려한 불빛들이 보이자 로건의 눈빛이 가라앉는다.

"저기서 택시를 타고…… 잠깐, 도로가 통제되어 있으면 어떡하지?"

도로 위에서 붙잡힌다면 더 이상 손쓸 방법이 없었다.

"빌어먹을. 더 먼 곳으로 가는 버스를 탔어야 했는데."

하지만 그때는 어쩔 수가 없었다. 그 시각에 탈 수 있는 버스 중 가장 멀리 가는 것이 워싱턴행 버스였기 때문이다.

"후…… 혹시 모르니 워싱턴만 벗어나면 걸어서 가야겠어."

고개를 끄덕인 로건은 어깨에서 힘을 뺐다.

그 순간이었다.

꼬르륵!

"……어차피 내일 아침까지 뭘 먹진 못할 테니까."

내일 아침까지 걸어야 할 판이다.

아니, 앞으로 몸을 숨길 곳에 도착할 때까지 제대로 된 음식을 먹을 수 있을지 의문이다.

그러자 아침에 들렀던 그 카페가 생각난다.

"날 알아봤으면 여기에 경찰이 쫙 깔렸겠지."

생각을 정리한 로건은 카페를 향해 뒤도 돌아보지 않고

걸음을 옮겼다. 자신을 지켜보는 시선이 있는지도 모른 채 말이다.

스윽!

어둠 속, 적외선 카메라를 내린 종혁은 옅게 웃으며 무전기를 들었다.

"케빈 욘 쪽으로 향하네요. 아무래도 택시를 타고 이동할 것 같은데……."

수배 전단지가 붙었으니 시야가 좁아지고 공포에 질렸을 터. 택시를 탄다고 한들 향할 수 있는 곳은 한정될 것이다.

'쯧. 조금만 더 빨리 도착했어도 바로 땄을 텐데.'

전용기가 점검을 들어간 상황에다가 이 많은 수의 요원들이 한꺼번에 탈 비행기표를 구매하려다 보니 시간이 지체됐다.

'통장에 돈만 있었어도 전세기를 빌렸을 텐데.'

역시 돈이 없으니 좀 꼬이는 것 같다.

"택시 잡기 바로 직전에 덮치죠?"

놈이 적게나마 안심을 할 때.

─그냥 딱 케빈 욘의 땅을 밟으면 낚아채는 게 어때? 패닉에 빠진 놈이 허튼짓을 할 수도 있잖아.

"아, 그것도 나쁘지 않네요. 그럼 그렇게…… 오호?"

종혁은 다시 무전기를 들었다.

"놈이 카페로 들어갑니다. 식사를 하려나 보네요."

탐정 사무소 직원이 말하길 놈은 아침 겸 점심으로 식사를 한 이후로 아무것도 먹지 않았다고 했다.

−최후의 만찬인가?

"흐음. 식사를 하고 나올 때 덮칠까요?"

딱 식사가 나오는 순간 덮치면 좋겠지만, 그래선 주위에 피해가 발생할 수 있다.

−라져.

−수신.

−예브레브비 커우오.

−외계어 누구야.

"큭큭. 갑시다."

어둠 속에 숨은 그림자들이 움직이기 시작했다.

* * *

딸랑!

모자를 깊게 눌러쓰고 들어오는 로건을 발견한 종업원, 아니 서 대리가 눈을 빛냈다가 곧 온몸에 피로를 담는다.

"하암. 어서 오세요. 식사하실 거면 아무 데나 앉으시고, 다 고르시면 부르세요. 여기 메뉴판이요."

메뉴판을 받아 든 로건은 카페 안을 둘러봤다가 살짝 안심했다.

손님이라곤 아무도 없는 적막한 카페.

수배 전단지도 붙여져 있지 않았다.

'하긴 이 늦은 시간에 이런 외진 곳에 있는 카페를 누가 오겠어?'

솔직히 지금 이 시간까지 장사를 하는 것도 놀랍다.

그래도 혹시 모를 일이다.

"가장 빨리 되는 게 뭡니까?"

"커피랑 샌드위치요. 케이크랑 프라이드 라이스도 있습니다."

"커피랑 샌드위치 2개 주세요. 화장실은 어디죠?"

"저쪽입니다."

마음이 조급해져서 그런지 오줌이 마려워진 로건은 냉큼 서 대리가 가리키는 화장실로 들어갔다.

쏴아아!

"후우."

피가 마른다는 게 이런 느낌일까.

혀를 찬 로건은 화장실을 나왔다가 깜짝 놀랐다.

화장실을 갈 때까지만 해도 없었던 4명의 손님. 바깥을 비추는 커다란 창문들에는 블라인드가 쳐져 있다.

잔뜩 긴장을 하며 4명의 손님을 봤던 그는 이내 안심했다.

회사원으로 보이는 사람 둘에 연인으로 보이는 사람 남녀. 모두 이쪽을 신경 쓰지 않는다.

가슴을 쓸어내린 그는 본능적으로 뒷문과 가까운 곳에 앉았고, 서 대리가 커피를 가져왔다.

"샌드위치는 5분 정도 더 걸립니다."

서 대리 역시 신경을 쓰지 않자 더 안심한 로건은 커피를 홀짝였다.

'국경은 다 막혔겠지?'

국경에도 자신의 수배 전단지가 뿌려졌을 거다.

'흠. 그냥 시골로 갈까?'

라스베이거스를 제외하면 온통 사막뿐인 네바다, 거대 농장들만 있는 콘벨트, 소 떼를 방목해서 키운다는 텍사스 등 미국 안에서도 숨을 곳은 넘쳐 난다.

심지어 아직도 1900년대 초를 벗어나지 못하고 그때의 양식으로 옷을 입고 다니는 몰몬교 마을도 있다.

거기까지 생각한 로건은 고개를 저었다.

교도소 죄수들이 말하길 완전 시골은 오히려 마이너스라고 했다. 다 아는 얼굴들이라 이방인이 끼어들면 경계를 한다고. 몸을 숨길 거면 차라리 대도시나 아예 산속에 숨어 살라고 했다.

'산…… 산이라. 그래, 산으로 가자. 생존키트를 사서 국립공원 같은 곳에 숨는 거야.'

도시 사람이라 야생동물의 위험을 모르는 그는 그렇게 결정을 내렸고, 한결 가벼운 표정을 지으며 샌드위치를 물었다.

와삭!

신선하게 잘려지는 야채의 쌉쌀함과 그걸 달래는 달콤한 소스.

역시 이번에도 기대를 배신하지 않는 맛이다.

그런데 약간 부족한 게 있다. 햄의 짭짤한 맛이 느껴지지 않았다.

"햄은 있는데…… 왜……."

'어? 나 왜 이렇게 졸리지?'

왜인지 몸에도 힘이 없다.

쿠당탕!

본능적으로 느낀 위기감에 테이블을 짚고 일어서려다 넘어진 로건.

익숙하다. 너무 익숙하다.

'이, 이건? 대, 대체 누가?'

저벅저벅!

흐릿해지는 시야, 먹먹해지는 귀에 구둣발 소리가 들린다.

"햐, 호랑이 굴에 제 발로 기어 들어오네. 이놈이 제 아비를 물 먹이고 도주한 연쇄강간살인범이란 말이지?"

'뭐?!'

로건은 퍼덕였지만 헛된 몸부림이었다.

"FBI를 비롯한 미국의 모든 수사기관이 찾고 있을걸요?"

"하긴 하원의원의 아들인데 당연하겠지."

코지 나카모토는 로건의 얼굴을 발바닥으로 밀었다.

"흠. 상태는 괜찮아 보이네."

"좋은 것만 먹고 자란 상류층 백인 놈이니 좋을 수밖에 없겠죠. 그런데 정말 괜찮겠습니까? 애 사라지면 미국이 뒤집힐 텐데요?"

"대신 뉴욕에 하원의원 자리가 하나 생기잖아."

"그걸 개입하자고요?"

"어느 영화 세계관인 고담시티의 모티브가 될 정도로 범죄가 넘쳐 나는 뉴욕. 물건들도 넘쳐 나지 않겠어? 그걸 위해서라면 이 정도 손해는 감수해야지."

"그렇기는 한데, 차라리 그냥 얘를 넘기는 게 낫지 않아요?"

"이놈 아비가 검사장 출신이잖아. 다루기 어렵다는 거지."

"아."

"본사 결재도 떨어졌고."

"실장님이 승인하셨다고요? 이야, 그 양반 한국에서 정계 쪽에 얼씬거린다더니 이쪽도 그러려나 보네. 아, 그러면서 FBI에도 안테나를 꽂으려고 그러나? 잉? 잠깐. 최종혁 곧 돌아가지 않아요?"

"그래도 그쪽에 안테나가 있으면 움직이기 편하잖아. 그리고 얌마. 본사 실장님에게 말버릇이 그게 뭐냐?"

"왜요. 없는 데선 임금님 욕도 한다는데?"

"어쭈? 너 설마 나 없는 곳에서 내 욕 하고 다니냐?"

"에이, 말이 또 왜 그렇게 됩니까?"

오싹!

마치 자신은 안중에도 없다는 듯 한국어로 대화를 하는 둘.

익숙하다. 마치 자신이 사냥감들을 앞에 두고 했던 모습.

그때 사냥감들의 심정이 이랬을까.

자신의 말로를 직감한 로건은 발버둥을 쳤지만, 부질없

는 짓이었다.

'사, 살려…… 살…….'

투욱!

마지막으로 손가락에 힘이 풀리며 한 줄기 눈물을 흘린 로건은 정신을 잃었고, 코지는 카운터에 있다가 다가온 지원과의 서 대리를 봤다.

"가방 큰 거 하나…… 오, 캐리어. 센스 좋은데."

"헤헤헤. 거기 사원님들 뭐하세요. 얼른 옮겨 담으세요."

"예, 예!"

그 말에 앉아 있던 커플들이 일어나 커다란 캐리어에 로건을 욱여넣는다.

달칵! 달칵!

"그럼 저흰 바로 공장으로 가 보겠습니다."

"그래. 공장에 넘기고 퇴근해요."

"수고하십쇼. 내일 뵙겠습니다."

딸랑!

가게를 나선 둘은 승합차 트렁크에 캐리어를 실은 후 차를 몰고 사라졌고, 남겨진 코지 나카모토와 박 대리는 서 대리를 봤다.

"서 대리도 퇴근할 거지?"

"그래야죠?"

"그럼 우리 차 타고 가."

"어? 정말요?"

"우리가 남이냐?"

"헤헤. 잠시만 기다려 주십쇼! 가게 불만 끄면 됩니다!"

"천천히 해."

딸랑!

가게를 나선 코지 나카모토와 박 대리는 담배를 물었다.

"최종혁 안 오겠죠?"

"걱정 마. 그 새끼 이 사건 담당 아니야."

"그럼 다행이긴 한데……."

달칵 등 뒤에서 불이 꺼지자 둘은 담배를 껐다.

딸랑딸랑.

"헤헤. 많이 기다리셨죠? 가시죠!"

"거 천천히 해도 된다니까."

"씨잉. 겨우 두 모금 빨았는데……."

"죄, 죄송합니다!"

"됐어. 담배야 좀 있다가 피워도 되는 거지."

그들은 차로 걸어갔다.

그때였다.

우르르르르!

마치 소 떼가 달리는 듯한 소리.

사방에서 들려오는 그 소리에 깜짝 놀란 코지 나카모토와 박 대리는 갑자기 이쪽으로 달려오는 검은 양복의 사나이들에, 그 선두에서 달려오는 종혁의 모습에 눈을 부릅떴다.

'씨발?!'

＊　＊　＊

휘이잉.

저녁이라 시원한 강바람이 불어오자 종혁의 입가에 미소가 번진다.

"아, 담배 몰리네."

멍하니 있으려니 입이 궁금해진다.

강변으로 향하는 둔덕에 몸을 숨긴 종혁은 무전기를 들었다.

"앤서니?"

－자리 잡았어. 후문 훤히 보여.

－우리 쪽도 화장실 창문 잘 보여.

"시선 떼지 마세요. 놈이 뒷문으로 빠져나갈 수 있습니다."

－치익! 그렌 에코 방향에서 차량 접근 중.

－케빈 욘 방향에서도 접근 중.

"확인."

부우웅!

양쪽에서 달려온 차가 로건이 들어간 카페 안으로 들어간다.

그와 동시에 카페 창문에 쳐지는 블라인드. 곧 영업을 종료하려는 것 같다.

"하필……."

한 번 꼬이기 시작하니 계속 꼬이는 것 같다.

"쯧. 놈이 가게에서 나와 멀어지면 덮칩니다."

―라져.

머리를 벅벅 긁은 종혁은 둔덕에 몸을 뉘이며 담배를 물었다.

"보니, 바톤 터치."

"오케이."

찰칵! 치이익!

"후우우."

'길구만.'

로건이 들어간 지 10분이 채 흐르지 않았는데 시간이 너무 길게 느껴진다.

'뭐, 그것도 곧 끝나지.'

앞으로 기껏해야 30분. 그 시간이 흐르면 놈은 자신들의 손아귀에 떨어지게 될 것이다.

휘이잉!

다시 서늘한 강바람이 불어오자 종혁은 기분 좋은 미소를 지었다.

'벌써 8월 말인가?'

아무래도 올 여름은 빨리 끝나려는 것 같다.

'흠. 벤들과의 약속이 자꾸 미뤄지네.'

이번 사건이 끝나면 꼭 말을 해야겠다고 생각한 종혁은 다 피운 담배를 끄며 둔덕 위로 기어 올라갔다.

그 순간이었다.

"카페에서 움직임 포착. 승합차에 탄 사람들 나온다."

커다란 캐리어를 끌고 나와 트렁크에 실은 남녀는 곧 차를 몰고 케빈 욘 방향으로 사라졌고, 종혁은 주먹을 꽉 쥐었다.

"예, 안녕히 가십쇼."

무고한 시민이 멀어지니 마음이 한결 가벼워진 그들.

"카페에서 움직임 포착. 승용차에서 내린 사람들이 나오고 있어."

"오오."

종혁은 무전기를 들었다.

"전 요원 스탠바이."

ㅡ오케이.

종혁의 무전에 요원들이 긴장을 한다.

이제 남은 것은 로건 한 놈뿐.

종혁과 요원들이 마음이 초조해지기 시작했다.

"자, 나와라. 얼른 나와라. 빨랑 좀 나와라. 응?"

갑자기 가게에 불이 꺼진다.

종혁은 숨을 죽이며 가게 정문 쪽을 쳐다봤다가 눈을 부릅떴다.

그건 보니도 마찬가지였다.

"뭐, 뭐야 저거! 저, 저거 문 잠그는 거 아니야?"

"앤서니!"

ㅡ몰라! 안 나왔어!

ㅡ화장실도!

"미친!"

또 사라졌다.

순간 섬뜩해진 종혁은 그대로 둔덕을 뛰쳐나왔다.

"씨발, 덮쳐! 덮쳐!"

—라져!

<u>우르르르르!</u>

카페를 향해 전력을 다해 달리는 요원들.

그들의 선두에 선 종혁이 이를 악문다.

'씨발. 뭔데! 뭐가 어떻게 된…….'

"어?"

종혁은 이쪽을 보며 눈을 커다랗게 뜨는 코지 나카모토를 발견하곤 당황했다.

"뭐야. 당신이 여기 왜 있어?"

콰아앙!

문을 박차고 들어가 카페 내부를 향해 총구를 겨누며 로건을 찾는 FBI 요원들.

"화장실 클리어!"

"주방 클리어!"

"뒷문 클리어!"

귀에 틀어박히는 외침들에 정신을 차린 종혁은 당황하고 있는 코지 나카모토를 가만히 응시했다.

그러자 다시금 코끝을 스치는 피 냄새. 카라 허드를 공항에서 검거하고 돌아섰을 때 맡았던 그 피 냄새가 풍겨 오고 있다.

그에 전신의 근육이 깨어나며 긴장의 끈이 팽팽하게 당

겨진다.

'잠깐. 캐리어?'

순간 승합차를 타고 왔던 남녀의 모습이 종혁의 머릿속을 스쳤다.

헛웃음을 흘린 종혁은 코지 나카모토에게서 시선을 고정한 채 핸드폰을 들었다.

"예, 헨리. 차량 한 대 좀 추적해 주세요."

방금 전 성인 남자 한 명은 족히 들어갈 커다란 캐리어를 트렁크에 실었던 남녀.

지금 상황에선 FBI보다 CIA가 더 빠르게 일을 처리 할 수 있다. 종혁은 승합차의 차량 번호를 말해 주곤 코지 나카모토를 향해 입을 열었다.

"오랜만입니다, 나카모토 씨."

"……예, 그렇군요. 오랜만입니다, 요원님."

"루한 컨설턴트가 이런 일을 하는 곳인지 몰랐네요."

"음. 무슨 말인지 잘 모르겠군요. 방금 전에 나갔던 커플을 찾는 거라면 저희랑은 상관없는 사람들입니다만?"

그가 입을 열 때마다 더럽고 지독한 냄새가 종혁의 콧속을 파고들었다. 지독할 정도로 짙은 피 냄새에 가려져 있던 시궁창 냄새가.

"아, 그렇습니까? 그런데 분명 그 커플들이 카페에 들어갈 때는 빈손으로 들어갔었거든요. 그런데 나올 때는 캐리어를 끌고 나오시더군요. 그건 나카모토 씨의 일행이신 저 카페 직원분이 제공하신 겁니까?"

코지 나카모토와 그의 동행인은 카페 직원이 가게를 정리하고 나오자마자 얼마 피우지 않은 담배를 껐다. 마치 기다렸다는 듯이 말이다.

"하하하! 그랬던가요? 잘못 보셨겠죠."

"아, 그런가요?"

"그럼요! 하하핫!"

핏!

고개를 다급히 옆으로 꺾는 종혁의 눈이 있던 자리를 스쳐 지나가는 코지 나카모토의 손끝.

"튀어!"

"잡아!"

느려진 시간 속 종혁의 손이 코지 나카모토의 뒷덜미를 잡아 간다.

"어딜 가!"

그러나 몸을 숙이며 피하더니 더 땅을 강하게 박차는 그.

'하! 내게서 튀겠다고?'

씩 웃은 종혁이 몸의 중심을 낮춘다.

인간의 한계에 도달한 허벅지가 부풀어 오르며 땅을 박찬다.

퍼엉!

마치 작은 폭죽이 터지는 듯한 소리와 함께 비산하는 흙.

한 발, 또 한 발.

거리가 급격하게 좁혀진다.

종혁은 다시 그의 뒷덜미를 향해 손을 뻗었다.

아니, 뻗으려고 했다. 갑자기 몸을 돌려 휘둘러진 그의 칼만 없었다면 말이다.

"큽?!"

느려진 시간 속에서도 빠르게 짓쳐 드는 시퍼런 칼날.

옆으로 몸을 날린 종혁의 목이 있던 자리로 칼이 스쳐 지나간다.

좌아아악!

미끄러지듯 착지한 둘은 서로를 차갑게 노려보고, 종혁은 불량한 표정을 지으며 입술을 핥았다.

"하, 이 새끼 봐라?"

역시 자신이 맡은 피 냄새가 잘못된 게 아니었다.

"야, 너 뭐냐? 뭐하는 놈이냐?"

"글쎄?"

얼굴에 감정이 사라진 코지 나카모토.

그러나 그 속은 뒤섞인 물감보다 더 혼탁하다.

'이래서였군.'

일견 둔해 보일 것 같은데도 몸이 번개처럼 날래다. 몇 년 전, 세진은행 해킹 사건 때 처리조 직원들이 왜 당했는지 알 것 같다.

'참 악연이야.'

이 최종혁이란 놈은 대체 왜 자신들을 가로막는 것일까.

어떻게 이렇게 번번이 부딪치는 걸까.

한국에서의 일도 열 받아 죽겠는데 이 먼 미국까지 날아와 막아서는 걸까.

"후우. 요원님, 너 좀 짜증 난다?"

섬뜩!

다급히 몸을 뒤로 뺀 종혁이 있던 자리로 칼을 스쳐 지나간다.

낯빛이 딱딱하게 굳은 종혁.

'겨우 보였…… 어?'

이 동체 시력으로도 겨우 보인 시퍼런 칼날.

그러나 그 이상 생각을 이어 갈 수 없다.

따라붙으며 칼을 찔러 오는 코지.

배를 노리는 것 같더니 목을 찔러 온다. 겨우 피했더니 어느새 역수로 돌린 칼끝으로 가슴을 찍는다.

뒤이어 아래로 내려가는 칼날.

'걸렸어!'

눈을 빛낸 종혁이 주먹을 휘두르려는 순간이었다.

오싹!

"큽!?"

타다닥!

"흐웅. 아쉽네. 울대를 노렸는데."

다급히 물러선 종혁을 보며 코지가 재밌다는 미소를 짓는다.

그에 종혁이 가슴에 손을 얹는다.

사선으로 갈라진 재킷과 손바닥을 축축하게 적시는 차가운 피.

"역시 몸뚱이가 크고 두꺼워서 그런지 영점이 잘 안 맞네. 하지만 오케이. 이제 감 잡았어."

어느새, 어디서 꺼낸 건지 그의 왼손에도 들린 칼.

"너 진짜…… 뭐하는 놈이냐?"

일격, 일격이 모두 치명적인 부위만 노린다.

이건 길거리에서 칼 좀 휘둘러 봤다고 가능한 일이 아니었다. 사람을 죽이기 위해 전문적으로 살인을 배운 놈의 몸놀림이었다.

그런데 왜 이렇게 익숙한 냄새가 나는지 모르겠다.

저렇게 멀끔한 외모를 가진 살귀들. 칼을 귀신처럼 쓰는 놈들.

종혁은 이런 놈들에 대해 알고 있다.

"야, 내가 혹시나 해서 하는 말이거든? 너 설마…… 회사냐?"

쿵!

"응? 회사? 무슨 회사? 루한 컨설턴트?"

"그래?"

종혁이 핸드폰을 꺼내든다.

"예, 헨리 씨. 지금 당장 카라 허드에게 뭐 좀 물어볼수 있을까요? 코지 나카모토의 몸에, 은밀한 곳에 문신하나가 숨겨져…… 흡!"

종혁은 다급히 몸을 비틀었다. 그와 동시에 그를 스쳐날아가는 칼.

종혁의 고개가 삐딱하게 기울어진다.

"맞네?"

종혁은 어이없다는 듯 웃었다.

"내가 정말 너희랑 악연은 악연인가 보다."

아니라면 이 넓은 미국 대륙에서 어떻게 이렇게 만날 수 있을까.

"너……."

순간 코지의 얼굴에서 감정이 완전히 사라진다.

"정말 죽어야겠다."

"우연이네. 나도 같은 생각이거든."

종혁의 입가에서 환한 미소가 살의와 함께 폭발한다.

그와 동시에 시간이 극한으로 느려지기 시작한다. 고요하고도 무거운 심해처럼.

종혁은 멈춰 버린 것 같은 시간을 힘겹게 나아가며 코지에게 다가간다.

"죽어, 최종혁!"

쩍!

"큽!?"

다급히 물러서며 볼을 감싸 쥐는 코지.

어리둥절해하던 그의 눈에 놀람이 번진다.

'안 보였어?'

보였는데 못 피한 게 아니다. 안 보였다.

종혁은 그 와중에 베어져 버린 손목을 힐끔 보고는 한 발 더 앞으로 나아갔다.

부악!

공기를 찢는 우악스런 주먹.

그와 동시에 종혁의 겨드랑이를 노리는 칼.

종혁의 다른 손이 그 팔을 잡아 가자, 칼을 던져 비었던 오른손이 어느새 또 다른 칼을 쥐며 종혁의 목을 벤다.

그에 종혁이 오히려 코지에게 다가서며 목을 잡는다.

그 순간 아킬레스건이 걷어차이며 뒤집어지는 코지의 시야.

뒤통수를 향해 맹렬히 다가오는 땅바닥에 코지는 종혁의 눈을 빤히 보며 목을 잡은 그 팔에 칼을 찔러 넣었다.

푸욱! 콰앙!

"커헉!"

순간 퓨즈가 나간 시야.

그러나 코지는 다급히 몸을 옆으로 굴렸다.

그것이 그를 살렸다.

뻐어억!

그의 얼굴이 있던 자리에 꽂힌 종혁의 주먹.

몸을 일으킨 종혁은 피범벅이 된 왼주먹을 힐끔 보곤 오른팔에 꽂힌 칼을 뽑았다.

어느새 그의 얼굴에서 사라진 감정.

마치 가면을 뒤집어쓴 듯 표정이 사라진 종혁이 비틀거리는 코지에게 다가간다.

부악!

공기를 찢는 주먹. 그와 동시에 몸을 사선으로 비틀어 피하며 종혁에게 나아가는 코지.

종혁은 심장을 노려 오는 칼을 피하려 몸을 비틀었지

만, 코지의 왼손이 쥔 칼이, 대체 또 어디서 빼낸 건지 모를 칼이 종혁의 옆구리를 노린다.

피하기엔 늦은 상황.

피했다간 코지가 정신을 차릴 시간을 줄 상황.

이를 악문 종혁은 그대로 주먹을 들어 올렸다.

푸우욱!

결국 옆구리에 틀어박힌 칼날.

종혁은 뜨거운 꼬챙이가 들어오는 고통을 참으며 들어 올린 주먹을, 놀라 눈을 동그랗게 뜨는 코지의 얼굴을 향해 내리쳤다.

"죽어, 이 새끼야."

꽈아아앙!

                    *   *   *

꿈틀꿈틀!

바닥에 대자로 뻗어 경기를 일으키는 코지 나카모토.

그는 놀랍게도 주먹을 피하려고 했다.

느려진 시간 속 그걸 목격하고 다급히 팔꿈치를 접어 후려치지 않았다면 정말 낭패를 볼 뻔했다.

턱이 완전히 뭉개진 그를 가만히 노려보던 종혁은 이내 아차 하며 재빨리 무전기를 들었다.

그때였다.

"최!"

후다다닥!

이쪽을 향해 달려오는 벤과 드롭.

종혁은 다급히 외쳤다.

"다른 놈들은! 다른 놈들은 어떻게 됐어!"

한 놈이라도 빠져나가선 안 된다.

이 미국에서 겨우 잡은 꼬리.

"걱정 마! 잡았어! 넌…… oh my god."

벤과 드롭이 파랗게 질렸지만, 종혁은 그런 걸 신경 쓸 틈이 없었다.

"잡았어? 정말 잡은 거 맞아?!"

"그래, 잡았다고!"

"하아아아……."

안도의 한숨을 내쉰 종혁은 옆구리에 박힌 칼을 향해 손을 가져갔다.

"마, 만지지 마! 빼지 말라고!"

"괜찮아. 안 죽는 부위야."

한 5cm 정도만 위로 올라갔어도 지금 당장 병원으로 달려가야 했을 테지만, 그래도 생사를 장담할 수 없었을 테지만 이 부위는 괜찮다.

그래도…….

"씨발. 진짜 죽을 뻔했네."

종혁은 칼을 잡아 그대로 뺐다.

"빼지 말라고, 미친놈아! 출혈 일어난다고!"

"계속 꽂힌 채 덜렁거리는 게 더 위험해."

셔츠를 벗어 북북 찢은 종혁은 옆구리와 팔에 감쌌다.

꽈아악!

"미친 또라이 자식…… 아냐, 됐어. 지혈했으니까 바로 병원으로 가자."

고개를 저은 벤과 드롭이 종혁을 부축하려 했지만, 종혁은 팔을 뻗어 그들을 말렸다.

"이따가."

"최!"

"이따가…… 간다고."

빠드득!

놈들이 코앞에 있는데 신세 좋게 병원에 누워 있을 순 없다.

종혁은 핸드폰을 꺼내 들었다.

"예, 헨리. 놈들입니다."

─……루한 컨설턴트에 요원들을 급파하죠.

"사람보다 사무실부터 확보해야 됩니다. 조심하세요. 폭탄이 터질지도 모릅니다."

─걱정 마시길.

승합차의 현 위치를 말한 헨리는 전화를 끊었고, 종혁은 낯빛이 굳은 그들의 모습에 씁쓸히 웃었다.

"일 끝나면 다 설명해 줄 테니까 가자. 다르네스 타운으로 갔대."

몽고메리 카운티의 끝자락에 위치한 다르네스 타운.

"……됐으니까 닥치고 부축이나 받아."

이것마저 거부했다간 턱이 돌아갈 것 같은 둘의 표정에 종혁은 하는 수 없이 둘에게 어깨를 맡겼다.

　"그런데 대체 어떻게 잡은 거야? 그놈들 쉽지 않았을 텐데."

　"총을 뒀다가 뭐하게? 넌 왜 총을 안 쓴 거야?"

　"……까먹었어."

　놈들을 발견한 것에 너무 열이 올랐나 보다.

　실책이었다.

　"씨발……."

　종혁은 미련했던 자신의 행동에 고개를 푹 숙였다.

＊　＊　＊

　마치 안개가 낀 듯 흐릿한 시야.

　정신을 차린 로건이 의아해한다.

　'여긴 대체…….'

　웅웅 울리는 목소리.

　의아해하며 일어나던 로건이 당황한다.

　촤르륵!

　흔들리는 쇠사슬과 목에 채워진 목줄.

　'이, 이게 왜 내 목에…….'

　그때였다.

　쿵! 쿵쿵!

　갑자기 울리기 시작하는 땅.

당황해 두리번거리던 로건은 이내 안개를 헤치며 다가오는 거인들의 모습에 눈을 부릅떴다.

　'너, 너흰?'

　글로리아 베이비, 안젤라 초이, 메이 린을 비롯한 여섯 소녀.

　자신이 유린하고 짓밟았던 여섯 마리의 사냥감.

　그들이 로건을 보며 비릿하게 웃는다.

　─짖어 봐. 우리처럼 짖어 봐.

　'미, 미쳤어? 이거 풀어! 풀지 못해?!'

　뻐어엉!

　메이 린의 발에 채여 100여 미터를 날아간 로건이 바닥을 뒹굴며 꿈틀거린다.

　아프다. 너무 아프다.

　'커헉! 커허어억!'

　로건은 다급히 고개를 들었다.

　'이게 뭐하는 짓…….'

　부우웅! 뻐어어엉!

　'커허어어억!'

　등을 얻어맞고 다시 100미터를 날아간 로건.

　그런데 그게 끝이 아니다.

　뻐어엉! 뻐어엉!

　─이쪽이야!

　─받아!

　─꺄르르르! 꺄르르르!

치이고 또 치인다.

온몸의 뼈가 부서지고 장기가 짓눌린다.

그럼에도 정신이 멀쩡하다.

'그, 그만! 그만—!'

뚝!

멈춰 버린 발길질.

꿈틀거리던 로건이 고개를 들었다가 기겁한다.

어느새 자신의 주위를 감싼 거인 소녀들.

—짖어 봐. 엎드려서 개처럼 짖어 봐.

—아니, 넌 개야. 아무런 쓸모도 없는 수캐.

짖지 않으면 밟아 버리겠다는 듯 들어 올려지는 발.

'……멍! 멍멍!'

로건은 양팔과 무릎을 땅에 붙이며 짖었다.

'멍! 멍멍멍!'

—그래! 그렇게 짖는 거야! 네가 우리에게 시켰던 것처럼!

—아하하하하하!

"으아아악! 헉! 헉헉!"

다급히 눈을 뜨며 거친 숨을 몰아쉰 로건은 한숨을 내
쉬며 몸을 일으켰다.

하지만…….

"응? 뭐야, 왜 안 움직여?"

마치 팔다리가 무언가에 구속된 듯 움직이지 않는다.
아니, 목까지 움직이지 않는다.

그제야 들어오는 주변의 풍경.

"수술…… 실?"

싸한 알코올 냄새와 동그랗고 큰 조명이 배를 내리쬐고 있다.

'대체 내가 왜 여기에…….'

어리둥절해하는 순간이었다.

위이잉!

자동문이 열리는 듯한 소리와 함께 들어오는 더운 바람. 그리고 이쪽을 향해 다가오는 발걸음 소리.

로건은 갑자기 얼굴을 들이민 동양인에 깜짝 놀랐다.

"어? 이 대리, 이 자식 정신 차렸는데? 마취 똑바로 안 해?"

"난 마취 전문의가 아니라니까 그러네."

"죽어도 상관없으니까 팍팍 처넣으라고."

"그러다 진짜로 죽으면 타임 어택이야. 건질 수 있는 게 몇 개 없어져. 거기다 마취제에 절여져서 물건들 상태도 안 좋아질 테고."

"아, 그래?"

"에휴. 그래. 내가 처리조한테 뭘 바라겠냐. 사람 썰 줄만 아는 무식한 놈들에게. 지원과장님은 왜 이딴 놈을 보조로 붙인 거야?"

"아아, 해보자고?"

"흐. 수술실에서 의사한테 칼부림을 해 보겠다고?"

"……넌 나한테 내 칼만 있었어도 뒤졌어."

"닥치고 저기에 놓인 주사나 꽂아. 그건 할 줄 알지? 연장들에 숫자 적혀 있으니까 내가 달라는 거 주고."

"어."

의사와 싸운 동양인은 주사기를 들고 로건에게 다가갔다.

"많이 놀랐지? 이거 한 방이면 곧 잠들 테니까 안심해?"

오싹!

"자, 잠깐! 누, 누가 시킨 거야? 글로리아 베이비의 부모? 안젤라 초이? 아니 뭐든 내가 세 배 줄게! 부족하면 네 배!"

"어, 아냐. 그런 거 아냐. 좀 따끔할 거다? 자, 따끔?"

쑤욱!

팔뚝으로 거칠게 들어오는 주삿바늘.

"아, 안 돼! 싫어-!"

그가 겁에 질려 우는 순간이었다.

찌이잉! 콰과광!

갑자기 고막을 찢는 어떤 소리와 건물을 뒤흔드는 충격, 그리고 아래에서 터져 나오는 굉음.

"……씨발!"

낯빛이 굳은 두 사람이 다급히 핸드폰을 꺼내 든다.

"난 과장님! 넌 지사장님!"

"오케이!"

그들은 얼른 통화 버튼을 눌렀다.

그러나…….

"아, 안 돼! 통화가 안 돼!"

재밍이다. 누군가 이 건물에다가 전파 방해를 하는 거다.

"대체 누가!"

그들은 다급히 장비들을 챙겨 들며 수술실 밖으로 뛰쳐 나갔다.

그리고 그들을 기다리고 있던 총구들이 불을 뿜었다.

타다다당!

온몸을 파고든 불의 비.

'커헉?!'

그들은 속절없이 쓰러지고 말았다.

정신이 희미해지는 그들의 귀로 발자국 소리가 들렸다.

뚜벅뚜벅!

천천히 다가온 누군가가 그들의 얼굴을 툭툭 쳐서 위를 보게 만든다.

"야, 살았냐? 내가 아까 당한 게 있어서 좀 과하게 쏴 봤거든?"

'최…… 종혁?'

"에이, 곧 죽겠네. 잘 가라, 씹새들아."

그들을 지나친 종혁은 총구를 앞으로 겨누며 수술실로 안으로 진입했다가 이내 곧 총구를 내렸다.

"하, 씨발."

놈이다. 로건이다.

"누, 누구야! 아, 아니 누군지 모르겠지만 살려 주세요! 저놈들이 제 장기를 뜨려고 해요!"

살았다. 드디어 살았다.

그런 희망을 품자 사타구니에서 힘이 풀리며 소변을 쏟아 낸다.

쪽팔리지만 괜찮다. 살아난 게 중요한 거니까.

입가에 미소를 띠던 로건은 아무런 소리가 들리지 않자 덜컥 겁을 먹으며 다시 입을 열었다.

"거, 거기 계시죠? 계시면 저 좀 풀어…….

저벅저벅!

이쪽을 향해 걸어오는 소리에 다시 미소를 짓던 로건은 코앞에 드리워진 얼굴에 눈을 부릅떴다.

"너, 넌?"

종혁은 절망에 물드는 그의 모습에 헛웃음을 터트리며 옆구리를 움켜쥐었다.

"내가 씨발 너 하나 잡자고 뭔 지랄 염병을 했는지 아냐? 그러니 좋게 가자, 개새끼야."

종혁은 로건의 얼굴에 그대로 주먹을 꽂아 넣었다.

쩌어억!

* * *

종혁이 놈들의 공장을, 장기 공장을 급습하던 그 순간 워싱턴 D.C.의 어느 건물.

검은색 특공 복을 입은 CIA 요원들이 불이 꺼진 건물, 루한 컨설턴트의 사무실 앞에 선다.

곧바로 문에 폭발물 감지기를 들이대는 그들.

"클리어."

감지기를 들고 있던 요원이 물러나자 기둥 같은 걸 든 요원들이 달려와 문을 박살 낸다.

쾅! 쾅! 콰직!

문이 열리자마자 빠르게 난입해 총구를 사방을 향해 총구를 겨누는 CIA 타격대들.

"클리어."

–클리어.

아무도 없는 게 확인되자 그들의 긴장이 살짝 풀린다.

"후우우."

한숨을 내쉰 작전팀장이 헬멧을 벗으며 손목을 입에 가져간다.

"올 클리어. 운반팀 올려 보내."

–카피 댓.

"A부터 C팀까지 컴퓨터와 서류 확보하고, D팀은 복도 봉쇄. 일단 이 안에 있는 건 종이 조각 하나까지 모두 수거한다. 알았나!"

"옛썰!"

우렁차게 대답한 그들은 총을 뒤로 메며 컴퓨터 본체를 분리하기 시작했다.

그때였다.

삑!

사방에서 뭔가 불길한 소리가 퍼지더니 이내 더 불길한 소리가 울린다.

띠! 띠! 띠!

"다 튀어 나가-!"

꽈과광-!

거대한 폭발음과 함께 창문을 뚫고 뿜어져 나오는 악마
의 불꽃들.

삐용삐용!

충격파에 비명을 지르는 차들 사이에 선 한 남성이 무
전기를 든다.

"루한 컨설턴트 확보 실패. 자폭했습니다."

-……D.C.를 완전 봉쇄하고, 그 건물을 드나든 모든
사람을 확보해.

"알겠습니다."

* * *

-오늘 새벽 4시, 다운타운의 한 건물에서…….

삑!

-CIA는 이를 미국을 향한 테러 행위로 발표하며…….

커다랗고 넓은 병실. 침대에 누워 채널을 바꾸던 종혁
이 이내 TV를 끄며 헨리에게 전화를 건다.

"어떻게 된 일입니까?"

-제 실책입니다.

열감지 카메라로 사무실에 아무도 없는 것을 확인하고

곧바로 특공대를 투입해 사무실로 진입한 그들. 그런데 컴퓨터를 분리하던 순간 폭탄의 타이머가 작동했다.

–미안합니다, 최. 당신이 경고를 했는데도 실패하고 말았습니다.

'강원도 연수원 때의 일을 참고한 건가.'

당시 폭발을 했던 원장의 사무실.

그로 인해 건진 건 거의 없었고, 애써 확보했던 놈들의 조직원들도 국정원에 있던 끄나풀에 의해 모두 사망했다.

아무래도 놈들이 그때의 그 아찔했던 일을 참고해 보안에 더 신중을 기한 것 같다.

–하지만 걱정 마십시오. D.C.를 봉쇄했으니 곧 놈들을 잡아낼 수 있을 겁니다.

'아뇨. 헨리가 발견할 수 있는 건 시체뿐일 겁니다.'

여차하면 자살을 택하는 놈들. 지금 바랄 수 있는 건 삶에 미련이 많아 상부의 지령을 무시하는 놈이 생기는 것뿐이다.

"다친 사람은요? 몇 명이나 다쳤습니까?"

–……요원 두 명이 사망했고, 세 명이 사경을 헤매고 있습니다.

콰앙!

침대를 후려친 종혁은 씁쓸히 웃었다.

"미안합니다, 헨리. 제가 더 확실히 경고를 했더라면……."

–아닙니다, 최. 그들의 죽음은 명예로웠습니다.

"명예로운 죽음 따윈 없습니다, 헨리."

그딴 건 없다. 죽음은 그냥 죽음일 뿐이다.

—…….

"후우. 죄송합니다. 제가 너무 격해졌나 보네요. 그분들의 숭고한 희생과 명예를 폄하하려는 건 아니었습니다."

그 누가 알아주지 않는다 하여도 아쉬워하지 말라. 이한 목숨 바쳐 국가와 국민을 지킬 수 있다면 기꺼이 내놓으리니. 조국이여, 내가 너를 사랑했다는 것만 잊지 말아주소서.

이것이 CIA 같은 정보부 요원들이 가슴과 영혼에 새긴각오다.

하지만 죽지 말아야 할 젊은 피가, 앞으로 얼마나 더 많은 걸 해냈을지 모를 아까운 목숨이 허무하게 스러졌다.

그게 자신의 탓인 것 같아 종혁은 괴로워 미칠 지경이었다.

—사과를 받아들이겠습니다.

딱딱하게 굳은 헨리의 목소리.

—그리고…… 보상은 거절하겠습니다.

"헨리!"

—최, 저희는 절대 드러나선 안 되는 그림자입니다.

그것이 설혹 죽은 이후라도.

CIA 요원은 언제나 그림자로 남아 있어야 한다.

—그것이 정보부 요원의 삶입니다.

그런 각오와 맹세를 하여야만 될 수 있는 것이 CIA 요원.

죽은 요원에게 줄 수 있는 유일한 보상은 랭리 본부에 새겨지는 별 하나뿐이다.

"……그럼 장례식에 참석할 수 있도록 해 주세요. 그리고 사경을 헤매는 세 분에 대한 모든 치료비도요."

-그건 기꺼이 받아들이겠습니다. 요원들이 좋아하겠 군요.

그 말에 한시름 놓은 종혁은 몸에 힘을 뺐다.

그러다 갑자기 생각나는 것이 생긴 종혁은 얼른 입을 열었다.

"그런데 그 승합차는 대체 어떻게 쫓은 겁니까? CCTV 를 실시간으로 살피고 있었다고 해도 찾기 힘들었을 텐데요?"

-후후. 이 미국에서 CIA는 참 많은 걸 할 수 있습니다, 최.

"설마 해킹을 한 겁니까? 아니면 드론?"

-이런 국장을 만나러 갈 시간이군요. 워싱턴 봉쇄 때문에 절 잡아 죽이려고 들거든요. 그럼 다음에 연락하겠습니다.

뚝 끊긴 전화기를 멍하니 보던 종혁은 피식 웃었다.

"두 개 다 했네, 이 양반."

상용화가 되려면 한참 먼 드론.

그러나 군이나 정보기관들이 확보 개발한 이 드론 기술은 상상을 초월하며, 그들이 이 드론을 이용해 정보를 입수한다는 건 비밀 아닌 비밀이다.

"흠. 내 수사팀에도 드론을 도입해 볼까?"

종혁은 꽤 심도 있게 고민하기 시작했다.

그때였다.

지이잉! 지이잉!

다시 울리기 시작한 핸드폰.

"뭘 깜빡한 건…… 나탈리아?"

종혁은 떨떠름한 표정으로 핸드폰을 응시했다.

"받기 싫은데…… 쯧. 예, 나탈리아."

−제 허락도 없이 다쳤더군요, 최.

"아하하……."

−최의 모친에게 말하려다 말았답니다.

"죄송합니다. 살려 주세요."

다급히 머리를 박은 종혁은 용서를 빌었고, 나탈리아는 침묵을 하다가 이내 한숨을 내뱉었다.

−정말 어디로 튈지 모르는 사람.

"하하. 미안해요. 다음부턴 조심할게요."

−이번에도 말로만 그러겠죠.

"미안하다니까요. 그보다 어쩐 일이세요?"

종혁은 얼른 화제를 돌리기 위해 말을 꺼냈지만, 돌아온 답은 그의 정신을 번뜩 깨우게 했다.

−조희구가 중국으로 출장을 갔어요. 위조 여권을 들고.

쿵!

"그런가요……."

'너 이 새끼, 이제 튀려는 거구나?'

종혁의 눈이 번들거리기 시작했다.

*　*　*

웅성웅성.

하얀 비닐옷을 입은 감식반이 돌아다니는 다르네스 타운의 폐병원, 아니 폐병원으로 위장한 장기 공장.

깁스를 한 왼손 때문에 병원복 위에 FBI 재킷을 걸친 종혁이 폴리스 라인을 넘어 한구석에 주차된 FBI 이동본부 차량을 향해 걸어간다.

때마침 그곳에서 걸어 나오다 경악을 하는 벤과 드롭.

"이 미친 자식! 그 몸으로 여길 왜 와!"

종혁은 정말 한 대 치려는 듯한 벤과 드롭의 모습에 어색하게 웃었다.

"하하. 몸이 쑤셔서 견딜 수가 없더라고요. 그보다 뭐 좀 나왔어요?"

장기 공장에 있는 놈들의 조직원들을 완전히 제압한 이후에서야 긴장을 푼 종혁. 그는 그대로 병원으로 이송 됐기에 이후의 일에 대해 모르고 있었다.

"……나왔지. 아주 많은 게."

벤과 드롭의 표정이 딱딱하게 굳는다.

"들어와."

그들은 이동 본부 안으로 종혁을 안내했다.

"친구들? 이쪽이 우리가 말한 최. 최, 이쪽은 FBI 워싱턴지국 요원들."

"아. 이 사건의 냄새를 맡았다던…… 후, 반갑습니다. 마일입니다."

"최종혁입니다."

다른 요원들과도 고개를 끄덕이는 걸로 인사를 나눈 종혁은 장기 공장에서 발견된 컴퓨터 앞에 섰다.

그리고 낯빛을 딱딱하게 굳혔다.

"미친……."

벤이 왜 많은 게 나왔다고 말했는지 너무도 절실히 알게 되는 게 컴퓨터 안에 있었다.

총 42명. 42명의 나이, 성별, 혈액형 등의 프로필이 컴퓨터 안에 있다.

그뿐이었다면 이렇게 화가 나지는 않을 거다.

그 프로필에는 각막이 누구에게로 갔는지, 신장이 누구에게로 갔는지, 간이 누구에게로 갈 건지까지 모두 적혀져 있었다.

이 명단 안에는 로건도 포함되어 있었다.

빠드드득!

"이 개새끼들이……."

종혁은 FBI 워싱턴지국의 요원들을 찢어발길 듯 노려봤다.

"이 많은 사람들이 사라졌는데도 몰랐단 말입니까?"

"후…… 이놈들, 전부 수배되어서 도망다니는 범죄자들입니다."

뒤통수를 얻어맞은 것 같은 충격에 종혁은 어이없다는

듯 웃었다.

'이 미친 새끼들이 작정했구나.'

정말 머리를 잘 썼다.

누구도 찾지 않을, 사라지면 오히려 좋아할 놈들만 골라 납치했다.

"그런데 이게 끝이 아닙니다."

컴퓨터 앞에 앉아 있던 요원이 다른 화면을 띄우자 종혁은 입을 떡 벌렸다.

"총 184명. 당신들 뉴욕지국이 로건 오데아를 끝까지 쫓지 않았다면 발생했을 피해자들입니다. 이놈들을 피해자라고 볼 수 있을진 모르겠지만요."

그런데 이게 문제가 아니다.

씁쓸히 웃던 요원이 다른 화면을 띄운다. 그건 바로 장기 이식 수술을 받은 사람들의 명단이었다.

종혁은 그중 아는 얼굴을 발견하곤 눈을 동그랗게 떴다.

"어? 저 사람은?"

종혁도 얼굴을 아는 영화배우다.

그뿐만 아니라 운동선수, 검사, 판사, 재력가, 기업가, 교수, 정치인, 정치인의 손녀 등 이 미국의 상류층들이 총망라되어 있다.

워싱턴 D.C.뿐만 아니라 미 전역의 상류층들이.

오싹!

"와. 진짜 칭찬한다, 칭찬해."

이 정도면 제아무리 놈들이라고 해도 칭찬을 하지 않을

수가 없다. 이 명단을 굳이 남긴 속내가 훤히 보였기 때문이다.

'자신들을 건드리는 건 이 사람들을 건드리는 거나 마찬가지다?'

배경. 놈들은 이 미국에서 활개를 치기 위해 배경을 만든 것이다.

아마 이것이 놈들이 장기 공장을 만든 진짜 이유일 터.

종혁은 다시 한번 혀를 내두를 수밖에 없었다.

그러다 워싱턴지국 요원들을 보며 싱긋 웃었다.

"좆된 걸 축하합니다."

"빌어먹을."

이건 거대한 폭탄의 스위치다.

터지는 순간 미국을 뒤집어 버릴 스위치.

심지어 버락 던햄 루터와 대선을 치르고 있는 공화당 대선 후보의 캠프에 소속된 정치인도 있다.

FBI 워싱턴지국으로서는 절대 쥐고 싶지 않은 스위치일 수밖에 없었다.

"그냥 가져가시는 게 어떻겠습니까?"

"에이. FBI가 아무리 거리와 성역에 상관없이 수사를 한다지만, 동료의 동네에서 벌어진 일까지 욕심내선 안 되죠. 그리고……."

종혁은 워싱턴지국 요원을 보며 내숭 떨지 말라는 듯 웃어 주었다.

"어차피 안 줄 거잖습니까?"

당연하다. 장기밀매조직이야 종혁들이 소탕했다지만, 워싱턴지국의 영역에서 벌어진 일이다. 먹으면 죽을 수 있는 쥐약이라지만, 어떻게든 사수해야 됐다.

그들이 양보할 수 있는 선은 워싱턴지국과 뉴욕지국의 공조 수사 정도뿐, 뉴욕지국이 사건을 가져가는 꼴은 볼 수 없었다.

"……왜 이딴 걸 발견했냐고 화를 낼 수도 없고!"

키득키득 웃은 종혁은 재빨리 몸을 돌렸다.

"그럼 전 이만 갑니다. 수고하십쇼."

남의 동네에 똥을 투척했다.

이럴 땐 얼른 도망치는 게 상책이었다.

'그리고 어차피 곧 떠날 사람이 욕심내서 뭐하게?'

이 사건에 매달려 봤자 떠나는 시간만 늦어질 뿐이다.

이젠 돌아가야 할 한국.

콧노래를 부르며 이동본부를 나선 종혁은 코지 나카모토가 입원해 있는 병원이 있는 방향을 보며 눈빛을 서늘히 가라앉혔다.

"그럼 이야기를 나누러 가 보실까?"

* * *

마취에서 깨어난 눈을 뜬 코지 나카모토가 천장을 멍하니 응시한다. 아직 정신이 몽롱하지만 이곳이 어딘지 알 것 같다.

'……잡혔군.'

자신의 정체를 알고 있는 종혁에게 잡혔다.

목숨으로 회사의 비밀을 지켜야 할 터. 그는 어금니에 힘을 꽉 주었다.

'응?'

있어야 할 것이 없다 당황한 그.

"에이, 어금니에 있는 건 뺐지. 너뿐만 아니라 너랑 같이 있던 두 놈들 것까지."

흠칫 놀라 고개를 돌리려던 코지 나카모토는 다시 당황했다. 몸이 움직이지 않았기 때문이다.

종혁은 그를 보며 히죽 웃었다.

"턱뼈가 으스러지면서 목뼈까지 충격이 갔어. 아마 꽤 오랫동안 움직일 수 없을 거야."

"으읍! 으으읍!"

"어휴, 난리치지 마. 그러다 겨우 고정해 놓은 턱뼈가 어긋나면 재수술해야 되니까."

코지 나카모토는 종혁을 죽일 듯 노려보기 위해 애를 썼지만, 고개가 돌아가지 않아서 실패했다.

종혁은 그런 그를 서늘하게 응시했다.

"그래서 안가가 어디냐?"

"…….."

"노스웨스트 워싱턴? 팰리세이즈? 애킹턴? 노마?"

코지 나카모토는 눈을 질끈 감았다.

그러나…….

"눈 떠, 이 개새끼야."

그의 눈꺼풀을 강제로 열어젖히는 종혁.

귀신보다 더 흉악하게 얼굴이 일그러진 종혁이 그를 찢어발길 듯 노려보며 워싱턴 D.C.의 지명을 읊는다.

그러나 결코 흔들리지 않는 그. 오히려 종혁을 죽일 듯 노려볼 뿐이었다.

싱긋 웃은 종혁은 그의 귀를 잡아 비틀었다.

콰드득!

괴상한 소리를 내며 찢어지기 시작한 귀.

"읍! 으으읍!"

"내가 오랜 악연으로서 충고 하나 하는데, 그냥 나한테 말하는 게 좋을 거야. 워싱턴이 봉쇄된 것도 있지만, 곧 CIA라는 무서운 친구들이 너희를 데리러 올 거거든."

'뭣?!'

"너희 사무실에서 폭탄이 발견됐어."

워싱턴 D.C. 미국의 심장부에서 대량의 폭탄이 발견된 거다.

이는 중대한 테러 행위.

"왜? 폭탄이 터지길 기대했어? 미안하지만 내가 너희에게 당한 게 워낙 많아야지."

거짓말이다. 그러나 방금 전에 깨어났는지라 루한 컨설턴트가 어떻게 됐는지 모를 코지 나카모토에게는 충분히 통할 거짓말이다.

"곧 CIA 요원들이 한국으로 급파될 거고, 너희가 회사

와 주고받은 이메일을, IP 주소와 전화번호를 토대로 본
사를 추적하겠지."

'네놈-!'

"그동안 SVR 하나만으로도 골치 아팠지? 그런데 이제
CIA도 참전한다?"

"으으으으!"

"도망치느라, 꼬리를 자르느라 바쁜 회사가 너희를 구
할 수나 있을까?"

어쩌면 이들의 입을 다물게 만들기 위해 처리조를 보낼
지도 모른다.

"그리고 CIA는 그 처리조를 잡기 위해 함정을 팔 거야,
과장님아. 이 말이 뭔지 알아? 네가 살아 있는 파리지옥
이 되는 거라고."

달콤한 냄새로 벌레를 꼬득여 잡아먹는 파리지옥.

움찔!

코지 나카모토의 눈이 드디어 흔들린다.

'역시 과장이네?'

한 번 넘겨짚어 봤는데 제대로 통했다.

종혁은 차갑게 입술을 비틀었다.

"그렇게 인력을 낭비하게 된 회사가 어떤 결정을 할까?
나라면 네가 끊어 낸 가족을, 연인을, 친구, 지인 네가 정
말로 사랑하는 사람에게 화풀이를 할 것 같은데…… 네
생각은 어때?"

'여, 연인?'

그에게도 정말 사랑한 사람이 있었다.

그러나 어쩔 수 없이 회사에 투신하느라 버리게 됐던 연인.

그녀의 얼굴이 떠오르자 코지 나카모토의 눈이 더욱 크게 흔들린다.

종혁은 그런 그의 볼을 다정하게 쓸어내렸다.

"내가 보호해 줄게. 누군지만 말해 주면 우리가 보호해 줄게. 그러니……."

알고 있는 걸 전부 말해라.

그것은 너무도 지독한 악마의 유혹이었다.

드륵! 탁!

문을 닫고 나온 종혁은 혀를 찼다.

"독한 새끼."

"어떻게 됐습니까?"

헨리가 다가오며 묻자 종혁은 고개를 저었다.

"흔들리기는 하는데 끝내 불지는 않네요. 그래도 흔들리는 포인트는 알아냈으니 이쪽을 공략하면 될 겁니다. 다른 병실에 누워 있는 놈들도요."

박 대리와 서 대리, 그리고 장기 공장에서의 총탄 세례 속에서도 살아남은 놈들까지.

CIA와 FBI가 철통같이 지키는 이 병원에 무려 다섯 명이나 누워 있다. 이 정도면 제법 큰 성과다.

"아마 곧바로 본사로 치고 갈 순 없을 겁니다."

놈들이 외국 지사와 연락을 할 때엔 본사에서 다이렉트로 메시지를 보내는 게 아니라 몇 단계, 몇 십 단계를 거쳐 보낸다고 했다.

"그래도 그 중계 지점 모두에 놈들이 있을 테니 그것만으로도 타격을 입힐 순 있겠죠."

"……저 멕시코의 카르텔도 이 정도는 아닐 겁니다."

그러나 그 범위를 전 세계로 넓혀 보면 이 정도로 치밀한 범죄 조직들이 몇 곳 있기는 하다. CIA도 겨우 이름만 아는 조직들이. 심지어 이름조차 모르는 조직도 있었다.

그중 대표적인 게 어나니머스.

CIA는 이들의 본부가 어딘지, 구성원이 누군지조차 파악하고 있지 못한 상태다.

"그러니 아직도 애를 먹고 있는 거죠."

아마 이 미국에 있는 게 저들뿐만이 아닐 수 있다.

"모두 어딘가에 결핍이 있는 놈들입니다. 무작정 고문을 하기보다는 지켜야 할 것을 만들어 주는 게 나을 겁니다."

"지켜야 할 것이라……."

눈빛이 심유하게 가라앉은 헨리가 고개를 끄덕였다.

그러다 아차 하며 함께 온 노인을 가리켰다.

"최, 인사하시죠. 이쪽은 CIA 부국장이신 데이비드 프라이스입니다."

"미국의 친구를 만나게 되어 영광이고, 이 미국에서 자라나던 암 덩어리를 제거해 주셔서 감사합니다. 데이비드 프라이스입니다."

종혁은 눈을 빛냈다.

'헨리의 동료, 혹은 지지자라는 건가…….'

그렇지 않다면 굳이 이 사람을 데려올 이유가 없었을 터.

게다가 헨리는 그를 공손하게 소개했다.

"아닙니다. 해야 할 일을 했을 뿐입니다. 최종혁입니다."

종혁의 공손한 말에 흡족한 미소를 짓던 프라이스 부
국장은 뒤에서 느껴지는 강렬한 시선에 고개를 돌렸다가
입맛을 다셨다.

"이런. 아무래도 대화는 나중에 나눠야 할 것 같군요."

"……같이 있어 주시면 안 될까요?"

"하하하."

종혁의 어깨를 두드린 프라이스 부국장은 헨리와 함께
멀어졌고, 종혁은 이쪽을 향해 성큼성큼 다가오는 캘리
그레이스를 보며 입맛을 다셨다.

"오셨습니까, 보스?"

"불어. 이 거지 같은 자식들이 누군지."

대체 어떤 놈들이기에 먹으면 죽는 독약을 몸에 숨기고
있고, 종혁은 어떻게 그걸 아는 걸까.

또 CIA 부국장과는 어떻게 아는 사이인 걸까.

그녀의 눈이 불을 토해 내기 시작했다.

2장. 한국으로

한국으로

해가 저문 어두운 밤.

종혁이 입원해 있는 병원 앞 카페를 나선다.

"아쉽군요. 상처만 아니었다면 술을 한잔했을 텐데요."

종혁도 그 부분이 아쉬웠다. 그러나 상처 때문에 어쩔 수 없었다.

"다음에 마시면 되죠. 그럼 가 볼게요, 헨리. 오늘 즐거웠습니다, 프라이스 씨."

"얼른 낫기를 기도하겠습니다."

고개를 숙인 종혁은 늦었다고 화를 낼 간호사를 떠올리며 걸음을 재촉했고, 데이비드 프라이스는 그런 종혁을 보며 시거를 물었다.

"자네가 왜 저 젊은 친구에게 죽고 못 사는지 알 것 같더군."

오늘 참 많은 이야기를 나눴고, 참 많은 부분에서 경악을 했다.

마치 미래를 알고 있는 듯 거침없이 쏟아져 나오던 비전과 앞으로 가속될 세계 경제의 흐름, 그리고 정세.

겨우 4시간 이야기를 나누는 동안 몇 번이나 전율을 했는지 모른다.

"저런 인물은 미국의 시민이어야 하는데 말이야."

데이비드 프라이스의 눈이 섬뜩한 욕심을 머금는다.

"노력은 많이 하고 있습니다만……."

"그놈의 러시아가 문제겠지. 빌어먹을 불곰들."

"아니요. 최는 자신의 조국을, 아니 시민을 너무도 사랑하기 때문입니다."

"애국심까지……!"

혀를 툴툴 찬 데이비드 프라이스 부국장이 돌연 눈을 가늘게 뜬다.

"그런데 말하지 않아도 괜찮겠나?"

헨리가 CIA의 국장이 되려 한다는 것을.

헨리는 피식 웃었다.

"어쩌면 그 생각조차 읽고 있을지 모를 친구입니다. 뭐 몰랐다고 한다면, 그때의 즐거움으로 남겨 두도록 하죠."

"역시 젊음이 좋나 보군. 젊은 사람과 함께 있으니 자네의 옛날 성격이 나오는 것 같아."

"하하. 그럼 가시죠. 저희도 준비를 해야 하니까요."

곧 크게 무너질 미국.

그에 대한 마지막 점검을 해야 됐다.

"그래. 곧 예산이 줄어들 테니 활동비를 두둑하게 벌어 둬야지."

미국의 몰락에 베팅하는 것은 모두 미국의 영광을 위한 일.

그러니 나의 조국이여. 우리를 욕하지 마소서.

헨리와 데이비드 프라이스의 눈이 서늘하게 빛나기 시작했다.

* * *

부우웅! 빵빵!

아침부터 시끄러운 뉴욕의 월 스트리트.

종혁이 높다란 빌딩 숲을 보며, 저 빌딩의 높이만큼 거대한 괴물들의 놀이터를 보며, 그리고 그 사이를 바쁘게 누비는 시민들을 보며 커피를 홀짝인다.

헤드셋을 쓴 채 지하철역으로 향하는 대학생.

가슴에 포트폴리오를 꼭 품은 채 투자를 받으러 가는 예술가.

사회 초년생임을 티를 내는 듯 품이 큰 정장을 입은 채 한 건물로 들어가는 남성.

손을 꼭 붙든 채 투자회사에서 나오는 늙은 노년의 부부.

유모차를 끌며 그 뒤를 스쳐 지나가는 젊은 부부.

모두의 입가에 미소가 가득하다.

오늘 무슨 일이 벌어지는지 모르기에 가득할 수 있는 미소.

'곧 저들의 눈에서 피눈물이 흐르겠지.'

2007년부터 조금씩 바스라지기 시작한 미국의 경제.

오늘 그 경제를 완전히 부숴 버릴 초대형 폭탄이 터진다.

바로 이곳 월 스트리트에서.

종혁은 종업원이 서비스로 준 스콘을, 앞으로의 미국에 선 찾아보기 힘들 정(情)을 한입 크게 베어 물었다.

따뜻한 정처럼 온기가 남은 고소한 스콘.

꾸덕하고 달콤한 커스터드 크림이어야 하건만, 입안은 커피보다 더 씁쓸하기만 할 뿐이다.

그 순간이었다.

"꺄아아악!"

"안 돼−!"

거리에 울려 퍼지는 비명.

가게 안 TV를 본 종혁은 한숨을 내쉬었다.

[특보] 리먼 브라더스 홀딩스 파산 신청!

'시작됐군.'

드디어 트리거가 당겨졌다.

종혁은 핸드폰을 들어 권아영에게 전화를 걸었다.

"시작합시다."

−……예, 보스.

2008년 9월 15일.

드디어 미국이, 그리고 세계의 경제가 무너지기 시작했다.

사냥 시작이었다.

*   *   *

"왜 죽니! 왜 죽어! 돈을 벌러 간다고 해 놓고 왜 죽는 거야–!"

"으아아앙!"

울음이 울려 퍼지는 교회.

돈을 벌기 위해 워싱턴 D.C.로 갔다가 죽어 돌아온 아들. 사인은 교통사고.

그렇게 위장되었다.

그렇게 위장할 수밖에 없었다.

그는 이 나라의 그림자임에.

결코 드러나선 안 되는 신분임에.

이 나라, 미국은 그의 고국은 고작 이런 방식으로 밖에 나라에 충성한 요원의 죽음을 위장하고 쓸쓸히 떠나보낼 수밖에 없었다.

친했던 동료 한 명 조문을 할 수 없는 쓸쓸한 장례식.

종혁은 닫히는 관뚜껑을 보며 고개를 숙였다.

'감사합니다. 그리고 미안합니다.'

눈물을 삼키며 돌아서는 종혁의 얼굴이 일그러진다.

"개새끼들."

빠드득!

놈들을 떠올리는 그의 눈이 붉게 물들어 갔다.

대앵! 대앵!

말라 떨어지는 나뭇잎이 10월 가을이 됐음을 알려 주고 있었다.

*　*　*

웅성웅성!

오늘도 사건들 때문에 정신없이 바쁜 사무실.

그런 FBI 요원들의 입가에 가끔씩 미소가 비죽 튀어나온다.

오늘 로건 오데아에 대한 1차 공판이 끝났기 때문이다.

또한 리암 오데아 역시 기소가 확정됐다.

당연히 기분이 좋을 수밖에 없었다.

"최, 고마워."

"뭘요. 수고했어요, 보니."

검사가 로건 오데아에게 구형한 형량은 무려 240년. 피해자 한 명당 40년을 구형한 거다.

로건 오데아가 살아서 교도소를 나설 확률은 없는 거다.

모두 종혁 덕분이다.

"후우. 정말 네가 아니었다면……."

크흥 물기가 섞인 콧바람을 거칠게 뿜던 보니가 시계를 보곤 화들짝 놀란다.

"어우. 그럼 난 먼저 퇴근할게."

"응? 무슨 일 있어요?"

"아, 내가 말 안 했나? 오늘 처가와 약속이 있어서 말이야."

"……아, 그래요?"

"1년 만에 만나는 거라 아내와 애들이 굉장히 벼르고 있거든. 그럼 내일 봐."

"네. 수고했어요, 보니."

어깨를 두드리며 사무실을 나서는 보니를 응시하던 종혁은 입술을 살짝 비틀었다.

"우린 잠깐 사건 현장 좀 다녀올게!"

"어우, 배고파. 간식 먹을 사람? 없으면 내 거만 사 온다!"

"빌어먹을! 나 잠깐 감식반 좀 다녀올게!"

종혁은 한 명, 두 명 빠져나가는 요원들을 일견하곤 맞은편 자리를 보며 눈을 가늘게 떴다.

갑자기 아들의 맹장이 터져서 오늘 출근을 하지 못한 벤.

오늘 딸의 수업 참관이 있어 월차를 낸 드롭.

"풋!"

피식 웃은 종혁은 다시 컴퓨터를 응시하며 파일들을 정리한다.

이 사무실에서 일하는 건 오늘이 마지막.

이틀 후면 다시 NYPD로 넘어가야 한다. 애초부터 그런 계약이었으니 말이다.

갈 땐 가더라도 유종의 미를 거둬야 했다.

사건 파일을 정리한 종혁은 보충해야 될 목록을 들고 일어나 몰리에게 넘겼다.

"몰리, 여기요. 이것 좀 조사해 주세요."

"곧 퇴근 시간인데……."

"아직 두 시간 남았잖아요."

수고해 달라는 듯 몰리의 어깨를 주무르는 순간 캘리 그레이스가 자신의 사무실에서 걸어 나온다.

"뭐야? 사람이 왜 이렇게 적어?"

의아해하던 그녀는 이내 무슨 바쁜 일이 있겠거니 생각하며 어깨를 으쓱이고는 사무실에 있는 요원들을 둘러보다 종혁과 눈을 마주쳤다.

순간 아쉬움으로 물드는 그녀의 눈빛.

그녀가 손을 까딱이자 종혁이 다가간다.

"진짜 안 가면 안 되는 거지."

"하하."

혀를 찬 캘리 그레이스는 의아해하며 쳐다보는 요원들을 바라봤다.

"모두 오늘 최의 송별회가 있는 거 알지?"

"……네!"

우울한 표정을 짓는 사람들과 오늘이었냐는 듯 놀라는 사람들. 그리고 무심한 표정을 짓는 사람들.

"강요는 아니니까 시간 되는 사람들만 참석하도록 해! 그럼 다시들 일해!"

"옙!"

"최는 잠시 나 좀 보고."

"예."

사무실로 들어가니 캘리 그레이스가 담배를 권한다.

"모레 NYPD로 출근인가?"

"그런 계약이었으니까요."

애초에 NYPD에 연수를 받으러 온 한국 경찰 신분이었던 종혁.

그러다 FBI에 콜업이 되어 NYPD 연수생 신분으로 FBI에 연수를 받으러 온 경찰이라는 복잡한 신분이 되었다.

"한 2주 정도 부서 순환을 한 다음 한국으로 복귀하게 될 겁니다."

기간이 2주일밖에 되지 않다 보니 겉핥기식으로만 배우게 될 거다.

"FBI에 부를 때만해도 눌러앉힐 자신이 있었는데 말이야……."

"하하하."

"쯧. 네 의지가 그렇다니 어쩔 수 없네. 하지만 명심해. 나 포기 안 했어."

종혁은 웃음을 터트렸다.

"많은 걸 배우고 갑니다, 보스."

"가르칠 게 있었다면 다행이겠네. 아무튼 그동안 수고했어. 덕분에 뉴욕 시민들이 안전해질 수 있었어."

"보스도 이런 말썽꾸러기 데리고 있느라 수고하셨습니다."

둘은 악수를 하며 이별을 준비했다.

"후우. 끝났다."

겨우 모든 정리가 끝났다.

사건을 넘겨받을 요원이 누군지는 모르겠지만, 컴퓨터에 있는 자료만 봐도 사건에 대해 제대로 알 수 있을 만큼 말이다.

혹시 몰라 마지막으로 점검한 종혁은 아까 전보다 더 사람이 없어진 사무실을 보며 입술을 꿈틀거렸다.

"푸흐."

끝내 웃음을 참지 못할 때 캘리 그레이스가 다시 나온다.

"자, 모두들 컴퓨터에서 손 떼고 일어나!"

"와아아아아!"

"퇴근이다!"

"술이다!"

캘리 그레이스는 종혁의 어깨에 팔을 둘렀다.

"다 끝났어?"

"예. 다 끝났습니다."

캘리 그레이스의 눈에 다시 아쉬움이 스친다.

"그럼 뭐해? 앞장서!"

"예!"

그들은 매번 회식 때마다 들리는 FBI 뉴욕지국 근처의 펍으로 향했다.

"수고했어, 최."

"몰리도 저 때문에 수고 많았어요."

"흑. 이제 언제 봐?"

"저 보고 싶으면 언제든 한국으로 놀러 와요, 도나."

아직 술이 들어가지 않았음에도 눈물을 그렁거리는 여성 요원들. 남성 요원들도 종혁의 몸을 매만지며 아쉬움을 표현한다.

그렇게 펍의 문 앞에 도착한 종혁은 큰 기대를 품었다.

갑자기 출근을 하지 않은 파트너들이나 갑자기 일이 생겨 나간 동료들.

눈에 뻔히 보이는 짓이었다.

'어떻게 할까? 많이 놀라는 표정을 지을까, 아니면 그럴 줄 알았다는 모습을 보일까?'

종혁은 실실 웃으며 캘리 그레이스를 봤다.

그녀도 그렇다. 사무실에 요원들이 별로 없음에도 별다른 의문을 드러내지 않았다.

'하여튼 이 깜찍이 미국 사람들.'

참 장난을 좋아하는 사람들이다.

"안 들어가고 뭐해?"

"아우. 예, 예. 들어가야죠."

종혁은 방긋 웃으며 문을 활짝 열었다.

그러고는 깜짝 놀랐다.

"어?"

아무도 없는, 기척이라곤 바에 있는 사장 한 명뿐인 펍.

"안 들어가고 뭐하냐니까?"

"······어, 예."

"케니! 여기 사람 수대로 맥주랑 안주요! 오늘 이 친구가 떠나는 날이니 신경 써서 주세요!"

"맙소사! 최가 간다고? 어디로?"

"하하."

바에 앉는 종혁의 표정이 딱딱하게 굳었다.

* * *

─최, 미안! 나도 가고 싶은데!

─꺄하하하하!

─꺄르르르르!

"······아니요. 괜찮아요. 애들과 함께 잘 놀아 줘요."

─미안해! 내가 우리 애들만 있는 거라면 모르겠는데, 다른 학부모들과도 있는 자리라서! 한국으로 돌아가기까지 보름 정도 남은 거 맞지? 아니, 내일 보자! 내일! 내일 쉬는 거 맞지?

"하하, 예. 그래요, 그럼."

드롭과의 통화를 종료한 종혁이 담배를 문다.

이렇게 못 온다고 연락해 온 사람은 드롭뿐만이 아니다.

벤은 아직 병원에 있는 듯했고, 보니도 처갓집 사람들과 함께 있는 듯했다. 사건 때문에 나간 요원들도 조금만 기다려 달라고 말했다.

"좀······ 섭섭하네."

정시에 퇴근하는 날이 손꼽히는 게 자신들 같은 경찰.

사정을 이해하지만, 섭섭한 건 어쩔 수가 없다. 술이 들어가서 그런지 더 섭섭하다.

"아무리 개인주의가 강한 미국이라고 해도……."

한숨을 내쉰 종혁은 담배를 던지며 펍 안으로 들어갔다.

"어? 어디 가요, 몰리?"

"최, 미안! 애가 갑자기 아프다고 해서!"

"얼른 가 보세요."

"미안! 내가 연락할게!"

가게 밖으로 뛰어나가는 몰리를 바라보던 종혁은 입맛을 다시며 자리에 앉았다.

"미안하네."

"보스가 뭐가 미안해요."

"그래도……."

캘리 그레이스가 빈자리만 가득한 펍을 본다.

오늘 종혁의 송별회를 위해 통으로 빌린 펍.

그런데 한 명, 두 명 빠져나가더니 결국 종혁과 자신 둘만 남았다.

"쯧. 의리 없는 놈들."

"사정이 있으면 그럴 수 있죠. 그러니 보스도 이만 가 보세요. 계속 연락이 오는 것 같던데."

"아니, 난……."

"괜찮아요. 괜찮아."

캘리 그레이스의 어깨를 두드린 종혁은 그녀가 가기 편하도록 화장실로 향했다.

달칵! 쏴아아아아!

다시금 물어지는 담배.

"2차로…… 됐다. 그냥 집에 가자."

술을 마실 기분이 아니다. 그냥 집에서 간단히 위스키나 한 병 빨곤 자야 할 것 같다.

담배를 끈 종혁은 세수를 하곤 화장실을 나섰다.

빠바바바바아앙!

"뭐야, 씨발!"

깜짝 놀랐던 종혁이 펍 안을 둘러보며 입을 헤 벌린다.

"최—!"

"울었냐? 얼굴에 물기가 가득한데?"

"빨리 와! 여기 음식 많아!"

벤과 드롭, 보니와 그의 파트너, 그리고 아이가 갑자기 아파서 다급히 떠난 몰리까지. 사무실 사람들 모두 고깔모자를 쓴 채 환하게 웃으며 종혁을 반긴다.

울컥!

"아오, 진짜!"

진짜 섭섭할 뻔했다.

솔직히 화가 나긴 하지만, 그래도 기분이 좋아진다.

"얼른 와! 촛불 꺼야지!"

"예, 예. 갑니다. 가."

그들을 향해 걸어가는 종혁의 입가에 미소가 번졌다.

* * *

한편 시간을 돌려 워싱턴 D.C.의 미국 지사가 날아가고 일주일 후 본사의 제2기획실.

제2기획실장이 감자칩을 씹으며 부산 지부에서 실시간으로 보내져 오는 영상을 응시한다.

와삭!

—미국 경제가 어렵다고요? 그럼 저희에겐 더 좋은 겁니다! 저희의 사업 아이템이 뭐?

—의료기기 대여!

—그렇죠! 그런데 자금 순환이 잘 안 된다면 의료기기의 가격이 싸질까요, 비싸질까요?

—싸져요—!

—맞습니다! 그러니 우린 미국 경제가, 한국 경제가, 세계 경제가 박살 나든 말든 미국이 더 어려워지기를 빌어야 하는 겁니다!

—와아아아아아!

"크. 확실히 저 인간이 말발은 죽인단 말이지."

그렇기에 저 젊은 나이에 지부장이 된 것일 터.

"거기다 수익이……."

절로 헛웃음이 나오는 액수.

회사가 설립된 이래 한 지부, 아니 회사 전체 최고 매출액을 나날이 갱신하고 있다.

"저 실장님?"

"아, 잘 왔어. 지금 부산 지부가 언제 철수한다고 했지?"

제2기획실장의 오른팔이나 다름없는 부하가 꽤 후덕해진 그를 보며 입맛을 다신다.

'그렇게 스마트하고 댄디하시며 업무 중엔 커피 말곤 안 드시던 우리 실장님이……'

1년 전과 비교해 10킬로그램이 찐 제2기획실장.

제2기획실의 악연, 최종혁이 미국을 간 이후부터 살이 찌기 시작했다.

"야. 묻잖아."

"아, 예! 한 달 후에 완전히 철수한다고 합니다."

"한 달이라……."

계획한 날짜보다 한참 지난 시기.

"최종혁은?"

"지금 미국에 있답니다."

"누가 그걸 묻냐?"

"아, 오늘도 돈을 넣었다고 합니다. 그런데 최종혁 부하인 오택수는 오늘 돈을 모두 뺐다고 합니다."

"뭐? 왜?!"

"집을 산다고 하더라고요."

"아, 그래?"

곤두섰던 신경이 가라앉자 제2기획실장의 표정이 누그러진다.

그리고 다시 갑자칩 봉지 안으로 손을 가져가는 그.

"뭐냐, 그 불쌍한 놈을 보는 표정은? 겁나 띠껍다?"

"아, 아닙니다! 그보다 점심 드시러 가셔야죠?!"

빤히 말을 돌리려는 모습에 제2기획실장의 눈이 가늘게 떠졌다가 이내 히죽 웃는다.

"어이구, 벌써 시간이 그렇게 됐나? 오늘 메뉴가 뭐야?"

"한식으로는 익비, 특식으로는 모둠 초밥, 양식으로는 닭 안심스테이크와 토마토 파스타요."

"에이. 오늘은 별로네. 소고기 씹으러 가자. 소주랑 같이."

"또요? 작년까지만 해도 위궤양이랑 탈모 있다고 고기 안 드시지 않았어요? 술도 안 드셨잖아요."

"내가? 언제? 아아, 최종혁 그 씹새끼 한국에 있을 때? 에이. 그건 작년 일이지."

지금은 편안하다.

매일 폭음을 해도 위장은 멀쩡하다 못해 튼튼했다.

거기다 얼마 전 제1기획실이 관리하던 미국 지사가 공중분해되면서 몸이 아주 날아갈 것 같았다.

"그래서 싫어?"

"아닙니다! 그럼 얼른 외투 챙기겠습니다!"

"그래. 얼른 챙겨."

제2기획실장도 영상을 종료하며 몸을 일으키는 순간이었다.

쾅!

거칠게 열리는 사무실의 문과 얼굴이 새빨개져 들어오는 덩치가 큰, 오십대의 나이에 맞지 않게 근육질인 장년인을 보며 제2기획실장은 의아해했다.

"1실장님?"

제1기획실의 실장인 장년인.

"2실장 너, 최종혁! 최종혁 그 개새끼 정보 가지고 있지?!"

"……아, 씨발."

제2기획실장은 갑자기 따끔거리기 시작한 배를 붙잡으며 얼굴을 구겼다.

최종혁이란 말이 울려 퍼지자 조용해진 제2기획실.

눈앞이 아찔해진 제2기획실장이 관자놀이를 꾹 누른다.

"갑자기 무슨 일로 그 새끼를 찾으시는 겁니까?"

"무슨 일은 무슨 일! 그 개새끼가…… 후. 조용한 곳에서 이야기 좀 나누지."

눈이 동그래진 제2기획실 사원들을 둘러보며 말을 아낀 제1기획실장은 몸을 돌려 나갔고, 제2기획실장은 코트를 챙겨 오던 부하 직원을 일견하곤 그의 뒤를 따랐다.

그런 그들이 간 곳은 회사 옥상이었다.

"도대체 무슨 일이신 겁니까? 그리고 최종혁에 대한 정보는 사내 인트라망에 다 있습니다만?"

"누가 그걸 몰라서 물어!"

그가 원하는 건 사내 인트라망에 올라가 있지 않은, 제2기획실에서만 아는 정보.

최종혁의 심장을 찌를 수 있을 만한 치명적인 정보였다.

대체 왜 그러냐는 시선에 제2기획실장이 내민 아이스 커피를 단숨에 들이켠 제1기획실장이 이를 간다.

"이번에 미국 지사 날아간 거 알지?"

"알죠."

"그거 최종혁이 날린 거다."

제2기획실장의 눈썹이 구겨진다.

"……최종혁은 뉴욕에 있지 않았습니까?"

"미국 지사 수색에 FBI 뉴욕지국이 함께했다는 정보를 입수했어."

"흠…… 그렇다고 해도 꼭 최종혁이 미국 지사를 날렸다고 단정 짓기에는……."

"최종혁이 가슴과 옆구리, 팔뚝에 자상을 입고 워싱턴 병원에서 수술을 받았는데, 그 부위가 가슴은 여기서부터 여기. 팔은 여기. 옆구리는 여기."

죄다 치명적인 부위다 못해 익숙한 냄새가 풍긴다.

까드득!

"이 개새끼는 안 끼는 곳이 없네, 씨발."

커피를 단숨에 들이켠 제2기획실장의 눈빛이 서늘해진다.

"그래서요? 제거라도 하겠다는 겁니까?"

그렇게 말하며 허리춤으로 손을 가져가는 제2기획실장.

그걸 본 제1기획실장의 눈이 흉흉해진다.

"왜? 그렇다고 하면 은퇴시키게? 네가?"

"상부의 지시를 어기시겠다면."

작년 대선에서 박명후가 아닌 다른 후보를 밀어주는 큰 실수를 하며 회사에 피해를 끼쳤던 제1기획실장.

그런 상황에서 회사의 명을 어기려 하니 이 자리에서 죽인다고 해도 자신에게 징계가 내려지진 않을 것이다.

"히야. 2실장, 너 많이 컸다?"

콰드득!

하얗게 쥐어지는 우악스런 주먹을 본 제2기획실장이 결국 칼을 빼 들고, 제1기획실장이 어디 해 보라는 듯 싱글벙글 웃는다.

일촉즉발의 상황.

작은 신호라도 터지면 서로를 향해 흉기를 들이밀려는 순간이었다.

지이잉! 탓!

제1기획실장의 품에서 진동이 울리는 것과 동시에 제2기획실장의 허리춤에서 칼이 뽑히고, 제1기획실장이 뒤로 몸을 날린다.

제1기획실장이 있던 자리를 스쳐 지나가는 칼날.

그와 동시에 제2기획실장의 턱을 향해 솥뚜껑만 한 주먹이 날아든다.

뻐억! 타다닷!

가드를 한 채 다섯 발이나 물러난 제2기획실장과 몸을 푸는 제1기획실장.

"오늘 피 좀 보겠네."

"우연이네요. 나도 마침 같은 생각을 하는 중이었거든요."

통! 통!

제2기획실장이 제자리에서 뛰며 굳어 있던 몸을 푼다.

지이잉! 지이잉!

"받으시죠? 급한 전화 같은데?"

"……있어 봐."

업무 시간에 기획실 실장에게 전화를 할 수 있는 사람이 몇 명이나 있을까.

제2기획실장에게 시선을 고정한 제1기획실장이 품에서 핸드폰을 꺼내어 받는다.

"아, 오 전무님. 무슨 일…….'

'오 전무?'

제1기획실장의 직속 상사, 오 전무.

"그게 무슨 말입니까! 최종혁을 가만 놔두라니요! 예? CIA가요?"

'CIA? 뭐야, 갑자기 CIA가 왜 나와?'

"그놈이 결국…… 빠드득! 알겠습니다. 예. 후, 알겠습니다. 들어가십시오."

통화를 종료한 제1기획실장이 몸을 떤다.

절대 거부할 수 없는 상사의 명령이지만 너무 부당했다.

"씨발―!"

제1기획실장이 화를 못 이겨 핸드폰을 집어 던졌고, 제2기획실장은 칼을 갈무리하며 볼을 긁적였다.

아무리 봐도 질책을 받은 것 같은 상황.

"어…… 힘내십쇼?"

"닥쳐. 아무 말 하지 마."

"CIA는 무슨 소립니까?"

"입 열지…… 후우. CIA 요원 30명이 한국에 들어왔단다."

움찔!

CIA가 아무래도 이번사건으로 인해 자신들 조직이 미연방의 안보에 위협이 된다고 판단을 내린 것 같다.

최종혁을 보호하고 협조한다는 명목 아래에 움직였던 이전과는 달리, 이제는 스스로 자신들을 쫓기 위해 나설 터.

이런 상황에 최종혁을 제거한다?

SVR도 자신들을 쫓는 상황에서?

이제는 CIA와 SVR이 공조를 하는 상황을 넘어, 미국과 러시아가 공조를 하는 상황까지 올지도 몰랐다.

"으아아악!"

악을 지른 제1기획실장은 숨을 거칠게 몰아쉬다 돌아섰다.

"간다."

"……술 한잔하시겠습니까?"

"방금까지 칼부림한 놈과 술을 마시라고? 내가 그 정도로 신경이 두껍지는 않아."

"크흠."

"끝까지 죄송하다고는 안 하지."

코웃음을 친 제1기획실장은 발을 떼다가 아차 했다.

"아, 그리고 최종혁 10월에 복귀한단다."

"예?"

어리벙벙해지는 제2기획실장의 모습에 속이 좀 후련해진 제1기획실장은 손을 흔들며 옥상을 빠져나갔고, 그런 그를 멍하니 쳐다보던 제2기획실장은 머리를 쥐어뜯었다.

"아니, 왜 벌써! 그냥 거기서 뼈를 묻지, 왜!"

제2기획실장은 한 움큼 빠져나오는 머리카락에 눈을 질끈 감았다.

*　*　*

뉴욕, 존 F. 케네디 국제공항.

종혁과 캘리 그레이스, 벤과 드롭, 그리고 NYPD에서의 파트너였던 조니가 출입구 앞에 선다.

"수고했어, 최."

"수고하셨습니다."

서로 악수를 나누는 그들.

"이만하면 됐으니까 얼른 들어가 보세요. 바쁘잖아요."

언제나 바쁜 FBI.

지금 이 순간에도 어떤 강력 사건이 터지고 있을지 모른다.

"……내년 포럼에 올 거지?"

"아마도? 그때 가 봐야 알 것 같네요."

"쯧. 알았어. 조심히 가. 그리고…… 그놈들에 대해선 나도 파 볼 생각이니까 자료 바로 넘겨주고."

조직의 이름조차 알려지지 않은 한국의 범죄 조직.

감히 이 미국을 어지럽히려 했던 놈들.

그녀의 눈에 불똥이 튀자 종혁은 옅게 웃었다.

'CIA뿐만 아니라 FBI까지도 놈들을 쫓는다라……'

범죄자를 잡기 위해서라면 전 세계 어디든 가는 FBI.

이들의 협조를 얻은 것이 이번 미국행에서 두 번째로 큰 성과가 아닐까 싶었다.

그리고 첫 번째는…… 바로 이들과 인연을 맺은 것이었다.

"그동안 즐거웠습니다."

"즐거웠으면 됐어."

종혁의 어깨를 두드린 캘리는 아쉬움을 접으며 돌아섰고, 종혁은 얼굴에 아쉬움이 가득한 벤과 드롭, 그들의 가족을 봤다.

종혁이 떠난다는 소식에 배웅을 나온 그들.

"최, 안 가면 안 돼?"

종혁은 옷자락을 잡고 흔드는 벤의 딸의 행동에 그녀의 머리를 쓰다듬었다.

"공부 열심히 하고. 기말고사 보고 꼭 성적표 보내라."

"응. 잘 가, 최."

"헬레나, 애 성적표 꼭 확인해요."

"아하하. 당연하지."

다가온 벤의 아내, 헬레나가 종혁을 꼭 끌어안는다.

"그동안 즐거웠어. 너도 즐거웠길 바라."

"나중에 비행기 보낼 테니까 꼭 놀러와요."

"당연하지."

드롭의 가족들과도 인사를 나눈 종혁은 벤과 드롭을 향해 입을 열었다.

"그 제의는 진짜 진심이니까 진지하게 생각해 봐요."

"나쁜 자식. 갈 거면 몇 달 전에 말해 줘야지 고작 3주 전에 말해 주는 게 어디 있어?"

"상황이 그렇게 꼬인 걸 나보고 어쩌라고요."

"뭐라고?"

"잘못했습니다!"

"……후우."

순간 와락 끌어안는 드롭.

"잘 가, 친구. 너와 함께하는 동안 즐거웠어."

"……저도 잊지 못할 거예요, 드롭. 아니 친구들."

벤도 종혁의 팔을 쓸어내리며 아쉬움을 달랜다.

"제안은 진지하게 생각해 볼 테니까 이만 들어가 봐. 비행기 시간 늦겠다."

오늘의 이별이 영원한 헤어짐이 알기에 아쉬움을 달래며 돌아서는 그들.

조니와도 인사를 나눈 종혁은 못내 아쉬운지 계속 손을 흔드는 벤과 드롭의 자식들을 향해 손을 흔들어 주곤 가을의 푸른 하늘을 가만히 응시했다.

"길었네."

참 길었다.

그리고 참 많은 일이 있었다.

그중 제일 기쁜 건 바로 놈들의 지부를 하나 잘라 냈다는 것이 아닐까 싶었다.

"푸흐. 씨발 새끼들."

지금쯤 열이 뻗쳐 있을 놈들을 떠올리니 절로 웃음이 나온다.

"끄아! 이제 돌아가 보실까?!"

종혁은 기지개를 켜며 돌아섰다.

한국으로 돌아갈 시간이었다.

* * *

웅성웅성.

오가는 사람들로 가득한 인천국제공항.

오택수와 최재수, 순철이 손목시계를 보며 걸음을 재촉한다.

"아, 진짜! 더 빨리 왔어야 했는데!"

작은 짜증을 내며 외사국의 함경필 국장과 백이도 과장을 노려보는 최재수.

"아직 비행기 도착하려면 20분은 더 남았잖아. 뭐가 그렇게 급해?"

"팀장님 전용기 타고 오시는 거라서 원래 도착 예정시간보다 일찍 도착하신다고요!"

그런데 둘의 늑장 때문에 늦었다.

함경필 국장과 백이도 과장의 목이 움츠러들었다.

"그, 그래? 야, 인마! 나 국장이야!"

"나는 과장이야! 전용기를 모르면 그럴 수도 있는 거지. 상사를 잡아먹겠다, 아주? 어?"

"아니……."

"최재수."

옆구리를 툭 치는 오택수의 손길에 다행이라며 고개를 돌리던 최재수는 오택수가 가리키는 곳을 보곤 낯빛을 굳혔다.

이 가을, 가족끼리 어느 나라로 여행을 가려는지 신이 난 사람들 뒤편에서 그들 사이로 손을 집어넣는 한 남성.

소매치기다.

"야-!"

움찔!

화들짝 놀라 쳐다보는 사람들 사이, 소매치기를 보며 최재수가 입술을 비튼다.

"이리 와, 인마."

"……에이 씨!"

"잡아!"

최재수와 순철이 반사적으로 튀어 나가고, 오택수와 함경필, 백이도가 그 뒤를 쫓는다.

"비켜요! 비켜!"

"거기 앞에 비키세요!"

"뭐야? 꺄악!"

순식간에 아수라장이 되는 인천공항.

'씨발! 씨발!'

재수가 없어도 이렇게 재수가 없을까.

저승사자가 한 마리도 아니고 다섯 마리.

소매치기가 인천공항을 벗어나기 위해 몸을 틀려는 순간이었다.

콰악! 뿌득!

"컥?!"

순간 얼굴을 덮치는 거대한 무언가와 달리는 속도를 못 이겨 삐긋하는 목뼈.

그 아찔한 고통에 입을 떡 벌릴 때 몸이 강제로 들리며 머리 위에서 맹수의 으르렁 소리가 들린다.

"뭐야, 이 새끼는?"

"너 이 새끼……."

달려오다 종혁을 발견하곤 그대로 굳어 버리는 최재수.

이게 얼마 만일까.

그의 눈에 눈물이 고인다.

오택수와 순철, 함경필과 백이도의 얼굴도 일그러진다.

"팀장님-!"

"최 팀장-!"

왔다. 드디어 왔다.

더 많은 것을 배우기 위해 유학을 떠났던 맏형이 돌아온 거다.

그런 그들의 기쁨과 환호에 보답하듯 소매치기를 땅바

닥에 메다꽂은 종혁이 씩 웃으며 손끝을 눈썹에 가져갔다.

"충성. 경정 최종혁. 지금 막 한국으로 복귀했음을 신고합니다."

드디어 한국이었다.

* * *

"어으으. 역시 집이 좋지. 집이 좋아."

사람들과 점심 식사를 하며 간단한 해우를 마치고 돌아온 집.

씻고 소파에 앉은 종혁의 입에서 앓는 소리가 흘러나온다.

그동안 알게 모르게 몸을 좀먹어 갔던 긴장과 피로가 사르르 녹아내리는 기분.

"끄으. 엄마 퇴근할 때까지 한숨 때려 보실까?"

띠디디디딕! 띠리릭!

"오우. 충성."

문을 열고 들어오는 어머니 고정숙에 종혁은 튕기듯 일어나 거수경례를 했다.

"자랑스런 아들 최종혁은……."

쿵쿵쿵!

"벗어."

흠칫!

"어머, 변태! 아무리 엄마라도 아들 몸을……."

"내가 벗길까, 네가 벗을래?"

"……쩝."

입맛을 다신 종혁은 상의를 벗었고, 울컥 고정숙의 눈이 붉어진다.

못 보던 흉터가 늘어난 아들.

가장 흉한 건 아무래도 왼손이다.

마치 거친 사포로 갈아 버린 듯 흉한 왼손과 심장을 철렁 내려앉게 만드는 가슴의 흉터.

종혁은 아무런 말을 못하는 어머니를 꼭 안았다.

"죄송해요."

못난 아들은 그 말 말고는 할 수 있는 말이 없었다.

* * *

다음 날 아침, 경찰 본청.

로비 게시판에 붙은 특별인사이동 공고문에 경찰들이 모여든다.

"와, 씨?"

"크. 역시 최 팀장. 대단하네."

질시를 보내거나 그럴 줄 알았다는 듯 고개를 끄덕이는 경찰들.

[신설 특별범죄수사대 특별인사이동 공고]
[대장: 최종혁 경정(전 소속: 외사국 외사수사과)]

"씨발, 이게 말이 돼? 서른도 안 된 놈이 대장이라고?"

"말이 왜 안 돼? 최 팀장이 그동안 해결한 초대형 사건이 몇 개야? 따 버린 거물이 몇 명이고?"

"햐. 이렇게 되면 최 팀장도 청장님 라인 타는 건가?"

"그건 아닌 것 같던데? 최 팀장이 저번 연수 갈 때 좀 뜬금없었잖아? 말을 들어 보니까 그거에 얽힌 이야기가 좀 깊더라고."

"뭐야, 무슨 사정이 있는 건데?"

"캬아. 진짜 난 놈은 난 놈이네."

"그건 나도 인정하는데 이건 반대. 경정이 대장이라는 건 좀…… 나이도 어리고."

"왜? 최 팀장도 이젠 간부 코스 밟을 때 됐지. 흠, 이렇게 되면 내년 총경 TO 중 하나는 최 팀장 차지라고 봐야 하나?"

"햐. 난 지방서 과장으로 시작했는데."

"씨불. 난 파출소 소장이었어."

"그런데 이놈의 작명 센스는…… 부서 이름은 대체 누가 지은 거야? 특수범죄수사과, 특별수사과, 특수, 특별. 이놈의 특수, 특별은 왜 이렇게 좋아하는 거야?"

"그만큼 권한이 크다는 거겠지. 어? 최 팀장이다."

입을 다문 사람들이 정복을 입은 채 로비로 들어서는 종혁을 보며 눈을 가늘게 뜨고, 종혁은 미국으로 떠나기 전과 달리 질시와 조소, 마치 상품을 살피는 냉정한 눈이 대부분인 사람들의 시선에 의아해했다.

"뭘 그렇게 보고 계시길래 오랜만에 오는 후배도 환영해 주시지 않는 겁니까? 대체 뭔데요? 응? 어? 이건 또 뭐야."

게시판을 본 종혁은 진심으로 당황하면서도 그제야 사람들의 반응을 이해했다.

중간 간부인 팀장까지는 예쁨을 받는 자리다. 잘났지만 귀여운 후배. 나이가 어린데도 싹수가 훌륭한 후배.

그러나 본청 과장급부터는 아니다.

앞으로 윗자리를 놓고 싸워야 하는 라이벌.

미친 실적을 올리지만 귀여웠던 후배가 라이벌이 되어 버리는 거다.

'쯧. 견제 좀 받겠네.'

경찰 경력이 최소 15년 이상인 엘리트 괴물들의 견제를.

'이걸 박종명이 모를 리가 없을 텐데…….'

찰나 만에 생각을 정리한 종혁은 당황한 모습을, 마치 여기서 처음 알았다는 듯한 모습을 연기했다.

"어, 어라? 부, 분명 팀급 규모라고 했는데?"

"응?"

사람들은 정말 당황한 것 같은 종혁을 보며 눈을 가늘게 떴다.

"팀?"

"예. 상부에서 좀 특별한 수사팀을 조직해서 시범 운행을…… 아, 아닙니다. 충성. 수, 수고하십시오!"

종혁은 부리나케 사라졌고, 남겨진 사람들은 당혹스러

워했다.

"이게 최 팀장 의지와 상관없는 일이다? 특별한 수사팀? 시범 운행? 누구 뭐 들은 거 없어?"

"뭐야. 뭐가 어떻게 돌아가고 있는 거야?"

한편 경찰청장실로 올라온 종혁은 노크를 하곤 안으로 들어갔다.

"충성. 경정 최종혁. 약 1년간의 연수를 마치고 지금 막 복귀했습니다."

"그래. 어서 와."

종혁은 다리를 꼬고 앉으며 인사를 받는 박종명 경찰청장을 보며 눈을 빛냈다.

호록!

차를 마시는 박종명 경찰청장이 옅게 웃는다.

"올라오는 길에 새 사무실은 둘러봤나?"

"아니요. 청장님께 복귀 신고를 하는 게 먼저라 바로 올라왔습니다만…… 음…….'"

'당황스럽겠지.'

종혁이 요구한 팀급 규모의 부서가 아니라 과급 규모의 부서. 게다가 종혁이 요구한, 일시적으로는 외사국 소속으로 해 달라는 것과 달리 단독 부서.

"왜 놀랐나?"

"솔직히 많이 놀랐습니다. 왜 이런 결정을……."

"FBI에서 너무 잘해 줘서. 고삐가 풀리니 정말 날아다니더군. 이 정도로 잘해 줄 거라곤 생각 못했어, 최 팀장. 아니, 최 대장."

종혁이 큰 사건을 해결할 때마다 날아온 FBI와 뉴욕시장, 주지사의 감사패.

그리고 그럴 때마다 종혁의 업적을 노출시킨 한국의 언론들.

잘해 줘도 너무 잘해 줬다.

비슷한 시기에 연수를 갔거나 가게 될 박종명 자신 휘하의 간부들에게 큰 악영향이 갈 정도로.

처음에는 자신에게 큰 이익을 안겨다 주는 조희구의 부탁으로 미국에 보내 버렸던 것인데, 이제는 자신의 눈에 밟혀서라도 치워 버려야겠다는 생각이 들기 시작했다.

그래서 아예 판을 키워 버린 거다.

박종명은 그런 속내를 감춘 채 말을 이어 나갔으나, 종혁은 그의 표정과 몸짓만으로 그가 무슨 생각을 하고 있는 것인지 얼추 짐작할 수 있었다.

'그냥 쳐내기엔 명분이 없으니, 다른 간부들 견제에 치여 죽으라는 거구만?'

지금부터 같은 경정은 물론이고, 총경과 경무관까지 종혁 자신을 견제하기 시작할 거다.

튀어나온 못은 망치로 때리고, 모난 돌은 정으로 깨야 하듯 저 하늘 위에 있는 치안감과 치안정감을 제외한 간부들의 이목이 집중될 터.

사소한 실수 하나만 저질러도 어떻게든 끌어내리려고

할 것이 분명했다.

'내부 단속부터 해야겠네.'

생각을 정리한 종혁은 숨을 고르는 모습을 보이며 미지근해진 커피를 들이켰다.

"왜 이런 결정을 하신 겁니까?"

"그래서 싫나?"

"아니요. 싫은 건 아니…… 예, 솔직히 부담스럽습니다."

그 말에 박종명의 입가에 흡족한 미소가 떠오른다.

"그래도 해 봐. 그래야 간부로서의 역량이 늘지."

"아니……."

"아니면 지방청의 과장으로 가든가."

박종명의 목소리에 불편함이 서리자 종혁은 고개를 숙였다.

"죄송합니다. 그리고 감사합니다. 이 은혜 꼭 갚겠습니다."

"나가 봐."

은혜를 갚는다는 말에 풀어진 목소리.

종혁은 몸을 일으켜 거수경례를 하곤 돌아섰고, 박종명은 아차 싶었다.

"아, 최 대장. 이거 받아."

"예?"

"부서 신설 선물."

그렇게 말했지만, 선물이 사건 파일이다.

종혁의 미간이 좁혀졌다.

"최 대장."

"예, 청장님."

"힘들면 언제든 말해. 최 대장을 위한 자리는 많으니까."

"옙! 충성!"

종혁이 문을 닫고 나가자 박종명은 나른히 웃었다.

"어디 한번 해 볼 수 있을 때까지 해 봐. 어디까지 할 수 있을진 모르겠지만."

찰칵! 치이익!

"후우. 달군."

담배가 참 달았다.

쿵!

문을 닫고 나온 종혁은 입술을 비틀었다.

'그러니까 여차하면 내가 만든 시스템을 꿀꺽하시겠다?'

종혁이 설계한 특별범죄수사대는 수사에 영역을 두지 않을 뿐만 아니라, 수사를 진행하는 데 있어 모든 절차를 생략할 수 있는 그야말로 무소불위의 권한을 지니고 있다.

다만 문제는 그만한 권한이 주어지는 만큼 그에 걸맞은 실적을 달성해야만 한다는 것.

"실적이 미흡하면 날 쳐낼 테고, 실적을 달성하면 그 치적은 자신의 것이라는 거겠지."

심지어 팀이 아닌 과가 되면서, 채워야 하는 실적이 더 늘어나게 되었다.

수사팀이 수사대로 격상된 것 하나만으로 발생하는 문제가 한두 가지가 아닌 셈이다.

"그래도 땡큐. 감사합니다, 씨발. 내가 잘 운영해 드릴게."

하지만 그러한 것들은 종혁에게 있어선 사소한 문제에 불과했다.

오히려 그런 문제들만 걷어낸다면 이보다 좋을 수는 없었다.

간부 코스를 본청 과장급으로 시작한다?

막힘 없이 뚫려 있는 고속도로 위에 오른 셈이나 다름없었다.

키득키득 웃은 종혁은 박종명이 첫 사건으로 넘긴 사건 파일을 살피곤 얼굴을 구겼다.

"씨발?"

그는 다급히 자신의 새 사무실이 아니라 외사국으로 향했다.

* * *

"흠."

외사국의 국장 함경필이 눈을 가늘게 뜬 채 담배를 펴고 있다.

오늘 아침, 출근길에서 본 공고문에 심란한 그.

"특별범죄수사대라……."

아끼던 후배에게 출셋길이 트였다고 해서 질투할 생각

은 없었다.

문제는 새로이 신설되는 특별범죄수사대가 수사 영역이 외사국의 영역까지 넘본다는 것이 문제였다.

영역을 침범당한 외사국의 국장으로서 기분이 좋을 리가 만무했다.

똑똑똑!

"들어와."

"충성."

"무슨 일이야?"

어제와 달리 차가운 함경필 국장의 목소리에 종혁은 속으로 혀를 찼다.

"딱 한마디만 하겠습니다. 제 의지가 아니었습니다."

"……용건은? 미안하지만 바빠."

종혁은 그에게 걸어가 사건 파일을 내밀었다.

"청장님이 부서 신설 선물이라고 주셨습니다."

"그래서? 나도 선물을 달라는 거야?"

"읽어 보시죠."

"……."

가만히 종혁을 응시하던 함경필이 혀를 찬다.

자신이 옹졸한 모습을 보이고 있다는 것은 알고 있다. 하지만 마음이 너무 복잡했다.

한숨을 내쉬며 사건 파일을 살핀 함경필은 이내 고개를 번쩍 들어 종혁을 봤다.

"이걸 왜?"

"보조하겠습니다."

"……뭐?"

"외사국 사건입니다. 아무리 강제로 이산가족이 됐다지만, 외사국에서 떨어져 나간 놈이 맡을 사건은 아니라고 생각했습니다."

"아니, 하…….'"

표정이 더 복잡해진 함경필은 내선전화기를 들었다.

"국장실로 와."

수화기를 내려놓은 함경필은 종혁이 한 말의 진의를 가늠하기 위해 종혁을 빤히 응시했고, 종혁은 그 시선을 피하지 않았다.

그리고 잠시 후 백이도 과장이 문을 열고 들어오다 종혁을 보곤 복잡한 표정을 짓는다.

"너…… 하아. 이따가 이야기하자. 부르셨습니까?"

투욱!

"살펴봐. 최 팀장, 아니 최 대장이 보조하겠다고 가져온 거야. 청장님이 주신 부서 신설 선물인데."

미간을 좁히며 사건 파일을 살핀 백이도가 더 복잡한 표정을 짓는다.

"보조하겠다고? 신설 부서 첫 사건인데?"

"전 이게 맞다고 생각합니다."

"……하나만 묻자. 너 알았어?"

"제가 아는 건 두 분께 말씀드렸던 것뿐입니다. 믿어주십시오."

본래는 외사국에 속한 팀으로 신설해 줄 것을 요청했던 종혁. 당연히 외사국의 국장과 과장에게는 양해를 구하며 언질을 해 두었었다.

"미안하다. 젠장."

종혁을 믿지 못한 건 아니다.

그러나 상황이 이렇게 되니 온갖 생각이 들 수밖에 없었다.

"저도 당황스러운 상황이니 이해하겠습니다. 솔직히 서운하지만요."

"미안하다니까……. 아니지? 야, 너 이제야 과장이 된 놈이 말이야, 베테랑 과장한테 따지겠다고?"

"누가 과장님한테 따진답니까? 사모님한테 따져야지?"

"잘못했다! 살려 줘!"

"에라이. 어떻게 진중한 모습이 10초를 못 넘기냐."

"사돈 남 말하지 마세요. 안 봐도 딱 보이네. 방금 전까지 우리 최 대장 막 구박하고 그랬죠?"

움찔!

"누, 누가! 언제!"

종혁은 서로 악악거리는 그들을 보곤 속으로 가슴을 쓸어내리며 이를 갈았다.

'박종명.'

종혁을 비호해 주는 외사국을 떼어 내고, 현재 본청에서 종혁을 가장 예뻐하는 함경필 국장에게 의심의 암귀를 심어 주려는 수작.

그것도 모자라 사무실의 위치가 바로 외사국이 있는 층이다.

고립무원 상태로 만들어 박종명 자신에게 의지하게 만들려는 수작까지 부렸다.

정말 머리를 잘 쓴 거다.

"그럼 보조하는 걸로 알고 가겠습니다. 아직 사무실도 살펴보지 않아서."

"아냐. 우리가 보조해 줄 테니까 최 대장이 해."

백이도가 종혁에게 사건 파일을 넘긴다.

"그래도 명색이 청장님이 주신 개업 기념 선물인데, 우리가 낚아채면 모양새가 안 좋지."

"그냥 솔직하게 말 하세요. 사이즈가 커서 그런 거라고."

"그래! 커서 그렇다!"

명실상부 대한민국 1위 기업, 삼전그룹이 얽힌 일이다. 아무리 본청 외사국이라고 해도 삼키기가 겁난다.

"꼭 속내를 끄집어내야 후련하냐!"

"사랑합니다. 그럼 전 사무실에 가 보겠습니다!"

"그래. 우리도 곧 넘어갈게!"

손을 흔든 백이도는 고개를 꾸벅 숙인 종혁이 나가자 낯빛을 싸늘하게 굳혔다.

"박 청장 그 양반, 대가리 잘 썼네요."

"경찰청장한테 대가리가 뭐냐?"

"몰라요. 난 그 사람 마음에 안 듭니다."

"……그쪽에서 나온 말은 없어?"

"없습니다. 출근하자마자 살펴보니까 조용하던데요?"

"사전에 다 상의됐단 소리군."

함경필 국장 본인을 비롯한 고위 간부들과의 협의 없이.

찰칵! 치이익!

'고위 간부들의 반발을 감내할 정도로 최 대장이 마음에 든다는 건가……'

어쩌면 마음에 들지 않아 찍어 누르려는 것일 수도 있다.

연수까지 다녀온 간부를 명분 없이 지방으로 좌천시키기에는 모양새가 안 나오니 말이다.

"후우. 최 대장도 이제 정치판에 들어온 거구만."

지긋지긋한 사내 정치.

하지만 높은 곳으로 가려면 어쩔 수 없이 견뎌야 되는 괴물들의 세상.

"뭐, 최 대장이면 잘 해낼 수 있겠죠."

"그렇겠지."

아니, 어쩌면 되려 박종명이 잡아먹힐 수도 있다.

곁에서 지켜본 종혁은 그런 능구렁이를 품고 있는 미친 괴물이었으니까.

"선물 챙겨 와. 최 대장 사무실 구경 가야지."

"어우. 그래야죠. 다른 애들한테 설명도 해 줘야 하고요."

"이따가 최 대장이랑 상의해서 회식 잡아."

"옙!"

함경필은 난을 들고 일어섰다.

역시 선물은 뭐니 뭐니 해도 난이 최고였다.

"하아. 사무실 오기 힘드네."

자신의 사무실인데, 그동안 흘린 땀방울의 결실인데 여기까지 오는 데 얼마나 걸렸는지 모른다.

'그래도……'

이제부터 시작이다.

모든 것이.

입술을 비튼 종혁은 문을 거칠게 밀며 사무실 안으로 들어섰다.

거의 80평 정도 되어 보이는 거대한 사무실.

경찰 수사팀 사무실이 아니라 유럽 부자들의 응접실을 연상시키는 모던함과 고급스러움이 가득한 정경에 종혁이 눈을 빛낸다.

유일한 오점은 한구석에 있는 유치장일 것이다.

"총원 차렷!"

척!

오택수의 외침에 최재수와 순철이 몸을 일으키며 히죽 웃는다.

"대장님께 대하여 경례!"

"충성-!"

"……충성. 철이, 보고."

"컴퓨터, 프로그램, 기관들과의 연결 모두 완벽합네다!"

슈퍼컴퓨터 바로 아래 사양의 컴퓨터만 무려 세 대다.

허락만 떨어진다면 미국의 NASA도 해킹할 수 있었다.

"최재수."

"어제부로 전국에 있는 학교들 모두 다 돌았습니다!"

여차하면 공문도 필요 없이 바로 학교 행정망에 접속할 수 있는 게 바로 자신의 수사팀, 특별범죄수사대다. 그렇다 보니 기름칠은 필수였다.

"오택수 경감."

"맡을 만한 사건들 모두 정리해 놨습니다."

앞으로 특별범죄수사대의 실적이 되어 줄 사건들. 종혁이 허락만 하면 바로 낚아챌 수 있다.

고개를 끄덕인 종혁은 눈빛을 가라앉혔다.

"내가 뉴욕에 가기 전 말했던 수사팀이 드디어 만들어졌다."

오택수와 최재수, 순철이 주먹을 불끈 쥔다.

경찰 역사상 처음 있는 일이, 역사가 새로이 쓰이는 자리에 자신들이 함께하는 거다.

"하지만 앞으로 수많은 견제가 들어올 거다. 어떻게든 꼬투리를 잡아 넘어트리려 하겠지."

전국의 모든 경정급 이상의 간부들이 협조를 제대로 하지 않을 거다. 파출소장부터 시작해 경찰서 과장, 서장, 지방청의 청장까지.

그들 모두 협력 대상자에서 제외하는 게 속이 편해질 거다.

"어린놈의 새끼가 이런 자리를 맡았으니 배알이 꼴릴

터. 그러니 당분간 인력 충원도 못할 거다."

말라 죽어도 자신들 4명이서 해 나가야 한다.

"그걸 명심하고 수사에 임할 수 있도록. 이상."

"충성!"

경례 구호가 다시 한번 우렁차게 울리자 종혁은 어깨에서 힘을 빼며 오택수에게 사건 파일을 넘겼다.

"이건 뭐야?"

"청장님이 주시는 개업 축하 선물이요."

"쥐약?"

"그렇게 생각하는 게 편할 겁니다."

"아놔, 삼전? 아주 지랄 염병 났네."

"사, 삼전이요? 삼전생명, 삼전카드, 삼전전자의 그 삼전?"

"어, 그 삼전."

"씨발? 그럼 쥐약이 아니라 독약이잖아요!"

최재수와 순철이 하얗게 질리며 오택수에게 몰려들자 종혁은 답답한 정복부터 벗기 시작했다.

'일단 오늘 처음 할 일은 외사국과의 회식이겠네.'

이후 본청에서 자신의 편이 되어 줄, 편을 들어 주진 않아도 깽판을 치진 않게끔 기름칠을 해야 됐다.

'돈 좀 깨지겠구만?'

그 순간이었다.

벌컥!

"야, 최종혁! 너 이씨. 내가 연수 끝나면 특수로 돌아오라고 했지! 내가 자리까지 다 만들어 놨는데!"

"여어, 최 팀장. 아니, 최 대장. 오랜만이여? 흐미, 이게 사무실이여, 부잣집 응접실이여?"

종혁은 문을 박차고 들어오는 김종두 과장과 광수대, 마약대 대장들, 경무기획과장, 한때 한솥밥을 먹었던 특별수사팀 식구들과 현재 홍보부에 있는 옛 부하들, 그리고 뒤늦게 달려들어오는 함경필과 백이도 등의 모습에 풀썩 웃었다.

'내 편 많네.'

그나마 다행이었다.

3장. 산업 스파이

산업 스파이

·

축하를 해 준 사람들이 돌아간 사무실.

다시 머리를 맞댄 4명이 미간을 좁힌다.

"기술 유출이라······."

삼전전자 안에서 기술이 유출됐다.

"어······ 정전식 방식을 채용한 풀 터치스크린······ 뭐라는 거야?"

"스마트폰입니다."

"응?"

모두가 의아해하며 종혁을 본다.

"작년에 미국에서 출시된 신형 휴대폰인데, 자그마한 휴대용 컴퓨터라고 생각하셔도 될 겁니다."

자세히 설명하자면 시간이 너무 많이 걸리기에 종혁은 그냥 실물로 보여 줬고, 눈이 동그래진 사람들은 종혁이 미국에서 구입해 썼던 스마트폰을 구경하기 시작했다.

"뭐야, 이거 기판이 왜 없어?"

"어떻게 켜는 겁네까?"

결국 종혁은 핸드폰 켜서 다시 넘겨주었고, 잠시 후 구경을 모두 끝낸 오택수는 고개를 주억거렸다.

"흠. 잘 봤어. 뭐가 뭔지는 모르겠지만 꽤 신기하게 생겼네."

"그쵸?"

'그게 앞으로 사람들의 생활상을 바꾼답니다.'

"그런데 이런 기술이 유출된 사건이면 검찰이 맡아야 하는 거 아니야?"

"처음에는 검찰에서 수사를 진행했었죠."

삼전전자 측에서 기술이 유출됐다는 걸 알아차린 게 2개월 전.

그때부터 검찰에서 수사를 맡았으나, 무려 2개월이 지났음에도 범인을 잡지 못한 거다.

그나마 세 명까지 용의선상을 압축시킨 게 성과라면 성과.

문제는 그렇게 간신히 추려낸 용의자들의 행방이 전부 묘연해서, 그 이상 수사가 이루어지지 않고 있다는 점이었다.

"씨발, 역시 쥐약 맞잖아."

누가 봐도 더 이상 수사를 하기가 힘든 상황.

삼전에서 맡긴 사건이라 어떻게든 해결해야 되는데, 방

법이 없으니 경찰에게 책임을 떠넘기는 걸로 회피를 하려는 거다.

여차하면 경찰의 잘못으로 몰아갈 수 있도록.

부실한 사건 자료들을 보면 그러한 생각에 더욱 확신이 들었다.

이렇게 큰 사건에 용의자가 3명임에도 몇 페이지 채워져 있지 않은 사건 자료.

대충 훑어봐도 많은 부분이 빠져 있다.

이대로 사건을 해결하지 못하면 특별범죄수사대의 능력 부족이 될 테고, 해결을 한다고 해도 검찰이 다 해 놓은 걸 주워먹기만 한 게 될 더러운 사건.

그런데 경찰청장이 직접 준 사건이라 맡지 않을 수도 없다.

참 거지 같았다.

"야, 너 솔직히 말해. 너 박 청장 턱주가리 돌린 적 있냐?"

"차라리 그랬다면 억울하지라도 않겠네요."

'이건 뭐, 거의 먹고 뒤지라는 뜻인데…….'

이렇게까지 노골적이니 웃음만 나온다.

"후. 회의는 일단 여기까지만 하고, 개업 떡이나 돌리러 가죠."

"……씨벌. 물이나 맞지 않으면 다행이겠네."

"에이. 설마 그렇게까지 할까요."

정말 그런다면 그땐 전쟁인 거다.

당하고 아무 말 못하는 호구로 비춰지는 것보다는 둘

중 하나가 죽을 때까지 물어뜯는 미친개로 비춰지는 게 백배, 천배 나으니 말이다.

그들은 오늘 아침 배달된 선물을 들고 사무실을 나섰다.

* * *

"내가 그때 팍! 어?"

"이모 여기 '모둠 3개요!"

서울 모처의 한우집.

예전 경찰 이미지 마케팅팀의 팀원들이 단체로 종혁에게 고개를 숙인다.

"죄송합니다, 대장님. 가르쳐 주셨던 걸 잊었던 건 아니고……."

경찰은 광대가 되면 안 된다.

그것이 이들에게 종혁이 누누이 강조했던 말이었다.

그런데 걸그룹의 댄스를, 그것도 종혁의 조카나 다름없는 최윤아가 소속된 그룹과 라이벌 관계인 걸그룹의 댄스를 따라 했기에 그들은 고개를 들 수 없었다.

그건 홍보단 1기, 2기 멤버들도 마찬가지였다.

그 모습에 종혁은 피식 웃음을 흘렸다.

"아냐. 잘했던데, 뭘."

회귀 전 경찰이, 특히 여성 경찰들이 홍보 활동을 하며 욕을 먹은 이유가 뭐였던가.

여러 이유가 있지만 그중 하나가 바로 단순히 걸그룹

춤을 따라 출 뿐인, 아무런 의미도 내포되지 않은 눈요기에 불과한 홍보 영상들만 제작했기 때문이다.

그러나 이들은 걸그룹 댄스에 기발하고 재치 있는 스토리텔링을 더하여 뜻깊은 의미가 담긴 영상을 만들었다.

"솔직히 내가 기획했어도 이보단 잘할 수 없었을 거야."

"가, 감사합니다!"

그러니 그만 사과하라며 어깨를 두드린 종혁은 함경필 국장에게로 향했다.

외사국 과장들만 있는, 근처에만 와도 숨이 턱턱 막히는 테이블.

"오, 최 대장! 어서 와, 어서 와. 자, 한 잔 받으시고. 받으시오-!"

함경필 국장의 간드러지는 옛 개그맨의 성대모사에 피식 웃은 종혁이 그의 빈 잔에도 술을 따른다.

"그런데 괜찮으시겠습니까?"

원래는 외사국 소속만 모아 하려고 했던 이번 회식.

그런데 함경필이 강력하게 건의해서 특수범죄수사대와 간편신고관리과, 특별수사팀, 광수대, 마약대 등 종혁과 인연이 있는 모든 부서의 대원들을 모았다.

덕분에 3층짜리 한우집이 꽉 찬 상태다.

"알잖아, 최 대장. 내가 왜 다 같이 가자고 했는지."

종혁에게 지지를 보내는 사람이 이렇게 많다는 걸 부하들에게 보여 주기 위해서다. 종혁이 잘된 건 축하해 줄 일이지만, 그래도 기분이 상했을 그들을 위해.

종혁의 특별범죄수사대와 수사 영역이 겹치는 수사과 전체가 지지를 보내고 있다. 화를 내는 게 옹졸해질 수밖에 없었다.

"……감사합니다."

정말 감사했다. 이렇게 지지를 보내 준다는 게.

"감사하면 건배사나 찐하게 해!"

백이도 과장이 언제 챙긴 건지 모를 마이크를 내민다.

피식 웃은 종혁은 마이크를 잡으며 몸을 일으켰다.

"아, 아. 마이크 테스트."

순간 조용해지며 종혁을 집중하는 사람들.

3층에서 술을 마시던 경찰들도 귀를 쫑긋 세운다.

"노래 부르려는 거 아니니까 기대하지들 마시고."

피식!

"함경필 국장님께서 건배사를 하시라기에 없는 말주변이지만 한마디 해 보겠습니다. 일단 모두에게 감사하는 말을 올리고 싶습니다."

계속 좋아해 줘서 감사하고, 지지를 보내 줘서 감사했다.

회귀 후 약 11년의 삶, 그리고 5년간의 경찰 인생에서 이들과 좋은 인연을 맺을 수 있었다는 것이 참으로 감사했다.

"아니, 감사하다는 말이 전부겠네요."

본청의 모두가 싫어하고 있을 텐데도 이렇게 찾아와 준 사람들에게 이 이상 어떤 말이 필요할까.

"앞으로 잘, 그리고 열심히 할 테니 모두 많은 지도 편

달 부탁드리겠습니다!"

"우우! 길다!"

"그럴 거면 차라리 노래 불러!"

"에라이."

"하하하하!"

웃으며 혀를 찬 종혁이 잔을 든다.

"자, 모두 잔을 들어 주세요. 제가 모두의 '무궁한 발전을'이라고 선창하면 '위하여'라고 후창하시는 겁니다! 모두의 무궁한 발전을!"

"위하여-!"

채재재재쟁!

"크아!"

"좋다!"

"앞으로도 잘 부탁드리겠습니다!"

"우리도 잘 부탁해-!"

순간 더 밝아지는 회식 분위기.

종혁은 흐뭇하게 웃으며 한마디 더 꺼냈다.

"아, 그리고 드릴 게 있으니 각 과의 과장님들께선 이쪽으로 모여 주시길 바랍니다. 철이는 내 가방 들고 오고."

그 말에 눈을 빛낸 과장들이 몸을 일으켜 종혁이 있는 테이블로 몰려들고, 순철이 종혁의 가방을 가져온다.

"여기 있습네다."

"땡큐."

순철의 이북 사투리에 다시 눈을 빛내는 그들.

종혁은 그런 그들에게 서류를 한 부씩 꺼내어 넘겨줬다.

"어?"

깜짝 놀라 종혁을 보는 과장들.

"제 나름대로 자료를 보강한 것들입니다."

이맘때 이들이 맡았던 사건들. 그러나 단서가 부족해 훗날에나 해결되는 사건들.

현재 마약대를 골머리 썩게 만드는 연예인 마약 사건은 마약을 유통하는 조직의 위치를, 광수대가 어떻게든 찍어 버리기 위해 벼르고 있는 조폭 조직은 자금 세탁 방법과 연결고리를.

그리고 회귀 전에는 서울청 광수대 사건이었지만 이번엔 특수범죄수사과가 맡게 된, 범인을 추정할 수 없어 미제로 돌아선 사건은 범인을 특정할 수 있는 단서를.

모두 회귀 전 종혁이 더 높은 곳으로 가고자 공부했던 사건들이다.

자료를 살핀 과장들의 표정이 딱딱하게 굳는다.

"너 이 자식……."

"대체 왜……."

이건 종혁의 보물이다. 후에 큰 것과 거래를 해도 될 보물.

그걸 아무런 대가 없이 나눠 주는 거다.

"다 같이 잘살아야죠."

"……하. 이 착한 자식."

"고맙다. 잘 쓸게."

"외사국은 뉴욕, 워싱턴, 마이애미와 이야기 끝내 놨으니까 앞으로 범죄자가 그쪽 방향으로 도주하면 협조를 잘해 줄 겁니다."

'버락 루터, 그 양반이 대통령이 되면 미국 어딜 가든 협조해 줄 겁니다.'

"크으! 믿고 있었다고, 최 대장! 젠장!"

감동에 떠는 외사국 경찰들의 모습에 함경필이 흐뭇하게 웃는다.

"자자, 이러면 다들 불만 없는 거지?"

한참 어린 후배가 초고속 승진을 한 것에 대해.

수사 영역이 겹치는 라이벌이 생긴 것에 대해.

"에이, 그런 생각은 한 적도 없습니다."

"그런 못된 생각을 한 놈이 있습니까? 있어도 이런 거 받았으면 아가리를 다물어야죠!"

"그럼 다들 잔들 들어! 우리 최 대장 승진을 축하해 줘야지!"

"옙!"

다급히 잔을 채우는 그들.

"최종혁 대장의 무궁한 발전을!"

"위하여!"

채재쟁!

"크아아!"

오늘따라 더욱더 단 술을 비운 그들은 눈빛을 가라앉혔다.

'지킨다.'

종혁을 어떻게 해 보려는 듯한 박종명에게서.

원래도 보물이었고, 이렇게 커다란 걸 내놓음에도 다 같이 잘살자는 착해 빠진 말을 하는 종혁을.

그들은 그렇게 다짐했다.

* * *

서울 남부지검의 차장검사실.

중년인이 전화를 하면서 웃음을 터트린다.

"하하. 사건을 받아 줘서 감사합니다, 박 청장님. 정말 난처했지 뭡니까?"

─걱정 마십시오. 최 대장이라면 잘 해낼 겁니다.

"아, 최종혁. 저도 이름은 몇 번 들어 봤습니다. 중앙지검 특수부의 강 부장과 인연이 깊다지요?"

─예. 참 여러모로 대단한 친구죠. 불가능을 가능케 하는 친구랄까요?

그렇게 말했지만 박종명의 속내는 반대였다.

현재 행방을 알 수 없는 용의자들을 어떻게 찾아낸다고 한들, 그들은 용의자일 뿐이다.

그들 중에 범인이 있을지도 알 수 없는 상황.

겨우 네 명에 불과한 인원으로 감당할 수 있는 사건이 아니었다.

차장검사도 그렇게 생각하고 있었다.

─아무튼 그 친구가 도움을 바란다면 많은 지도 편달 부탁드리겠습니다.

종혁이 제아무리 막 나간다고 한들 삼전전자의 본사까지 쳐들어갈까. 물론 그럴 확률도 있긴 하지만, 그땐 따끔하게 혼을 내면 되는 거다.

"하하. 청장님의 부탁이니 당연히 그래야지요."

둘은 잠시 비릿한 미소를 지었다.

─그건 그렇게 해 주시고…… . 그보다 괜찮으시겠습니까?

무려 삼전이 맡긴 사건이다.

"괜찮습니다. 사건을 맡긴 사람이 김 회장님 아드님 라인이기는 한데…… ."

삼전의 김희건 회장에게서 별다른 말을 들은 적이 없다.

"뭐 그리 중요한 기술은 아니겠지요. 어쩌면 시범적으로 개발하는 것일 수도 있고요."

─하하. 그렇지요. 김 회장님의 아드님께서 젊어서 그런지 실험 정신이 투철하신 것 같습니다.

'실험 정신은 무슨. 경영 감각이 떨어지는 거지.'

차장검사는 속으로 코웃음을 쳤다.

호텔 신화의 부장으로 시작하여 지금은 상무, 그리고 곧 전무로 오를 것이 확실시되며 능력을 인정받는 장녀와는 달리, 사업을 실패하여 100억이 넘는 적자를 보며 마이너스의 손이라 불리는 장남.

혹여 훗날 장남이 삼전을 이어받는다고 해도 검찰이 호

락호락하지 않다는 것을 보여 주기 위해서 기선을 제압해 둘 필요는 있었다.

물론 김희건 회장이 나서면 납작 엎드려야겠지만 말이다.

—아무튼 그럴 리는 없겠지만 만약 사건이 해결될 기미가 보이면 알아서 토스해 드리겠습니다.

"하하. 감사합니다. 언제 한번 필드 도셔야죠? 아니 이 참에 날짜를 잡으시는 게 어떻습니까?"

—그럴까요?

둘은 웃음을 터트렸다.

* * *

다음 날, 삼전전자의 본사 앞.

"어구구. 죽겠다."

안색이 파리한 오택수의 모습에 종혁이 고개를 젓는다.

"그러게 누가 이기지도 못할 술을 마시랬나."

"시끄러워. 네 얼굴 매일 봤어 봐, 내가 그렇게 마셨나."

"난 전화 자주 했습니다. 됐고, 이거나 마셔요."

"땡큐."

종혁은 숙취해소제를 마시는 오택수를 일견하곤 삼전전자 건물을 빤히 쳐다봤다.

'진짜 매일이 새롭다, 새로워.'

회귀 전에는 단 한 번도 문턱을 넘어 본 적 없는 삼전전자.

감회가 새로웠다.

"들어가죠."

로비를 가로지른 그들은 로비 데스크로 다가가 신분증을 보여 주었다.

"경찰입니다. 박정진 상무님과 약속을 하고 찾아왔습니다."

"아! 잠시만요? 로비 데스크입니다. 지금 경찰에서 찾아오셨는데…… 아, 네. 알겠습니다. 저쪽으로 가셔서 3번 엘리베이터를 타시고 10층으로 가시면 되세요."

"감사합니다."

엘리베이터를 타고 10층으로 간 그들.

미리 엘리베이터 앞에서 대기하고 있던 비서의 안내를 받아 박정진 상무의 사무실로 들어가니 중후한 인상의 장년인이 그들을 반긴다.

"박정진 상무입니다."

"본청 특별범죄수사대의 최종혁입니다."

"오택수입니다."

그렇게 인사한 종혁은 박정진 상무 옆에 앉아 있다가 몸을 일으키는 중년인을 향해 고개를 숙였다.

"처음 뵙겠습니다, 상무님. 최종혁입니다."

"……저를 아시고 계실지는 몰랐군요."

'몰라볼 리가 있나.'

삼전그룹의 황태자, 김용재.

훗날 삼전그룹의 주인이 되는 존재다.

'그런 양반이 이렇게 행차하셨다라…….'

어지간히 몸이 달은 것 같다.

'하긴 이 시기 이 양반은 마이너스의 손이라 불릴 때였으니.'

이 시기 경영 능력에 대해 의심을 받고 있는 그.

그런 상황에서 기술 유출까지 일어났으니 가만있지 못했을 거다.

'뭐야. 그럼 검찰은 김용재의 부탁을 까 버린 거야? 누군지 몰라도 깡이 좋은데?'

"동생에겐 말씀 들었습니다. 김용재입니다."

"김부현 상무님께요? 이거 제 흉이나 보지 않았으면 다행이겠네요."

"아주 훌륭한 분이라고, 사촌동생들 가운데 착한 아이가 있다면 바로 소개팅을 주선했을 거라고 하더군요."

"어휴. 좋게 봐 주셔서 감사합니다."

"하하. 앉으시죠."

소파에 앉은 김용재 상무가 눈을 가늘게 떴다.

"그런데 저흰 이번 사건을 남부지검에 맡겼던 걸로 기억합니다만……."

'급하네.'

종혁은 싱긋 웃었다.

"그 검사님께서 못하겠다고 저희 경찰에 넘기셔서 말입니다. 다시 인사드리죠. 이번 사건을 검.찰.에게서 인계받은 본청 특별범죄수사대 대장 최종혁 경정입니다."

쿵!

'잘되면 네 탓이고, 안 되면 내 탓? 지랄.'

종혁은 일단 그 거지 같은 생각부터 뒤집기로 했다.

김용재 상무는 눈을 껌뻑이다가 박정진 상무를 봤다.

"박 상무님이 직접 신고하지 않았던가요?"

"아무래도 검찰 측에서 깊게 생각하지 않는 것 같습니다."

"내가 직접 연락을 하지 않아서?"

'아마 상무님께서 연락을 하셨어도…….'

정재계에서 평이 좋지 않은 김용재 상무.

김희건 회장이나 회장 직속 비서실에서 연락을 하지 않는 이상 진지하게 받아들이지 않았을 확률이 높다.

김용재 상무는 대답이 없는 박정진 상무의 모습에 씁쓸히 웃었다.

"아무리 그렇다고 해도……."

삼전전자의 미래 먹거리를 개발하는 중요 프로젝트의 핵심 기술이다.

이게 언론을 탔다가는 그룹 주가에 악영향을 끼치기에 움직이지 못한 것일 뿐, 검찰이 요란하게 움직이지 않도록 하기 위해 김희건 회장도 침묵을 하는 것일 뿐 삼전전자는 지금 비상사태였다.

"검찰 측에서 기술을 알아볼 혜안을 가진 사람이 없나 봅니다."

"빌어먹을!"

소파를 치며 분을 삼키던 김용재 상무가 아차 한다.

"크흠. 미안합니다. 이번에 유출된 기술이 좀……."

"스마트폰 기술 말씀이시죠?"

이번에 유출된 기술들은 다양했다.

그것들이 하나로 합쳐진다면 스마트폰을 만드는 기술이 되지만, 따로따로 놓고 본다면 무엇을 위한 기술인지 알아차리기 쉽지 않았다.

그것도 아직 스마트폰이라는 것에 대한 인식이 부족한 대한민국에서는 말이다.

그런데 종혁은 그것을 단번에 알아본 것이다.

김용재 상무와 박정진 상무의 얼굴이 하얗게 질린다.

"……식견이 깊으시군요."

"제가 당장 이틀 전까지 미국에서 연수를 받다 와서 말입니다."

"과연……."

스마트폰에 대해 알고 있었다고 해도 쉬이 납득되는 일은 아니었지만, 여동생에게 종혁의 능력에 대해 들은 바가 있었기에 김용재 상무는 이내 납득하는 모습을 보였다.

"그런데 검찰에서 사건을 인계받으셨다면 설명은 다 들으셨을 텐데, 무슨 일로 찾아오신 건지……."

"오 경감님."

종혁의 부름에 오택수가 메고 온 가방에서 사건 서류를 꺼낸다.

스윽!

"저희가 검찰에게 넘겨받은 사건 기록의 전부입니다."

"이걸 제가 봐도 되는 겁니까?"

"원래는 안 되지만, 저희의 사정을 알아주셨으면 해서 말입니다."

미간을 좁히며 사건 파일을 살핀 김용재 상무의 낯빛이 굳는다.

"최 대장님께서 윗분들에게 많이 밉보였나 보군요."

"어쩌다 보니 그렇게 됐습니다."

"이거 좀 불쾌하군요."

경찰 내 정치적인 일에 자신의 사건이 쓰였다. 거기다 검찰이 자신을 어떻게 생각하는지도 알게 되어 버렸다.

당연히 기분이 나쁠 수밖에 없었다.

"많이 불쾌해하셔도 됩니다."

종혁의 농담에도 김용재 상무는 웃을 수 없었다.

"그러면 그때 검찰의 조사를 받은 사람들을 불러 드리면 되겠습니까?"

"삼전에서 확보한 CCTV를 비롯하여 용의자들의 행적을 파악할 수 있는 모든 자료도 부탁드리겠습니다."

삼전그룹 입장에서는 이번 사건을 검찰에게도 노출시키고 싶지 않았을 터.

분명 비서실을 이용해, 삼전그룹과 김희건 회장 일가의 궂은일을 도맡아 하는 사냥개들을 이용해 먼저 용의자를 찾아봤을 것이다.

그럼에도 찾지 못해 어쩔 수 없이 검찰에 연락했을 뿐.

김용재 상무는 순순히 고개를 끄덕이고는 핸드폰을 들었다.

"3회의실 비우고, 그때 검찰에 조사받은 사람들 부르세요. 우리 측이 보관하고 있는 자료도 모두 가져다 놓으시고요."

됐냐는 듯 쳐다보는 김용재 상무의 시선에 종혁은 고개를 끄덕이며 몸을 일으켰다.

"최대한 빠른 시일 내에 잡을 수 있도록 노력하겠습니다. 하지만……."

기술은 이미 다른 기업, 혹은 다른 나라로 넘어갔을 거다.

"그래도 부탁드리겠습니다."

이대로 범인을 잡지 못하면 자신의 평가가 더 박해질 터. 그건 곧 경쟁자에게 좋은 공격거리가 되어 줄 거다.

물론 지금 상황만으로도 충분히 공격거리가 될 테지만, 여기서 범인을 잡지 못하면 아예 바보 병신이란 평가를 받을 수 있었다.

그렇게 간절한 김용재 상무의 인사를 받으며 사무실을 나서자 오택수가 숨을 몰아쉰다.

"미친놈. 왜 사건 파일을 챙기라고 말하나 싶더니……."

"얼렁뚱땅 얼버무렸으면 욕만 먹었을걸요?"

그리고 그 자리에서 바로 남부지검에 연락을 했을 거다.

'그럼 난 박종명 청장에게 욕을 푸지게 얻어먹었겠지.'

거기가 어디라고 찾아가냐, 예쁘다 예쁘다 하니 진짜

예쁜 줄 아냐 아주 난리를 쳤을 거다.

어차피 죽이 되든 밥이 되든 사건을 완전히 삼키기로 한 이상 그 꼴을 당할 순 없었다.

이제 자신들의 편이 되어 줄 김용재 상무. 사건을 뺏길 걱정은 더 이상 하지 않아도 됐다.

종혁의 눈빛이 진지해졌다.

"어, 철아. 준비해. 곧 영상 자료 넘어갈 거다."

–네! 알겠습네다!

"가죠."

그들은 3회의실로 향했다.

한편 종혁과 오택수가 떠난 박정진 상무의 사무실.

피식!

김용재 상무가 돌연 실소를 터트린다.

"이거 저도 사촌들 가운데 좋은 아이가 있는지 찾아볼걸 그랬나 봅니다."

"실제로 보니 생각보다 더 범상치 않은 사람이더군요."

권회수 이사장과 현몽준 당대표가 주목하는 이유가 있었다.

게다가 러시아와 미국까지 비호하는 인물.

그럼에도 한국의 경찰로 남은 불가사의한 청년.

만약 이런 배경이 아니었다면, 종혁의 접견을 받아들이지 않았을 거다.

"저 친구의 나이가 올해 27살이라고 했던가요?"

"28살인 걸로 알고 있습니다."

"딱 결혼할 나이네요."

"마음에 드셨나 보군요."

김용재 상무의 입가에 의미심장한 미소가 피어난다.

"미래에 높은 자리에 있을 경찰과 작은 인연을 맺겠다는 거죠."

고작 28살의 나이에 경찰 본청 수사과의 장을 맡았다. 위로 향할 욕심이 그득하다고 봐야 했다.

그리고 그런 욕심만큼 실력도 좋은 종혁.

"후. 부디 저 친구가 범인을 잡아 줬으면 좋겠군요."

아니, 가시적인 성과라도 내줬으면 싶었다.

"그렇게 될 겁니다."

그렇지 않으면 결국 김희건 회장이 움직일 테고, 그럼 김용재 상무가 차기 회장이 되는 길은 더욱 멀어지게 될 테니 말이다.

아직 정정해서 그런지 후계자를 정하지 않은 김희건 회장.

끝까지 후계자를 제대로 정하지 않아서 결국 왕자의 난이 일어났던 대현이라는 케이스가 있음에도 김희건 회장은 가타부타 말이 없다.

박정진 상무의 그런 기색에 이를 악문 김용재 상무는 몸을 일으켰다.

"그럼 전 바빠서 이만 가 보겠습니다."

"멀리 안 나가겠습니다."

'정말 하루하루 피가 마르는군.'

김용재 상무는 잠시 목을 옥죄는 넥타이를 풀었다.

*　*　*

어두운 특별범죄수사대 사무실.

한쪽 벽면에 설치된 커다란 스크린에 한 중년인의 얼굴이 떠오르고, 순철이 자신의 자리에서 일어나 입을 연다.

"이름 박승철. 나이 50세. 경기초 출신으로 과학고에 진학해 한국대 컴퓨터공학과를 졸업."

첫 번째 용의자 박승철의 프로필이 주르륵 읊어진다.

그의 가족 관계부터 시작해 약력, 교우 관계 등이 적힌 생활기록부, 심지어 언제 무슨 일로 병원을 갔는지까지 싹 다 나오고 있다.

단 하루도 안 되어 그의 인생이 낱낱이 해체되어 전시되고 있는 거다.

"직책은 영상디스플레이사업부 기술개발팀 소속 과장."

이번에 유출된 기술들에 접근할 수 있는 권한을 가진 직책과 부서다.

"부서원들의 증언에 따르면 물에 물 탄 듯, 술에 술 탄 듯 뭐든 좋은 게 좋은 거라는 성격이었다고 합네다. 취미는 열대어 키우기로 추정되며, 그를 위해 상당한 지출을 하는 걸로 나옵네다. 그런 그가 퇴직을 한 게 2008년 올해 6월, 인사이동 시즌 전. 스스로 회사를 그만뒀다고 합네다."

그리고 삼전전자 측에서 기술이 유출된 걸 확인한 게 올 8월.

검찰은 두 달 동안 박승철을 쫓았지만, 결국 그를 찾지 못했다.

즉, 박승철이 사라지고 무려 4개월의 시간이 흐른 거다.

"스스로 그만둔 게 아닐걸?"

삼전전자의 자료에 감탄을 하던 사람들의 시선이 종혁에게로 몰리고, 오택수가 고개를 끄덕인다.

"IMF가 많은 걸 바꿔 놨지."

그중 대표적인 게 바로 비정규직 채용을 통한 고용유연화다.

평생 고용. 내 집 같은 회사.

이것이 삼전맨들의 자부심이었다.

그러나 그런 김희건 회장의 경영 철학도 IMF 앞에서는 맥을 추지 못했다.

"이런 상황에서, 특히나 올해엔 미국이 무너지는 와중인데도 50세까지 과장이다?"

만년 과장.

회사는 그런 존재를 용납할 수가 없다.

박승철은 회사를 관둔 게 아니라 관두게 된 거다.

충분히 원한을 가질 만했다.

"원래 좋은 게 좋은 거라며 사는 사람이 한 번 화나면 무서운 법이지."

이로써 원한 관계가 성립.

"그런 것 같습네다. 아무튼 그렇게 회사를 떠난 박승철은 보름 동안 매일 아침 7시 출근을 하듯 집을 나와 여의도 공원을 전전했습네다."

화면에 여의도 공원 안으로 향하는, 박승철로 보이는 실루엣이 보인다. 빨간 테두리에 둘러싸인 그가.

그에 종혁의 허리가 펴진다.

안면 및 체형 인식 프로그램.

순철이 개발한 괴물 같은 놈이 드디어 데뷔전을 치르는 것이다.

"왜 그런지는 모르겠지만……."

"보통 퇴직자들 중 상당수가 자신이 퇴직했음을 가족에게 알리기 싫어서 출근하는 척을 해."

아내에게, 자식들에게 무어라 말해야 좋을지 알 수 없어서. 너무 미안하고, 창피해서 말이다.

"그보다 박승철이 공원 안에서 누군가와 접촉한 정황이 있어?"

"예, 있습네다. 박승철이 공원 안에서 접촉한 사람은 총 다섯 명."

순철은 집요하게 파고들어 이들에 대해 조사했다.

그런 그들의 프로필이 스크린에 투영된다.

"퇴직자 셋, 편의점 알바 한 명, 주차장 관리인 한 명입네다."

이들 외에는 옷자락조차 스치지 않았다.

화장실을 가는 횟수는 하루에 총 두 번. 그러나 그곳에서도 스치는 사람은 없다.

"흠. 오케이. 일단 넘어가."

"이렇게 공원에서 지내다 저녁이 되면 집에 돌아가는 걸 반복하던 박승철은 퇴직한 지 보름 후 평소와 다른 패턴을 보입네다."

갑자기 아내에게 입맞춤을 하고는 긴 출장을 다녀 올 거라며 집을 나선 박승철이 차를 몰고 나와 집에서 제법 떨어진 곳에 주차를 하고는 버스를 타고 사라진다.

"삼전 측에서 전한 자료는 이걸로 끝이지만, 노선을 모두 뒤져 본 결과 버스를 두 번 갈아탄 그가 도착한 곳은 동서울터미널이었습네다."

동서울터미널 내에 있는 CCTV를 통해 박승철의 얼굴을 확인할 수 있었다.

"고성행 버스표를 끊은 그는……."

"잠깐 고성? 강원도 고성? 대한민국 최북단?"

"……기렇습네다."

종혁과 순철, 다른 두 명의 얼굴이 딱딱하게 굳는다.

고성 바로 위는 북한.

"순영 누이에게 물어봤으나 자신은 잘 모른다고 했습네다."

"알아도 몰라야겠지. 일단 계속해."

고성에 나타난 박승철은 고성군 간성읍내를 돌아다니며 무언가를 구입, 버스를 타고 명파진리까지 간 걸 마지막으로 행적이 끊겼다.

"못 보던 가방이 있네. 큰 가방이."

검은색의 백팩. 박승철의 마지막 모습은 가방을 멘 등산객 같은 복장을 하고 있었다.

"박승철은 그렇게 사라지기 전 간성읍 우체국에 들려 우편을 부친 것으로 추정되며……."

"왜? 뭔데 말을 하다 말아?"

"……박승철이 들르던 여의도 공원 근처 편의점 알바의 친구 한 명이 새터민으로 판명됐습네다."

쿵!

사람들은 이를 악물고, 종혁의 눈빛이 서늘해진다.

"일단 우편물이 뭔지 확인해 보고, 새터민 계속 체크해. 다음."

"다, 다음은 서대우 과장입네다."

메모리사업부 기술개발실의 팀장 중 한 명인 서대우. 54세.

순철이 그의 인생 전부를 낱낱이 고하기 시작했다.

모든 브리핑이 끝나고 다시 불이 켜진 사무실.

"멋지네."

종혁의 말에 사람들이 입을 열지 못한다.

박승철은 북한과 접촉을 한 정황이 있고, 서대우는 중국, 마지막 한 명인 김학일은 일본과 접촉을 한 정황이 발견됐다.

모두 기밀에 접근할 권한을 가지고 있고, 또 유출된 기술들과 밀접한 관계를 맺고 있었다.

골치가 아픈 건 이럼에도 범인을 특정할 수 없다는 점이다.

셋 모두 용의선상에 올릴 만한 이유가 있기 때문이다.

"어떡할래, 최 대장?"

"일단…… 이놈부터 시작해 보죠."

만약 범인이라면 그나마 신변을 인도받기 편한 사람부터.

"박승철?"

"전 고성으로 가 볼 테니까 오 경감님과 최재수는 새터민 쫓아. 여차하면 쏴 버려요. 내가 책임집니다."

"……알았어."

"예!"

"그럼 움직입시다."

"저, 전 뭘 하면 됩네까?"

북한이 얽혀 있을지도 모를 일. 하얗게 질린 순철은 다급했고, 종혁은 수고했다며 순철의 어깨를 두드렸다.

"네가 북한과 관계를 끊었다는 것쯤은 알고 있으니까 무서워하지 마."

"하, 하디만……."

무서워지니 이북 사투리가 진하게 나오는 순철.

"아니야. 넌 충분히, 내 예상보다 훨씬 잘해 줬어."

FBI라고 해도 이 정도로 해낼 수 있었을까.

안면 및 체형인식 프로그램이 아니었다면 아마 아직까지도 집 앞에서 버스를 탄 박승철이 어느 곳에서 내렸는지조차 확인하지 못했을 거다.

"그러니 그 새터민에 대한 걸 계속 확인해 줘. 그게 가장 중요하니까."

"……알갔습네다."

종혁은 아쉬워하는 그의 모습에 낯빛을 굳혔다.

"철아. 리순철. 나 똑바로 봐, 새꺄."

"예, 예?"

"방금 한 말 빈말 아니야. 네가 정보를 제대로 주지 못하면 저 두 명이 다쳐. 옆구리에 칼이 들어오고, 목에 칼이 꽂힌다고. 알아?"

"죄, 죄송합네다!"

"정신 똑바로 차려. 앞으로 한 번만 더 그딴 모습 보이면 턱주가리를 돌려 버릴 테니까."

"예, 예!"

"그리고 최재수, 오 경감님도 똑바로 들으세요. 철이가 사무실에만 있는다고 무시하면 내가 둘을 찢어 버릴 겁니다. 이제부터 우린 한 가족이에요. 죽어도 같이 죽고, 살아도 같이 사는 겁니다."

"……충성!"

"출발하세요."

외투를 챙긴 오택수와 최재수는 순철의 어깨를 두드리곤 사무실을 빠져나갔고, 종혁도 순철의 어깨를 두드렸다.

"내 목숨도 부탁한다."

"……예!"

우렁찬 대답을 뒤로하고 사무실을 나서는 종혁의 눈빛이 서늘하게 가라앉았다.

'만약 북한이 이 일에 얽혀 있다면…….'

어떡해야 할까.

종혁의 주먹이 꽉 쥐어졌다.

* * *

휘이잉!

어느새 따뜻한 바람이 불어오기 시작한 6월의 어느 날, 강원도 고성.

잡초들이 기다랗게 자란 산 중턱의 경사진 공터에 앉은 안경을 낀 수수한 인상의 장년인, 박승철이 서쪽의 푸른 하늘을 가만히 응시한다.

참 많은 감정이 스쳐 지나가는 그의 눈.

어떤 감정은 오래 머물러 있다 사라지고, 어떤 감정은 찰나에 사라진다.

마치 눈으로 말을 하듯 한참 동안 서쪽을 바라보며 이 야기하던 그는 푸르렀던 하늘이 주황빛으로 물들어 가자 한숨을 쉬며 몸을 일으켰다.

"그럼 가 보실까?"

검은색 백팩을 들고 일어서는 그의 입가엔 후련한 미소가 맺혀 있었다.

* * *

부우웅!

강원도 간성읍에 이 동네에선 볼 수조차 없는 지프 랭글러 한 대가 들어선다.

탁!

차에서 내려 담배를 문 종혁이 우체국을 응시한다.

"일단 여기서부터 시작해야겠지."

박승철의 이름으로 등록된 우편물이 없기에 직접 뒤져 봐야 한다. 부디 박승철의 얼굴을 알아보는 사람이 있기를 바랄 뿐이다.

담배를 던진 종혁은 우체국 안으로 들어갔다.

시골 동네라서 그런지 직원 말고는 이용객이 없는 우체국.

종혁은 우편물을 맡기는 곳으로 걸어갔다.

"아이고, 처음 보는 분이시네. 고성에 여행 오신 거예요? 그럼 잘 오셨어요. 이 동네가 참 볼 게 많거든요. 통일 전망대도 있고, 해변도 있고, 산골이라 공기도 좋고! 어떤 우편물 보내시려고요?"

외지인이 반가워서 그런지 수다를 다다다 쏟아 내는 중년 여성의 모습에 옅게 웃은 종혁이 신분증을 꺼내 든다.

"경찰입니다."

"어머! 설마 여기 경찰서에 새로 오셨어요? 와아. 고성서에서 일하는 기집애들 땡잡았네! 호호호!"

"본청 특별범죄수사과에서 나왔습니다."

본청이라는 게 무슨 뜻인지 모르는 건지 의아해하는 그녀에게 종혁은 박승철의 사진을 보여 주었다.

"혹시 이 사람 기억하십니까? 아마 6월 중순쯤에 이곳에 들렀을 텐데요."

"……어머, 이 사람!"

움찔!

"기억하십니까?!"

"당연히 기억하죠! 이 동네 사람은 있는지도 모를 예약 발송을 보낸 분이신데!"

그것도 자기 이름으로 보내지 않아서 더 기억하고 있다.

그 말에 종혁의 가슴이 설레기 시작한다.

"예약 발송이요? 혹시 그 우편물이 지금도 이곳에 있습니까? 주소지는요?!"

"잠시만요?"

타다닥!

키보드를 두드린 여성은 아쉬워했다.

"아, 보름 전에 서울로 이동했네요. 하지만 괜찮을 거예요. 이게 반년 후에 보내 달라고 말한 거라서요. 주소지는……."

여성이 말하는 주소지에 종혁은 눈을 빛냈다.

'박승철 자택 주소?'

"받는 사람은 오경자로 되어 있네요. 우편물 종류는 편지고요."

박승철 아내의 이름이다.

"아, 맞아! 이제 기억나네! 이거 아내에게 보내는 거라고, 결혼 기념일 깜짝 선물이라고 해서 얼마나 부러웠던지! 아주 하는 일 없이 집에서 배나 긁는 그 웬수와는……."

"혹시 함께 보낸 다른 우편물은 없습니까?"

"없었던 걸로 기억하는데……. 전산망에도 없는 걸로 나오네요. 그런데 무슨 일 있어요? 이 사람이……."

"흠. 그럼 마지막으로 그 사람이 우체국을 나가서 어느 방향으로 갔는지 기억하십니까?"

"저쪽으로 갔을 거예요, 아마. 그래서 이 사람이 무슨……."

"감사합니다. 그럼."

우체국을 빠져나온 종혁은 눈을 가늘게 떴다.

"결혼기념일은 그 날짜가 아닐 건데…… 흠. 어, 철아. 내가 송장번호 알려 줄 테니까 그게 지금 어디 있는지 좀 조회해서 오 경감님에게 보내 줘."

그리고 이 간성읍에서의 동선을 다시금 확인한 종혁은 다음 목적지를 향해 걸음을 옮겼다.

한편 서울 여의도 공원 근처의 편의점.

딸랑!

문을 열며 한 청년이 들어선다.

"어서 오세…… 요."

그를 발견하자 심드렁한 표정을 짓는 남자 알바.

계산대로 다가 선 청년이 낯살을 찌푸린다.

"지금 손님을 대하는 태도가 그게 뭡네까? 어? 면상 들지 마시라요. 얼굴이 더 불친절하십네다."

"손님, 저 두 시간 후면 끝나거든요? 그때까지 기다리시다가 다이다이 하실래요?"

"내래 마음에 상처를 받았으니 술로 달래야겠습네다. 삐루 한 병 날래 가져와 보시라요."

"그건 직접 가져다 드시고요."

"서비스 정신이 투철하지 않구만 기래. 여긴 신분증 검사도 안 하시는 겁네까?"

"응, 네 면상이 신분증."

"간나 새끼."

"왜 왔는데? 바빠."

"끝나고 PC방이나 가자. 저번에 그 간나 새끼들 대가리에 바람구멍 내 줘야 하지 않갔어?"

"아, 걔들? 그래, 복수전 해야지. 알았어. 먼저 가서 놀고 있어."

"날래날래 끝내고 오라."

알바가 던진 담배를 낚아챈 이북 청년은 근처의 PC방으로 향했고, 근처 차 안에서 그걸 지켜보던 오택수가 귀로 손을 가져간다.

"이동한다. 추적 보조해 줘."

–알갔습네다.

둘을 태운 차가 조용히 이북 청년의 뒤를 쫓기 시작했다.

* * *

　명파진리로 향하는 차 안.

　종혁의 낯빛이 굳어 있다.

　시간이 많이 흘렀음에도 다행히 박승철을 기억하는 사
람들이 많았다.

　잔뜩 피로한 얼굴에 묘한 체념과 광기가 서려 있던 눈.
외모는 평범한 장년인이었지만, 그 눈빛 때문에 기억하
고 있는 사람이 많았다.

　그랬던 그가 현금으로 구입했던 물건은…….

　"모포, 노끈, 나이프, 낚시용품, 가스버너를 비롯한 캠
핑세트."

　누가 봐도 바다에서 숙식을 해결하려는 듯한 구입 물품들.

　월북을 했다는 가능성에 무게가 더 실리기 시작한다.

　"쯧."

　명파진리에 도착한 종혁은 박승철의 동선 안에 있던 숙
박 시설을 돌며 탐문을 했고, 결국 그가 머물렀던 숙박
시설을 찾아낼 수 있었다.

　"아무렴요. 내 처음 그 사람 자살을 하려는 건가 했다
니까요?"

　"그런 사람이 많아 보네요."

　"아니요. 그런 건 아니고…… 아무튼 분위기가 그랬더
래요."

그러다 이틀 동안 낚시를 한 것을 보며 아니라는 걸 알아차린 후 신경을 껐다.

박승철은 총 3일 동안 바다가 보이는 민박집에서 머물렀고, 나흘째가 되는 날 짐을 정리하고 민박시설 나섰다.

"혹시 그동안 찾아온 사람은 없었습니까?"

"있었죠! 웬 낚시꾼들과 하루 술을 마셨어요."

"혹시 그 사람들이 누군지 기억하십니까?"

"알죠. 6월만 되면 물괴기 낚으러 오는 양반들인데. 그 사람들이 누군지는 저기 선착장 가면 알 거래요."

"……그럼 이 사람이 민박집을 나서서 어디로 갔는지 기억하십니까?"

"저쪽 산으로 갔더래요. 뭐라더라? 아, 산에서 깸삥을 해 보는 게 소원이라고 했죠. 거 나이 든 양반이 그런 낭만도 있고. 삶이 많이 지쳐서 그런 거 아니겠어요?"

"산이요…… 혹시 옷차림이나 짐은 그대로였습니까?"

"그 양반 단벌이었어요."

"알겠습니다. 감사합니다."

박승철이 갔다는 산을 응시하다 민박집을 나선 종혁은 선착장에서 박승철과 술을 마셨다는 사람들의 인적 사항을 알아낸 뒤 산으로 향했다.

"어, 철아. 지금 내 위치 확인되냐?"

-예. GPS 신호 잡힙네.

"그럼 내가 번호 하나 줄 테니까 그 번호로 연락해서 지도 좀 달라고 하고, 루트 짜 봐. 북한 애들이라면 어떻게 넘어갈지 생각해서."

위성 지도부터 시작해 군용 지도 등 군부대나 정보기관이 아니면 결코 구할 수 없는 지도.

지금 종혁이 들고 있는 GPS 역시 CIA가 쓰는 것으로, 오차 범위가 고작 1미터도 안 되는 최첨단이다.

"그리고 다른 번호들 줄 텐데 그거 신분 조회 좀 해 주고."

―알겠습네다. 20분만 기다려 주시라요.

전화가 끊기자 종혁은 옅게 웃었다.

"편하네."

마치 FBI 뉴욕지국의 몰리가 있는 것처럼 수사가 편하다.

그렇게 담배 하나를 다 피웠을 때쯤 다시 순철에게서 연락이 왔다.

―방금 문자로 지도 보냈습네다.

"어, 잠시만?"

지이잉 지이잉 갑자기 불이 나도록 울리는 핸드폰을 확인한 종혁은 피식 웃었다.

전체가 아니라 조각조각 나뉘어 온 지도.

'센스 좋네. 북한까지의 거리가…….'

―일단 통화권이 이탈되기 전까지 안내하겠습네다.

"오케이."

―11시 방향에 진입로 보이십네까? 직진하시라요.

산에 발을 내딛는 순간 달라진 공기.

종혁은 긴장을 끌어올리며 차분히 걸음을 옮겼다.

길을 따라 한참을 걸어가니 다시 순철이 입을 연다.

－거기서 3시 방향으로 난 길이 보이십네까?

"어디? 아, 보이네."

무심코 지나칠 수 있는 오솔길.

사람이 이용한 지 오래된 듯 싱싱한 낙엽들이 제법 쌓여 있다.

사부작사부작 신발 아래서 부서지는 가을을 밟으며 종혁이 생각에 잠긴다.

'박승철은 왜 여기로 온 걸까.'

체력이 좋은 자신이야 아무렇지도 않지만, 일평생 컴퓨터 앞에서 살아온 박승철로서는 금방이라도 숨이 넘어갈 정도로 길이 험하다.

"월북을 할 거였다면 차라리 연변으로 가는 게 백배, 천배 편할 텐데……."

－어쩌면 부서가 달라서 그런 것일 수도 있습네다.

"아, 연변 쪽은 부서가 달라?"

－그렇습네다. 지금도 있을진 모르겠지만 제가 공화국에 있을 땐, 류재국이라고 한참을 봐도 사람 같지 않은 놈이 그쪽 루트를 담당하고 있었디요.

연변 쪽으로 넘어가든 들어오든 모두 류재국의 허락을 받아야 한다.

"한참을 봐도 사람 같지 않다는 게 개새끼 맞지?"

－한참을 봐도 정이 안 가는 개 쌍놈의 간나 새끼입네다.

"너 계속 사투리 심해진다."

―이해해 주시라요. 제가 그치에게 당한 것만 생각하믄…… 아, 거기서 1시 방향으로 난 길로 가시라요.

두 갈래 길에서 1시 방향. 급격한 경사가 시작된다.

안 그래도 험한 길이 더 험해지고 있었다.

'여긴 아예 사람이 지나다닌 흔적조차 없네.'

흙발에 뭉개진 낙엽의 흔적이 하나도 없다.

―그렇게 한 40미터만 더…… 작은 공터가 나올 건데, 11시에서…… 방향…… 길이 하나 있을 겁…….

슬슬 통화권을 이탈하려는지 버벅거리기 시작한다.

"40미터? 오케이."

종혁은 곧바로 땅을 박차며 경사를 올라갔다.

그렇게 순식간에 도착한 작은 공터.

하지만, 가을의 붉은 냄새를 풍기는 바람이 가득한 공터에 서자마자 종혁의 다리가 굳는다.

―들리…… 길을…….

"……아니야. 길은 안 찾아도 되겠다."

―……들……?

"찾은 것 같아서."

박승철을.

비석조차 없는 이름 모를, 방치된 지 얼마나 오래된 건지 머리카락이 많이 자란 작은 무덤 뒤의 나무에 목을 매고 있는 한 구의 백골.

검붉게 절여진 연두색 바람막이와 갈색의 바지, 그리고 그 옆에 놓인 검은색 가방.

박승철이 마지막으로 목격됐을 때 입었던 옷차림 그대로였다.

종혁은 시신이 바라보는, 무성한 나무에 가려 보이지 않았을 방향을 보곤 쓸쓸히 웃었다.

"서울 쪽이네."

치이익!

탁한 담배 연기가 가슴을 답답하게 만들었다.

* * *

내가 세상에서 가장 사랑한 오경자 씨.

이렇게 편지를 쓰는 것도 참 오랜만이 것 같습니다.

꽃다운 열여덟, 정말 한 송이 꽃이었던 당신.

우리가 처음 만난 날을 기억 하시나요?

하늘의 심술로 갑작스럽게 소낙비가 내리던 종로 극장 옆 빵집 처마 밑에서 당신을 보게 되었죠.

하얀 블라우스를 입고서 가방으로 가슴을 가리며 안절부절못하던 당신을 보고 저는 한눈에 반해 버렸답니다.

〈중략〉

지금 이 편지를 읽을 때쯤이면 전 아마 돌아올 수 없는 길을 떠난 후일 겁니다.

손에 물 한 방울 묻히지 않겠다는 약속이 무색하게 여태껏 고생만 시킨 이 못난 사람은 먼저 갑니다.

미안합니다. 당신의 가슴에 또 상처를 주는 것 같아 미안합니다.

훗날 저 하늘에서 다시 만나게 된다면 그땐 평생토록 당신의 손과 발이 되어 드리겠습니다.

그러니 지금까지처럼 당신은 씩씩하게 살아가 주십시오.

마지막으로 정말 감사했습니다. 당신이 내 곁에 있어 주어서 정말 감사했고, 행복했습니다.

나도 당신에게 그랬기를 조심스레 바래봅니다.

사랑합니다, 나의 경자씨.

"으아아악! 아아악!"

유언장을 가슴에 품은 중년 여성이 꺼억 꺼억 눈물을 쏟아 낸다.

"왜! 왜-!"

갑자기 출장을 간다고, 멀리 가서 연락을 하지 못할 거라고 집을 나선 사람이 왜 시신으로 돌아온 걸까.

연애하던 때처럼 입술에 입을 맞추고 웃으며 떠난 사람이 왜 죽어서 돌아온 걸까.

대체 뭐가 힘들었던 것일까.

옆에 아내가 있는데 뭐가 힘들었던 것일까.

그리고 얼마나 외로웠을까.

얼마나 아팠을까.

얼마나 힘들었을까.

"이상했는데…… 그때 잡았어야 했는데-! 아아아아악! 끄윽?!"

"어, 엄마!"

뒤로 넘어가는 오경자를 그의 자식들이 안아 들고, 유언장과 함께 부고를 전하러 온 종혁은 핸드폰을 들었다.

"예. 119죠. 여기가……."

*   *   *

스르륵, 탁!

초췌한 얼굴로 병실을 나오는 박승철의 아들, 박희철이 종혁을 향해 허리를 숙인다.

"감사합니다, 형사님."

"힘드시겠지만 한 가지 여쭙고 싶은 게 있습니다. 혹시 아버님께서 별말 안 하시던가요?"

박희철은 고개를 저었다.

"솔직히…… 아버지가 퇴사를 하셨다는 것도 몰랐습니다. 아들이 돼서 아버지가……."

"난 대충 눈치챘어."

"누나?"

종혁도 박승희를 본다.

"기억 안 나? 아버지가 출장 가신다고 떠나기 3일 전인가? 저녁에 다 같이 모여서 TV를 볼 때 엄마가 그런 말을 했잖아."

자기 친구 남편이 갑자기 창업을 하겠다고 회사를 관뒀다고.

자식들이 이제 유학 갈 일만 남았는데 그게 무슨 짓이냐고. 가장이 돼서 그게 무슨 무책임한 짓이냐고.

"유, 유학이라면……."

"응."

자신들과 사정이 똑같다.

대학을 졸업하고 미국으로 유학 갈 준비를 하던 둘.

같은 처지라서 엄마는 더 화를 냈었다.

"그때 아빠 얼굴이 어두워지더니 방 안으로 들어가셨잖아. 그래서 그때 뭐가 있다고 생각은 했는데…… 했는데…… 흐윽! 아빠, 죄송해요! 그렇게 힘들어 하실 줄은 몰랐어요!"

"유학 따윈 안가도 되는데! 왜에! 아빠―!"

박승희는 결국 울어 버리고 말았고, 박희철도 눈물을 쏟아 냈다.

"……다시 한번 삼가 고인의 명복을 빕니다."

고개를 숙이고 병원을 빠져 나온 종혁은 맑고 높은 하늘을 보며 한숨을 토해 냈다.

퇴직 우울증과 가족 부양에 대한 부담에 의해 자살하는 가장.

이 대한민국에선 하루에도 몇 건씩 일어나는 일이다.

입안이 텁텁했다.

"이러면 박승철 씨는 혐의가 없다고 봐야겠네."

담배를 문 종혁은 순철에게 전화를 걸었다.

"서대우가 도박 중독이라고 했던가?"

-예. 그렇습네다.

높은 연봉을 받음에도 모아 놓은 돈이 없던 서대우.

이미 옛적에 이혼을 했고, 자식은 없다.

그런 그의 유일한 취미는 도박.

2주마다 과천의 경마장에서 돈을 인출한 정황과 경마장 안으로 들어가는 게 목격됐고, 매주마다 거액의 돈이 인출된 증거도 확보했다.

아무래도 서대우는 불법 하우스도 출입을 한 것 같았다.

"마지막으로 목격된 장소는?"

-인천의 숭의동입네다.

"숭의동이라……."

공교롭게도 인천항 근처.

밀항이란 단어가 종혁의 머릿속에 떠오른다.

'정말 밀항이 맞다면…….'

"오 경감님과 최재수에게 연장 챙겨서 숭의동으로 넘어오라고 해."

-아, 알겠습네다!

통화를 끊은 종혁은 목을 좌우로 꺾으며 차에 올랐다.

"오늘 피 좀 보겠네."

그의 눈이 야성을 머금기 시작했다.

* * *

인천 남구 숭의동의 한 6층 빌딩.

모던하면서도 중후하게 인테리어 된 사무실의 소파에 앉은 인상이 험악하고 덩치가 큰 사십대 남성이 문신이 새겨진 손가락으로 테이블에 펼쳐진 지도를 가리킨다.

"여기 부지 매입 어떻게 되어 가고 있어?"

"차질 없이 진행되고 있으니 너무 걱정하지 않으셔도 됩니다, 큰형님!"

"그래도 한 번, 아니 두 번 더 확인해. 여기에 쏟아부은 돈 많다. 그리고 그쪽 노조에도 우리 애들 심어 놓은 거 맞지?"

"언제든 저희 입맛대로 움직일 수 있습니다, 큰형님!"

"그래. 걔들도 단도리 잘 치고. 그래야 돈을 이중으로 벌 거……."

와아악!

으아악!

"뭐야. 뭐가 이렇게 시끄러워?"

벌컥!

"피, 피하십시오, 큰형님!"

문을 박차고 들어오는 덩치의 모습에 큰형님이라 불린 남성이 목을 좌우로 꺾으며 일어선다.

"어디 애들이야?"

"자, 잘 모르겠습니다! 건물에 들어오려는 걸 막았더니 바로……!"

"아악!"

"막아! 죽여!"

"어, 얼른 피하셔야 합니다!"

"됐고. 몇 놈인데."

"세, 세 놈……."

빠아악!

"비켜, 새끼야."

문 앞을 가로 막은 덩치를 한 방에 침묵시킨 종혁이 느긋이 들어오며 싱긋 웃는다.

"창식아, 안녕? 우리 처음 보지?"

"……너희 뭐냐? 누가 보냈냐? 근덕이? 정호 형님?"

"누가 보낸 건 아니고 내가 알아서 왔어. 아, 내 소속 묻는 거야? 대한민국 경찰청 특별범죄수사대."

"……뭐?"

"본청 짭새라고, 씹새야."

큰형님 창식과 밖에서 들어오려고 애쓰던 이들의 몸이 딱딱하게 굳었다.

* * *

본청의 경찰청장실.

서울남부지검의 차장검사와 통화를 하는 박종명 청장의 얼굴이 살짝 찌푸려져 있다.

─벌써 한 명을 찾았더군요.

"예. 저도 방금 전 소식을 들었습니다."

검찰이 2개월 동안 삽질을 했어도 찾지 못했던 용의자

중 한 명을 고작 3일 만에 찾아냈다.

'대체 어떻게?'

차라리 서울이나 수도권에서 찾았다면 억지로라도 이해를 했을 거다.

그런데 강원도에서 찾았다. 그것도 고성에서.

아직 부검 결과가 나오진 않았지만, 사인은 퇴직 후 삶의 의미를 잃은 와중에 가족 부양에 대한 부담을 못 이겨 자살한 걸로 추정된다.

유서가 그렇다고 말하고 있다.

—능력이 좋다더니 정말 좋군요. 이러다 다른 용의자도 찾겠습니다. 허허.

"아마 이번엔 운이 따라 줘서 그런 거겠지요."

—레이더는 계속 돌리고 계시는 것 맞지요?

"걱정 마십시오. 해결될 기미가 보이면 바로 연락드리겠습니다."

—하하. 거참 그런 걸 말한 건 아니었는데…… 그래도 믿겠습니다. 그럼 이만.

통화가 종료된 핸드폰을 빤히 바라보던 박종명은 속내를 알 수 없는 표정을 지었다.

"……재밌군."

이렇게 빨리 용의자를 찾을 수 있었던 건 바로 자신이 허락해 준 그 시스템 덕분일 터.

박종명은 자신이 종혁에게 대체 뭘 쥐여 준 건가 작은 자책을 하면서도 이것의 효용성이 무척이나 탐이 나기 시작했다.

"이러면 정말 특별범죄수사대를 가져와야 할 것 같은 데……."

지이잉! 지이잉!

"예, 박종명입니다. 검사님, 더 하실 말이라도 있으십……."

－최종혁, 청장님이 컨트롤할 수 있는 거 맞습니까?

"무슨 일 때문에 그러십니까?"

－무슨 일이요?! 최종혁이 삼전전자에 들렀다고 하는데 무슨 일이요? 이건 왜 보고하지 않은 겁니까!

박종명은 눈살을 찌푸렸다.

"저희가 보고란 단어를 주고받을 사이였습니까?"

－……미안합니다. 내가 흥분하다 보니 말이 헛 나왔습니다.

"그래서 그게 무슨 말입니까? 최 대장이 삼전전자에 들렀다니요?"

그런 보고는 들은 적이 없다. 아니, 삼전전자에서 항의조차 안 해 왔다.

'잠깐, 설마?'

－방금 전 박 청장님과 통화를 끝내자마자 김용재 상무한테서 연락이 왔습니다. 훌륭한 경찰에게 사건을 맡겨 줘서 고맙다고! 회장님께서도 고맙다 하신다고! 이 말이 무슨 뜻이겠습니까!

이 사건이 김희건 회장까지 주목하고 있는 사건이며, 앞으로 검찰의 개입은 불허하겠다는 뜻이었다.

"……제가 알아보고 다시 연락을 드리죠."

다급히 통화를 종료한 그는 종혁에게 전화를 걸었다.

"최 대장, 지금 어디야?"

* * *

인천 남구 숭의동의 6층 빌딩 꼭대기에 위치한 사무실.

창식이라 불린 사십대 거한이 종혁을 보며 눈을 가늘게
뜬다.

"본청 형사님들께서 남의 번듯한 업장에는 무슨 일로
오셨습니까? 그것도 선량한 직원들을 폭행해 가시면서
말입니다."

"아, 쟤들? 로비에서 네 이름 대니까 막아 세우더라고.
그래서 한 대 쥐어박았더니 우르르 몰려들데?"

그래서 설명하기도 귀찮아서 그냥 힘으로 뚫고 올라왔다.

기선 제압도 할 겸.

"그런데 네 입에서 폭행이란 단어가 나오니까 좀 어색
하다, 야."

종혁은 창식의 맞은편 소파에 털썩 앉았고, 숨을 거칠
게 몰아쉬는 오택수와 최재수가 그 옆에 앉았다.

"최재수, 괜찮아?"

"괘, 괜찮습니다."

"너 대가리에서 피 나."

"어…… 약간 찢어진 것 같은데 이 정도면 괜찮을 거예요."

"오택수 경감님은요?"

"죽을 것 같아. 씨발, 외국 애들 상대하면서 긴장을 벼려 놓길 다행이지 아니면 황천 몇 번 갔을 거다."

'오택수?'

어디서 들어 본 이름.

창식은 눈을 가늘게 뜨며 종혁을 봤다.

"혹시 젊은 형사님 성함이……?"

"응? 나? 최종혁."

'씨발. 불도저!'

본청의 미친 또라이.

자산 규모만 천억 원대라는 재벌 형사 최종혁.

"……소문으로만 듣던 최 팀장님을 이렇게 뵙게 되어 영광이군요."

"아, 나 팀장 아니야. 이번에 승진해서 대장. 여기 명함."

움찔!

"특별…… 범죄수사대?"

"오, 한글 정도는 뗐나 보다? 역시 조폭 대가리는 뭐가 달라도 다르다?"

이를 악문 창식은 문 앞에 서서 씩씩거리는 부하들을 향해 나가라고 손짓을 했다.

문이 닫히자 창식은 다리를 꼬았다.

"그래서 본청의 대장님께서 저처럼 선량한 사업가는 왜 찾아오신 겁니까?"

"아, 사람 하나 찾아 달라고. 이 양반이 아무래도 너희

업장 중 하나를 스쳐 지나간 것 같거든?"

종혁이 던지는 서대우의 사진을 힐끔 본 창식은 종혁을 보며 나른하게 웃었다.

"제가 왜 협조를 해야 되는 겁니까?"

"그러는 편이 좋을 테니까?"

"지금 경찰이 시민을 협박하시는 겁니까?"

종혁은 전혀 협조할 마음이 없어 보이는 그의 모습에 피식 웃었다.

하지만 그것도 잠시. 곧 종혁의 얼굴에서 감정이 사라졌다.

"야. 내가 부탁하는 것 같냐?"

"나는 장난으로 말하는 것 같습니까? 이게 언론에 알려지면 당신 모가지도 무사하진 못할 텐데?"

"나참. 내 소문을 들었다면서도 계산이 안 되나 보지?"

창식이 미간을 좁히며 쳐다본다.

그러나 여전히 감정이 없는 종혁의 눈.

"언론? 알리고 싶으면 알려 봐. 나야 징계 좀 받고 끝날 테고, 난 징계가 끝나자마자 네 나와바리에 있는 유흥업소부터 쑤시고 들어갈 거니까."

창식의 눈살이 찌푸려진다.

"단란주점, 노래방, 안마방, 오락실, 사채 사무실 다 쑤실 거고, 안에 있는 건 싹 다 부숴 버릴 거야. 네 새끼들까지 전부. 네가 더러워서 못해 먹겠다고 이 바닥 뜰 때까지 털어 버릴 생각인데, 어떻게 생각하니?"

아마 그때까지 그가 잃을 손해는 족히 수십억에 달할 것이다.

"너 이 새끼……."

지이잉! 지이잉!

"아, 잠시만? 흠."

발신자를 확인한 종혁이 눈을 가늘게 떴다.

"이 양반이 왜 전화를 하셨을까?"

"누군데?"

"청장님이요. 예, 청장님. 아, 잠시 밥을 좀 먹으러 나왔습니다. 복귀요? 음, 한 시간 정도 걸릴 것 같습니다. 여기가 파주라서요. 예, 예. 알겠습니다. 충성."

통화를 종료한 종혁은 다시 창식을 봤다.

"내가 어디까지 이야기했지? 아아, 혹시 너한테 뽀찌처먹은 견찰 새끼들이 도와줄 거란 기대는 하지 마. 나본청 수사대 대장이다? 나 적으로 돌릴 자신 있어? 정말 마음먹고 쑤셔 줄 건데?"

빠드드득!

창식의 얼굴이 도깨비보다 더 흉악하게 일그러진다.

그러나 그는 곧 표정을 풀 수밖에 없었다.

'경찰청장.'

경찰청장과 통화를 하는 경찰이다.

게다가 이 경찰이 해체한 조직이 몇 개던가. 인천에서도 종혁에게 걸려 해체된 조직이 있을 정도다.

전국을 돌아다니며 마음에 안 드는 놈이 있으면 그냥

건물째로 밀어 버리는 미친 또라이 불도저.

"내가…… 뭘 해 드리면 되겠습니까?"

"이 양반 찾아. 3일 준다."

종혁은 몸을 일으켰고, 창식은 아까 종혁이 준 명함을 조심스럽게 갈무리했다.

"아, 그리고 이건 깽값. 네 애들이 날붙이 꺼내 들기에 뼈 좀 꺾어 놨거든? 이거면 걔들 퇴직금은 충분히 될 거다. 그럼 간다. 연락해."

"대장님."

"왜?"

"저희가 무섭지는 않으십니까?"

"너희가? 왜?"

"……."

피식 웃은 종혁이 벌컥 문을 열자 문 밖에서 주춤 거리는 시꺼먼 덩치들. 쇠파이프에 사시미칼을 들고 있으면서도 물러나는 꼴을 보니 한심함에 한숨만 나온다.

"비켜."

부하들에게 손을 저은 창식은 자신의 앞에 놓인 수표 다섯 장을 보곤 어이없다는 듯 웃었다.

"오백만 원……."

끝까지 놀리는 거다.

정말로 자신들을, 어둠에 숨은 칼을 무서워하지 않는 거다.

이제야 명확하게 이해가 된다.

저건 상종조차 하면 안 될 재앙이었다.

"큰형님!"

"괜찮으십니까, 큰형님!"

창식은 그제야 몰려 들어오는 간부들의 모습에 한숨을 내쉬었다.

"아무 일 없었으니까 진정하고 이 새끼나 찾아."

"예? 누굽니까?"

"저 저승사자 세 마리를 여기로 불러들인 새끼."

사진을 보는 덩치들의 눈에 불똥이 튀었다.

* * *

－상황 종료.

"후우. 수고하셨습네다. 다치지는 않았습네까?"

－재수 대가리에 빵꾸가 좀 나긴 했는데, 지금 병원에 갈 거니까 너무 걱정하지는 마.

"형님은, 아니 대장님은요?"

－나야 멀쩡하지. 사료나 처먹은 새끼들이 어딜.

"……알갔습네다. 현재 인천 전체 CCTV를 뒤져 보고 있고, 서대우가 갈 만한 곳도 다 뒤져 보고 있으니 곧 놈을 포착할 수 있을 겁네다."

중고등학생 시절부터 지금까지 그가 인연을 맺어 왔던 모든 이들과 서대우의 지난 10년간의 금융거래 내역을 모두 뒤지면서 그가 갈 만한 곳을 압축하고 있다.

박승철처럼 그 자신과 전혀 무관한 곳에서 죽은 게 아닌 이상 찾을 수 있을 거다. 아니, 찾아내야 했다.

―그래. 수고.

통화를 종료한 순철은 핸드폰을 가만히 응시하다 돌연 입술을 깨문다.

"분하네."

종혁과 오택수, 최재수가 최전방에서 칼을 맞아 가며 싸우고 있는데, 자신은 이곳에서 컴퓨터만 만지고 있다는 것에.

'하디만 이럴수록 더 냉정해져야디.'

종혁들과 자신은 전문 분야가 다르다.

그리고 사무실을 나서기 전 목숨을 부탁한다고 말하지 않았던가.

그렇다면 전력으로 서포트를 해야 됐다.

9대의 모니터를 응시하는 눈빛이 차갑게 가라앉은 순철의 손이 세 대의 키보드를 누비기 시작했다.

그렇게 얼마나 두드렸을까.

삐빅!

"어? 이치는?"

무언가 잡혔다는 신호에 눈을 빛낸 순철이 4번째 모니터를 보며 키보드를 조작을 하려고 할 때였다.

벌컥!

"흠. 사무실 인테리어가 특이하군."

"헉?!"

종혁의 적, 박종명 경찰청장.

당황해 손을 집고 일어나는 척 세 대의 키보드를 모두 누르며 일어난 순철이 거수경례를 하자, 박종명 청장이 눈을 가늘게 뜨며 불이 꺼지는 컴퓨터를 응시했다.

"흠. 자네가 최 대장이 무리해서 데려온…… 아니지. 무리해서 중경에 입사시켰던 이북 친구인가 보군."

"……?!"

순철의 눈이 부릅떠졌고, 박종명 청장은 왜 그러냐는 듯 의아해했다.

"저런. 몰랐던 일인가? 이거 미안하구만. 그나저나 컴퓨터가 아주 좋아 보이는데 잠시 구경 좀 할 수 있겠나?"

그의 입가가 미묘하게 뒤틀렸다.

*　*　*

정신이 멍한 듯 흐릿한 시야, 삼전전자의 어느 탕비실.

문을 열고 들어가려던 장년인, 김학일이 안에서 들려오는 대화 소리에 잠시 걸음을 멈춘다.

"미진 씨, 과장님 몸에서 이상한 냄새나지 않아? 나만 느끼나?"

"기러기 아빠가 다 그렇죠, 뭐. 전 그보다……."

"왜? 뭔데?"

"왠지 제 다리를 쳐다보시는 것 같아서…… 힘내라면서 어깨도 막 주무르시고……."

"뭐? 아, 진짜. 다 늙어서 왜 그런다니?"

억울하다. 억울했다.

그저 힘들어 하는 것 같아서 어깨를 주물러 줬을 뿐인데…….

이를 악물며 부들부들 떤 김학일이 몸을 돌린다.

그 순간 걸려온 전화.

김학일이 치미는 토기에 눈을 질끈 감는다.

"……여보세요?"

―여보! 왜 돈을 부치지 않는 거예요! 애가 지금 사야
할 게 얼마나 많은데!

까랑까랑하게 울리는 목소리.

그 순간 흐릿한 시야가 크게 출렁인다.

"까, 깜빡했어. 내가 퇴근하고 붙일게."

―깜빡할 게 따로 있지! 내가 얼마나 당황했는지 알아
요?!

"지금 회사야. 이따가 통화해."

전화를 끊은 김학일은 때마침 탕비실을 힐끔 보곤 한숨
을 내쉬며 옥상으로 향했다.

그 순간 다시 걸려오는 전화.

"아, 상무님!"

―내 방으로.

왜인지 갑자기 철렁하고 심장이 내려앉는다.

그러며 가슴속에서 '안 돼'라는 외침이 울려 퍼진다.

의아해하며 상무를 찾아간 김학철.

"그래, 왔나? 앉지."

평소와 다르게 소파를 권하는 상무.

"저, 그런데 무슨 일이신지……."

"어흠. 김 팀장이 우리 삼전에서 일한 지 한 30년 정도 됐나?"

"조금 모자랍니다. 제가 있던 한국전자통신이 삼전에 합병된 게 80년쯤이니까요."

"오래됐군. 그 정도면 우리 삼전의 일등공신이라고 할 수 있겠어."

"아, 아닙니다. 제가 무슨……."

"아니야! 자네라면 충분히 그런 말을 들을 자격 있지!"

"가, 감사합니다."

"그런데 말이야……."

철렁 다시 심장이 내려앉는다.

"요새 경제가 어려워진 거 알고 있지? 환율도 치솟고."

"……자, 잠깐만요, 상무님, 저 기러기 아빱니다! 제가 돈을 못 벌면 제 딸과 아내는 굶어 죽습니다!"

"내 퇴직금은 부족하지 않게 넣어 주지. 그동안 수고했네."

상무의 그 말을 마지막으로 와장창 깨져 버리는 세계.

"허어억?!"

숨을 급하게 삼키며 꿈에서 깨어난 김학일이 침대에서 몸을 일으키며 이를 악문다.

"개 같은 년놈들…… 후우우."

끓어오르는 화를 가라앉힌 김학일은 창가로 걸어가 창

문을 활짝 열었다.

쏴아아아!

파도 소리가 밀려오는 푸르른 바다.

"김 상!"

김학일은 자신을 향해 손을 흔드는 삼십대 미녀를 보며 환하게 웃었다.

* * *

박종명은 별말을 하지 않았다.

수사는 어떻게 진행되어 가고 있냐, 박승철은 어떻게 찾았냐 등 상사로서 궁금한 점을 물었을 뿐이다.

그리고 수사 진행 사항은 주기적으로 보고하라는 말을 들으며 경찰청장실을 나선 종혁이 눈을 가늘게 떴다.

'흐음. 방해를 해 보시겠다는 건가?'

아니면 김용재 상무가 움직여 한발 물러난 것일 수도 있다.

뭐든 마음에 들지 않는 작태.

"보고는 개뿔."

종혁은 코웃음을 치며 사무실로 향했다.

"아, 대장님."

"그냥 형이라고 불러."

"……일터에서는 대장님이라고 부르겠습네다."

"뭐 네 생각이 그렇다면야……. 그런데 누가 왔다 갔나

보다?"

사무실에 비치된 물품들 중 몇 개가 미묘하게 틀어져 있다.

움찔!

종혁은 몸이 크게 흔들리는 순철을 보곤 이를 악물었다.

"왜? 청장님이 찾아와서 널 흔들든?"

동그랗게 떠지는 순철의 눈이 대답을 대신했다.

'이 양반이 진짜!'

회귀 전 질리도록 겪은 수작 중 하나.

장수를 쓰러뜨리려면 먼저 그 말을 노려라.

찔리는 게 많은 새끼들이 주로 쓰던 방법이다.

사무실 문을 잠근 종혁의 표정이 구겨진다.

"뭐라고 씨불이며 흔들든?"

"……정말 저를 중경에 입교시키기 위해 무리를 하셨던 겁네까?"

'아, 이걸로 흔드셨어?'

종혁 자신에게 마음의 부채를 가진 순철에게는 참 딱 맞는 공격이었다.

"어."

순철이 그냥 평범한 새터민이었다면 중경에 입교한다고 한들 별다른 문제는 없었을 테지만, 북한의 국가안전보위부 소속이었다는 점과 그의 누나인 리순영이 보위부의 소령이라는 점이 문제였다.

"신분 보증을 하느라 무리를 좀 했지."

회귀 경찰의 리셋 라이프 24

"저, 정말입네까?"

"라고 하면 뭐가 달라지냐?"

"혀, 형님!"

"아이고, 그러다 울겠네. 야, 됐어. 국정원이 내게 진수많은 빚 중 하나를 깐 거뿐이니까. 아니, 오히려 국정원이 더 좋아하던데?"

이미 태국에서 순철의 해킹 실력을 본 국정원이다.

시간과 여건만 갖춰진다면 못 뚫는 곳이 없을 능력자.

그런 인재가 한국의 품에 안긴다니, 국정원의 입장으로선 쌍수 들고 환영할 수밖에 없었다.

순철이 언제 간첩으로 돌변할지는 모른다는 위험성이 있지만, 그 전까지는 그래도 대한민국에 이익이 되어 줄 인재.

또 이걸 꼬아서 생각하면, 순철을 이용해 북한의 요직에 앉아 있는 순영까지 꼬드길 수도 있다.

그래서 국정원이 순철이 한국에서 사회 활동을 할 수 있도록 허락한 거다. 자유와 자본의 참맛을 알게 해 한국을 떠나지 못하게 만들기 위해.

그런 종혁의 말에 순철은 입을 떡 벌렸다.

"기, 기랬던 겁네까?"

"아니면 너처럼 위험한 놈이 수사기관에, 언제든 이 나라의 기밀에 접근할 수 있는 기관에 취직하는 걸 순순히 허락했겠냐? 국정원이?"

해킹 대회에 나가는 것도 허락하지 않았을 거다.

"기럼……."

"그래. 내가 무리한 건 별로 없다고. 그래도 실수하지 마라. 북한에서 지령 같은 거 내려오면 바로 말하고. 내가 러시아를 움직여서라도 순영 씨 빼내 올 테니까. 흠. 아니다. 순영 씨 같은 인재라면 내가 말하지 않아도 러시아가 먼저 움직이려나?"

능력이 순철보다 뛰어난 순영이다. 전 세계 어느 나라라고 해도 그녀를 욕심 낼 수밖에 없었다.

"이제 됐지? 그래서? 그러면서 뭐라고 하디? 수사 진행 상황을 알려 주라고 하지 않디?"

"……그랬습네다."

종혁이 무리해서 취직시켜 줬는데, 종혁에게 도움이 되어야 하지 않겠냐. 종혁에게 도움이 주려면 결국 박종명 자신이 수사가 어떻게 진행되는지 알아야 된다고 했다.

그래야 종혁이 선을 넘거나, 누군가 종혁을 위협하려고 할 때 도움을 줄 수 있다고.

"그걸 곧이곧대로 믿었어?"

"믿었겠습네까? 저도 눈치라는 게 있습네다."

종혁이 박종명 청장을 싫어한다는 것쯤은 눈치채고 있었다.

"얼씨구? 면상을 보니 조금 혹했네?"

어느새 얼굴이 빨갛게 달아오른 순철.

"그, 그게 그래도 청장이니까네…… 크흠. 그보다!"

다급히 화제를 돌리는 순철의 표정이 차가워진다.

"김학일 찾았습네다."

종혁의 눈이 번뜩였다.

"어디서?"

"부산입네다."

"부산?"

종혁은 미간을 좁혔다.

*　*　*

퇴직 후 돌연 자취를 감춘 김학일.

"그러니까 갑자기 이혼 서류 한 장만 보낸 후 자취를 감추셨다는 말이죠?"

"그렇다고 몇 번이나 말해요!"

어디 그뿐인가. 갑자기 생활비도 끊어 버리고, 카드마저 끊어 버렸다.

남긴 건 달랑 이 집, 수원시에 있는 아파트 한 채뿐이었다.

"그래서 내가 LA에서 온 거잖아요! 그것도 지인들에게 돈을 빌려서! 지금이 우리 애한테 얼마나 중요한 순간인데!"

김학일이 돌연 자취를 감추자 다급히 귀국을 했던 김학일의 아내가 불을 토해 낸다. 그 옆 이십대 중반의 딸도 말은 하지 않지만 뚱한 표정을 짓고 있다.

박승철의 일도 있기에 바로 김학일의 뒤를 쫓는 것보다

일단 그의 가족부터 만나러 왔던 종혁은 씁쓸히 웃었다.

'참 이놈의 유학은……'

가장으로서의 부담을 이기지 못해 자살한 걸로 추정되는 박승철. 자녀의 유학 준비도 그에게 많은 부담을 주었을 거다.

"김학일 씨가 이혼 서류를 보내기 전 뭐라 말하신 건 없었나요?"

"몰라요! 갑자기 그랬단 말이에요!"

"그래도 김학일 씨가 갑자기 그런 결정을 내리신 데에는 분명 이유가 있을 겁니다. 잘 한번 생각해 보십시오."

"그, 그게 요새 돈이 부족하다고 좀 쪼기는 했는데……. 하지만 그건 어쩔 수가 없었어요! 그만큼 공부에 들어가는 돈도 많고, 다른 집도 다 그런단 말이에요!"

'다 그런 건 아니지.'

김학일의 금융거래 내역을 살펴보니 성과급을 포함한 연봉의 대부분을 이들 모녀에게 송금하고 있었다. 무려 8년간 말이다.

제아무리 미국에서의 유학 생활이 돈이 든다고 해도 그 정도나 들 리는 없었다. 실제로 이보다 적은 금액으로 유학을 무사히 마치는 사람은 많았다.

그런데 그 8년 동안 이 모녀가 한국에 들어온 건 고작 3번.

아내와의 평균 통화 시간은 1분 14초.

하나뿐인 딸과는 평균 42초.

딱 용건만 말하고 끊었다는 소리다.

지독해도 이렇게 지독할 수 있을까.

김학일의 아내는 충분히 악처였고, 딸은 불효자식이라고 볼 수 있었다.

'나라도 내 모든 수익을 보내는데 계속 돈, 돈 그랬다면 지쳤을 거야. 그가 남편과 아버지로서의 도리를 다 했다면, 당신들도 아내와 자식의 도리를 했어야지.'

거기다 김학일의 아내와 딸이 몸에 두르고 있는 것들은 하나같이·명품이었다. 그녀들이 미국에서 어떻게 생활하고 있는지 안 봐도 비디오였다.

'이걸 알아차렸을 확률이 높겠네.'

퇴직 권고를 들은 후 아내에게 연락을 하지 않고 미국으로 향했던 김학일.

그리고 미국에 도착하고 겨우 하루 만에 다시 한국으로 돌아온 그는 이후 퇴직을 하자마자 곧바로 이혼장을 날리곤 잠적을 해 버렸다.

정황상 미국에서 무언가를 보았을 가능성이 백 퍼센트였다.

"흠. 그러니까 아무런 전조도 없었다는 말이죠? 미국에서 마지막으로 만나셨을 때도요?"

"네! 그보다 정말로 아이 아빠가 산업 스파이라는 건 맞아요? 그거 정말 우리에겐 피해가 안 오는 거 맞아요?"

"아직은 혐의일 뿐입니다. 그럼 혹시 김학일 씨가 갈 만한 곳이 있을까요? 평소 어딜 가기를 좋아했다거나 어딜 가자고 했다거나."

마지막으로 목격된 곳이 부산일 뿐, 그가 부산에서 어디로 이동했을지 가늠을 할 수가 없다.

일단 확실한 건 배를 타거나 비행기를 타지 않았다는 것.

"그, 글쎄요? 도통 그런 걸 말하는 사람이 아니라서……. 그 사람 맨날 저녁 늦게 퇴근해서 아침 일찍 출근했다고요! 주말도 없이!"

"맞아요! 아빠도 우리에 대해 모르는 건 마찬가지일걸요?!"

'그게 할 말이냐.'

순간 속에서 욕지기가 치민다.

"그렇습니까? 알겠습니다. 협조해 주셔서 감사합니다."

"저…… 형사님?"

"예?"

"만약 정말로 아이 아빠가 산업 스파이라면 이혼을 할 때 저한테 유리할까요? 아니, 그게 아니더라도 가족을 버리고 나간 거니까 저한테 유리한 거 맞죠!?"

"……죄송합니다. 저희는 법률 자문 같은 걸 하지 않아서요. 그럼."

"아, 아니……!"

잰걸음으로 김학일의 집을 나선 종혁은 다급히 양쪽 귀를 후볐다.

"씨발, 귀가 썩는 줄 알았네."

저런 인간도 아내라고, 딸이라고 애를 썼을 김학일을

생각하니 작은 동정심이 든다.

하지만 딱 거기까지.

그는 이번 사건의 용의자였다.

동정은 혐의를 벗은 이후에 해도 늦지 않았다.

종혁은 인천에 있는 오택수에게 전화를 걸었다.

—어, 최 대장. 거기서 건진 건 좀 있어?

"내가 김학일 입장이라도 보상을 받고 싶어 할 거라는 거?"

가정이든, 회사든 김학일은 지난 세월의 헌신이 짓밟혔다. 충분히 앙심을 품을 만했다.

—……그 정도야?

"차마 입에 담지 못할 정도입니다. 나라면 벌써 연을 끊었을 거예요."

—흠. 그 정도로 돈을 밝힌다면 자칫 언론에 새어 나갈 수도 있겠는데?

"괜찮아요. 알아보니까 엠바고 걸어 놨더라고요."

거기다 삼전과 검찰이 무슨 말을 해 놨는지, 김학일의 아내가 산업 스파이란 단어를 운운할 때 꽤 겁에 질려 있었다. 딸도 마찬가지였다.

당분간은 둘의 입이 열릴 걱정은 하지 않아도 될 것 같았다.

—아, 그래?

"삼전이랑 검찰이 어떤 곳인데요. 그보다 서대우는 좀 어때요?"

―창식이가 여러모로 분발은 하고 있는 것 같은데 아직이야.

"알겠습니다. 그럼 전 부산에 다녀오겠습니다."

―혼자 괜찮겠어?

"찾으면 바로 콜 할게요."

―오케이.

"그럼 수고해요. 서대우 위치 뜨면 바로 연락 주시고요."

―알았어. 수고.

통화를 종료한 종혁은 차에 시동을 켜려다 잠시 한숨을 쉬었다.

"부산까지는 또 언제 내려가냐."

혀를 찬 그는 차를 출발시켰다.

부르릉!

* * *

아무도 없는 작은 해변가.

조용한 파도 소리와 함께 사박사박 노란 모래가 발밑에서 뭉개진다. 그와 동시에 가을의 싸늘한 바람이 불어오지만, 김학일은 춥다는 생각이 들지 않았다.

아마도 옆에서 팔짱을 꼭 낀 채 온기를 나눠 주는 미녀덕분일 거다.

일본을 여행하던 중 만난 여성, 미즈하라 키코.

삶의 모든 게 무너져 악만 남은 상태에서 내려온 부산

까지 찾아와 참 많은 걸 도와준 일본 친구의 조카.

"키코, 춥지 않아?"

"으응. 전 괜찮아요. 김 상은 춥지 않아요? 나이가 들면 몸이 약해져서 추위를 잘 탄다고 하던데."

"흐음. 그렇게 말하는 것치곤 몸이 너무 떨리는데?"

"앗! 이건 당신과 함께 있는 시간이 너무 좋아서……!"

얼굴이 빨개져 허둥거리는 키코의 모습에 김학일은 미소를 지었다.

참 숨기지 못하는 여자다. 처음 만났던 그 순간부터.

아내와는 성품부터 다른 여자.

왜 자신을 좋아해 주는지 의문일 정도로 완벽한 여자.

그러나 안식처를 찾고 싶은 김학일은 그 의문을 잠시 가슴 한구석에 밀어 놓았다.

"저, 정말이라고요! 기, 김 상은 싫은가요?"

"그럴 리가. 그럼 더 걸을까?"

"아, 아니 그게……."

"집으로 돌아가자. 당신이 끓여 주는 레몬차를 마시고 싶어."

"레몬차가 드시고 싶으셨어요? 그럼 빨리 말했어야죠! 알았어요, 가요!"

"천천히 가. 넘어져."

움찔!

다시 속도를 늦추는 그녀의 모습에 김학일은 웃음을 터트리고 말았다.

이게 행복인가 싶었다.

찰랑찰랑 바지에 채워진 열쇠고리가 흔들리며 싱그러운 소리를 냈다.

．

＊　＊　＊

김학일이 마지막으로 목격된 부산 기장군의 오래된 어항(漁港)인 학리항.

학리항 방파제의 등대 아래에 선 종혁은 찬바람이 맹렬히 부는 바다를 응시하며 생각에 잠긴다.

'김학일은 왜 하필 부산으로 온 걸까.'

역시나 가장 먼저 떠오르는 건 밀항이다.

일본에 어떤 로망이 있었던 건지 여행이 비교적 자유롭게 변한 90년대가 되자 일본을 자주 찾았던 김학일.

아내와 딸이 LA로 떠난 뒤로는 버는 돈의 대부분을 송금하다 보니 제주도급으로 싸게 갈 수 있는 대마도만 가고, 1년에 한 번만 후쿠오카를 갔지만 여행 자체를 그만두는 일은 없었다.

'이 돈은 어디서 난 거지?'

아무리 대마도 여행이 제주도급으로 싸다고 해도, 또 후쿠오카 여행도 그리 부담이 되지 않는다고 해도 월급의 태반을 미국에 부쳐야 하는 김학일로서는 감당하기 힘든 액수다.

아내에게 송금을 한 김학일이 한 달에 쓸 수 있는 금액은 대략 오십만 원.

"일본 기업의 브로커가 이런 김학일의 사정을 알아차리고 금전적인 도움을 줬다면 굳이 부산으로 내려온 이유까지 어떻게든 설명이 가능하긴 한데……."

하지만 종혁의 마음엔 여전히 의문이 남아 있다.

"그 콧대 높은 일본 놈들이 한국 기술을? 굳이?"

전 세계에 스마트폰 세상이 열렸을 때도 피처폰을 고수하던 게 일본이다. 2010년 중후반이 되어서야 조금씩 스마트폰을 받아들인 일본.

거기다 일본 기업의 브로커가 김학일의 주머니 사정을 알았다면 그 주머니부터 채워 줬을 터.

"으음. 여태까지는 계속 거부를 하다가 이번에 받아들인 걸까?"

그럴 확률이 높다.

"아, 모르겠네."

머리를 긁은 종혁은 일단 부산에서 암약하는 밀항조직부터 조져 보기로 했다.

"그럼 뭐가 나와도 나오겠지. 어디 보자……."

몇 번의 특수본, 특별수사대책본부를 통해 인연을 맺은 부산 쪽 인맥들 중 적당한 인물을 찾은 종혁은 냉큼 전화를 걸었다.

"충성! 선배님, 저 종혁입니다."

-오! 최 팀장! 아니 지금은 최 대장이제? 다시 한번 축하한데이. 어데고? 밥은 뭇나?

"흐흐. 사 주실 겁니까?"

─뭐꼬? 니 부산 왔나? 어딘데?

"기장에 있습니다. 시간 되시면 술이라도 한잔하시죠?"

─음마야. 또 무신 일이기에 이로코롬 꼬시는 걸까……. 됐다 마. 그냥 퍼뜩 말해 봐라. 술 먹다 체하기 싫데이.

"큼. 하여튼 누가 경상도 남자 아니랄까 봐. 그럼 바로 본론으로 들어가겠습니다. 저랑 부산에서 암약하는 밀항 조직들 한번 조져 보실 생각 없으십니까?"

─……아, 갸들.

'응?'

종혁은 미간을 좁혔다.

─뭘 노리고 금마들을 찾는지는 몰라도, 금마들 요새 영업 안 할 끼다. 아니, 못 할끼다.

"아, 설마?"

─맞다. 이미 한 달 전에 일제 단속했다. 한 서른 명 잡았제? 아마 살아남은 놈들 있어도 바다엔 당분간 얼씬도 안 할 끼다.

'염병? 아니, 잠깐?'

"그거 혹시 검찰에서?"

─뭐꼬? 알고 있었네! 웡? 니 설마 김학일 갸 찾으러 온 기가? 그 사건 니가 보조하게 된 기가? 와, 글네! 창업 첫 일감으로 딱 좋네!

"아 나, 씨발."

-쯧, 뭔 짓을 저질렀기에 길들이기 당하는 기고? 무슨
일인지 몰라도 빨리 협의 보래이. 아, 검거된 놈들이 어
디에 있는지라도 알려 주까?

"끙. 감사합니다."

-있어 보레이.

통화를 종료한 종혁은 담배를 물었다.

"다행이라면 다행이긴 한데……."

시간을 단축해서 다행이긴 하지만, 맥이 빠지는 건 어
쩔 수 없었다. 입맛을 다신 종혁은 문자가 들어오는 핸드
폰을 확인하며 몸을 돌렸다.

* * *

"잘 봐. 자세히 보라고. 내가 영치금 넣어 준다니까?"

"……으으응. 아무리 봐도 모르는 걸 안다고 할 수 없
잖습니까."

"에라이."

고개를 젓는 밀항 및 밀수전문업자의 모습에 혀를 찬
종혁은 몸을 일으켰다.

"어? 아, 아직 덜 먹었……."

"닥쳐. 접견 끝났습니다."

치킨을 사수하는 놈을 뒤로하고 구치소를 빠져나온 종
혁은 한숨을 푹 내쉬었다.

방금 전, 그놈이 이번에 잡힌 밀항업자들 가운데 마지

막이다. 그런데 서른 명 중 단 한 명도 김학일을 본 사람이 없다.

"아오! 이놈을 어디서 찾냐고!"

화를 내며 핸드폰을 찾던 종혁은 눈을 동그랗게 떴다.

"철아, 이게 무슨 말이야? 김학일이 대리를 뛴 것 같다고?"

─그렇습네다. 김학일이 주말마다 대리운전을 한 것 같다는 정황이 발견됐고, 지금 확인 중입네다.

"그걸로 여행 자금을 충당한 건가……."

지이이잉!

"알았어. 일단 끊어 봐. 나 전화 왔…… 지랄 났네."

박종명 경찰청장의 전화다.

부산, 박종명이 경찰청장 취임 전 나와바리였던 곳이다.

검찰이 일제 단속을 벌였어도 경찰이라면 알았어야 할 일. 그러나 박종명은 이에 대해 일언반구도 안 했다.

'당신도 참, 씨발…….'

"예, 청장님."

─서대우? 김학일?

"김학일입니다."

─최 대장은 김학일이 밀항을 한 걸로 추정하는 건가?

"청장님도 김학일이 일본으로 여행을 자주 갔다는 걸 아시잖습니까."

─언제나 우리를 한 수 아래로 보는 일본 놈들이 과연?

"기술은 일단 비축해 놓는 게 좋지 않겠습니까?"

─그렇기는 하지. 흔적은?

"아직까진 없습니다."

─도움은?

"필요하다면 연락드리겠습니다."

─알았어. 끊지.

통화가 종료되자 종혁은 이를 갈며 부산의 지인에게 연락을 했다.

"어디십니까! 퇴근하셨으면 저 술 좀 사 주십시오!"

─퍼뜩 서면으로 온나! 내가 부산 풀코스로 대접할게!

"오오. 바로 날아가겠습니다!"

통화를 종료한 종혁은 혀를 차며 부산 서면으로 향했다.

"니 청장님이랑 뭔 일 있나?"

서면의 유명한 전집, 2차로 온 술집에 앉아 종혁의 잔에 소주를 따르던 부산경찰청 광수대의 지인이 눈을 가늘게 뜬다.

"제가요? 일은 무슨 일이요. 없어요."

"글나? 그럼 됐다. 마시라."

"뭐예요. 왜 말을 하다 말아요."

"……에휴. 니가 검찰한테 길들이기 당하는 중 아이가. 그것 때문에 말하는 기다. 청장님이 좀 꼬롬하게 대해도 서운하다 생각하지 말래이. 그 양반 성격이 배배 꼬여가 예뻐하는 사람 있으믄 막 시험한다 아이가. 그래서 튕겨 나간 아들이 좀 있어서, 혹시나 최 대장 니가 오해를 할까 봐 말했던 기다."

"튕겨 나갔다고요?"

"수사하다 지원 못 받아서 숟가락 놓고 밥집 차린 아들이 몇 명 있다."

그리고 박종명은 그렇게 퇴직한 형사들이 차린 밥집, 술집에 찾아가 매상을 올려 주며 수고했다고 위로도 해 주었다.

"그 양반 일부러 그라는 기는 아니니까네 너무 고깝게 생각지 마라."

"흐음. 그렇다는 말이죠……."

눈을 빛낸 종혁은 생각에 잠겼다.

'박종명이 내친 인간들이라……. 이번 사건이 끝나면 무슨 일인지 알아봐야겠네.'

"그보다 김학일 그놈아는 우째된기고? 정말 스파이 맞나?"

"혐의가 조금씩 벗겨지고 있긴 해요."

"뭐? 와?"

종혁은 김학일이 아내와 딸을 미국으로 보낸 후 대마도를 어떻게 놀러 갔는지에 대해 알려 주었다.

"여행을 갈라꼬 대리를 했따고? 와, 여행에 미쳤네!"

"숨통이 막히면 뚫어야죠. 김학일에겐 여행이 그런 의미가 아니었나 싶어요."

"그라믄 혐의가 벗겨지고 있는 게 맞네. 정말 스파이라믄 그쪽 브로커가 돈을 안 줬겠나?"

"김학일이 퇴직 권고를 듣고 미국을 다녀온 후 결심을

했을 가능성도 있으니까 일단 찾아는 봐야죠.”

“욕본데이. 와? 좀 도와주까? 혼자 왔다며?”

“……저 요새 돈 없습니다.”

“이 짜슥이! 마! 내가 뭐 사례를 바라고 말하는 것 같
나! 됐다, 치아라!”

“에이. 맛있는 거 못 사 드린다는 말이죠. 선배님 도움
기꺼이 받겠습니다! 자, 그럼 건배! 에이, 건배-!”

“니 앞으로 그런 말 하지 말래이. 마, 친구가 부싼에 왔
는데, 부산 사람이 친구보고 돈을 쓰게 할 것 같나?”

“에이. 죄송하다니까요.”

둘은 술잔을 부딪치며 잠시의 해우를 즐겼다.

그동안 있었던 일에 대해 이야기를 나누던 그들은 취기
가 알딸딸하게 올라오자 몸을 일으켰다.

마음 같아선 완전히 취하고 싶지만, 서로 사건들 때문
에 어쩔 수 없었다.

“그만 일나자. 내일 니가 머무는 호텔로 비번인 놈 하
나 보낼 테니까네 데꼬 다니라. 그놈이 부산 통이라 모르
는 곳도 다 갈켜 줄 끼다.”

“감사합니다!”

“씁. 어데. 내 아까 말 안 했나. 친구가 부싼에 내려오
믄 부산 사람이 쏘는 기라고. 난중에 내가 서울 올라가믄
그때 쏴라.”

“알겠습니다! 잘 먹었습니다!”

종혁과 형사 지인은 웬 커플이 꽁냥거리는 계산대 앞에

섰다.

"아니다, 오빠야. 오빠야가 오늘 많이 썼다 아이가."

"씁. 니 자꾸 나 이상하게 할래?"

"그럼? 나는? 나는 오빠야 돈만 쪽쪽 빨아먹는 거머리로 만들 생각이가? 오빠야 니도 내 이상하게 할래?"

"아, 아이다! 내가 무슨!"

"그럼 됐다! 아이다. 이 참에 그냥 데이트 통장 만들자!"

참 보기 좋은 모습을 보이는 커플.

부산 커플답게 참 화끈했다.

그러나 그런 커플을 보는 종혁의 눈이 흔들린다.

'데이트 통장? 더치페이?'

"하이고, 보기 좋네. 계산도 빨리 해 주믄 더 보기 좋을 긴데."

"엄마야!"

"죄, 죄송합니다!"

얼른 계산을 한 커플은 도망치듯 술집을 빠져나갔고, 종혁은 왜 보기 좋은 광경을 방해하냐며 지인을 타박했다.

"그럼 가래이."

"옙! 서울로 복귀하기 전에 연락드릴게요!"

손을 흔든 형사 지인은 종혁이 사람들 사이로 파고들자 핸드폰을 들었다. 어느새 차갑게 가라앉은 눈.

"예, 청장님. 김학일이, 아무래도 혐의를 쪼매 뱃겨도 될 것 같습니다. 대리 뛰어가 여행 자금을 마련했답니더."

그는 박종명 청장에게 방금 전 종혁과 나눈 대화를 낱

낯이 고해 바쳤다.

한편 택시를 잡아탄 종혁의 눈이 차갑게 가라앉아 있다.

"진짜 대단하네. 그사이에 쁘락지를 붙일 생각을 하셨어?"

아니, 애초부터 그는 쁘락지였던 거다. 자신이 그걸 모르고 그를 지인으로 생각한 것뿐.

"이러니 팀원을 함부로 못 뽑지."

씁쓸히 웃은 종혁은 방금 전 커플의 일을 떠올리며 생각에 잠겼다.

"일본……."

더치페이의 나라, 일본.

그런 일본의 문화를 생각하니 예전에 제외시켰던 가정 하나가 떠오른다.

"혹시 김학일에게 현지처가 있던 게 아닐까?"

숙소를 비롯한 체류 비용을 나눠 내거나, 그 여성의 집에 머물렀다면 다소 부족한 돈으로도 여행을 할 수 있었을 터.

물론 이랬다면 김학일은 아내의 무언가를 알아차렸을 때, 이를테면 외도 같은 것을 알아차렸을 때 얼씨구나 하고 곧바로 이혼 서류를 보냈을 것이다. 아니면 이미 그 전에 보냈거나.

딱 맞아떨어지는 이야기는 아니지만, 일단 조금이라도 가능성이 있다면 조사해 볼 가치는 있었다.

종혁은 핸드폰을 들었다.

"철아, 김학일이 부산에 내려올 시간을 기점으로 한 달 전후로 일본에서 한국으로 온, 아니 정확히는 수원과 부산에 체류한 일본 여성이 몇 명인지 또 누군지, 겹치는 인물이 있는지 싹 다 조사해 볼 수 있을까? 어, 그래. 부탁해."

통화를 종료한 종혁은 다음으로 일본의 지인에게 연락을 했다.

"응, 쿄 형. 내가 너무 늦은 시간에 연락한 건 아니지?"

일본의 지인인 무로이 코헤이.

현재 계급은 경시정. 사상 최연소라 불릴 만큼 경시청의 역사를 새로 써 가고 있는 엘리트 중 엘리트다.

"응. 다름이 아니고, 사람 한 명 동선 좀 추적할 수 있을까 해서. 그런데 이 사람이 쓰시마와 후쿠오카를 자주 갔어. 하루? 오케이. 인적 사항은 바로 보내 줄게. 고마워."

일단 할 수 있는 건 다 해 봐야 했다.

* * *

커다란 창문을 통해 따뜻한 햇볕이 내리쬐는 집.

파스텔톤과 하얀색이 가득한 거실, 커다란 TV 앞에 선 김학일과 미즈하라 키코가 둥근 막대 같은 것을 쥔 채 격렬하게 몸을 흔든다.

"얍! 얍얍!"

"차압!"

그들이 손을 흔들 때마다 똑같이 손을 흔드는 TV 속 커다란 3D 캐릭터, 라켓을 쥔 둘 캐릭터 사이에서 테니스공이 빠르게 오간다.

"얏챠!"

"아으으!"

머리를 쥐어뜯던 김학일은 이내 곧 털썩 주저앉으며 거친 숨을 몰아쉰다.

"에에. 김 상, 벌써 힘들어요? 체력이 너무 약한 거 아니에요?"

"키코도 내 나이 돼 봐. 병을 걸리지 않는 것만으로도 축복이야."

"부우. 늙은이."

"그래도 침대 위에선 누구보다 체력이 좋지?"

"그거 반칙."

"응? 뭐가?"

"아무튼 반칙!"

얼굴을 붉히며 입술을 삐죽 내민 미즈하라 키코는 게임기를 정리하고는 부엌으로 향했다.

그 순간 갑자기 울리는 그녀의 핸드폰.

지이잉!

"......"

문자의 내용과 발신자를 확인한 그녀의 얼굴이 어두워진다.

하지만 그녀는 곧 문자를 지워 버린 후 표정을 애써 밝게 하며 차를 탄 김학일에게 다가갔다.

한 잔씩 나눠 들고 1층의 테라스로 향하는 둘.

살랑 불어오는 가을의 찬바람이 둘의 몸을 뜨겁게 달군 땀을 천천히 식힌다.

햇빛이 보다 덜 드는 자리에 앉은 미즈하라 키코가 냉큼 김학일의 생강꿀차를 강탈해 오듯 가져와 입에 가져 갔다가 얼굴을 구긴다.

"으웨. 진짜 이건 무슨 맛으로 마시는 거…… 왜 그래요? 내 얼굴에 뭐 묻었어요?"

"아니, 이렇게 행복해도 되는 건가 싶어서."

매일매일이 꿈만 같다.

그래서 매일 아침 눈을 뜨는 게 무섭고, 눈을 떴을 때 미즈하라 키코가 옆에 없으면 불안해진다.

부엌에서 식사를 차리는 그녀를 보고서야 안심을 하는 하루하루.

세상에 신이 있다면, 이것이 영화 매트릭스의 세계라면 부디 깨지 않기를 김학일은 간절히 바래본다.

"……그동안 많이 힘들었잖아요. 이젠 행복해도 돼요. 당신은 그럴 자격 있어요."

"응. 키코 덕분에 행복할 수 있어서 감사해."

"아이, 참. 그런 말은 아닌데……."

부끄러워하는 그녀를 애정 가득한 눈으로 쳐다보던 김학일은 결국 치솟는 애정을 참지 못하고 그녀를 향해 몸을 기울였다.

그에 눈을 감고 입술을 내미는 그녀.

보드랍게 뭉개지는 입술.

코끝을 간질이는 복숭아 향기.

모든 게 참 좋았다.

둘은 잠시 짧은 행복의 시간을 가졌다.

"김 상은 정말 입맞춤을 좋아하는 것 같아요."

"하하. 남자라면 어쩔 수 없는 거야."

김학일은 그런 변명을 하며 방금 전 입맞춤을 할 때 거슬렸던, 허리에 채워진 열쇠고리를 풀어 테이블 위에 올려놨다.

"응? 이거 김 상이 계속 몸에 지니고 다니던 거 아니에요? 딸이 준 선물이라고."

엄지손가락 크기의 작고 귀여운 호랑이 인형이 달린 열쇠고리.

"글쎄…… 이젠 몸에서 떼어 놔도 될 것 같아서."

의미를 알 수 없는 미소를 지은 김학일이 열쇠고리를 그녀에게 내민다.

"한번 만져 볼래?"

"그래도 돼요? 와아. 부드러워."

매끈한 플라스틱을 어루만지며 신기해하는 미즈하라 키코.

"마음에 들면 가져."

"네?"

"너라면 내 모든 걸 줄 수 있으니까."

"김 상……."

둘의 눈에 다시 사랑이 싹튼다.

그 순간이었다.

"흐음. 그겁니까?"

흠칫!

기겁하며 고개를 돌린 김학일과 미즈하라 키코는 울타리 밖에 서 있는 덩치 큰 사내, 종혁을 발견하곤 깜짝 놀랐다.

"누, 누구?"

"밀항을 하셨을 거라 생각했는데, 거제도에 숨어 계실 줄은 몰랐군요. 그것도 이렇게 좋은 집에서 말입니다."

그랬다. 김학일이 현재 있는 곳은 부산 바로 옆의 섬, 거제도였다.

훌쩍 울타리를 뛰어넘은 종혁이 그에게 다가간다.

"뭐, 뭡니까! 누구신데 지금 남의 집에 함부로 들어오십니까!"

미즈하라 키코를 보호하며 종혁을 막아서는 김학일.

종혁은 그에게 경찰신분증을 보여 주었다.

"많이 찾았습니다, 김학일 씨. 경찰입니다."

쿵!

김학일의 몸이 딱딱하게 굳었다.

테라스, 김학일은 맞은편에 앉은 종혁을 보며 입술을 깨물었다.

"경찰이 왜 저를 찾아온 겁니까?"

종혁은 담담히 가라앉은 그의 눈을 보곤 피식 웃었다.

"연기에 소질이 있으시군요. 깜빡 속을 뻔했습니다."

"……무슨 말인지 잘 모르겠군요."

"그거야 그 인형, 아니 USB를 보면 알겠죠."

흠칫!

다급히 호랑이 인형을 잡아채는 김학일.

그러나 종혁의 손이 빨랐다.

호랑이 인형의 목을 뽑은 종혁은 그 안에 있는 USB포트에 입술을 비틀었다.

"순순히 따라나서시겠습니까, 아니면 끌려가시겠습니까?"

"그건 내 충성의 대가입니다! 내가 그동안 얼마나 충성했는데! 고작 경제가 어려워졌다고-!"

불을 토해 내는 김학일.

그러나 코웃음을 친 종혁은 수갑을 꺼내 들었다.

"김학일 씨, 당신을 산업기술 유출방지법 위반 혐의로 체포합니다. 당신은 묵비권을 행사할 수 있고, 변호사를 선임할 수 있으며, 불리한 진술을 번복할 수 있고, 체포 구속적부심을 청구할 수 있습니다."

철컥!

김학일의 양손에 수갑을 채운 종혁은 그 모습을 보곤 파르르 떠는 미즈하라 키코를 향해 다가갔다.

김학일이 일본으로 여행을 갔을 때 1년에 한두 번은 꼭

만남을 가져왔던 미즈하라 키코.

혹시나 하여 그녀의 행적을 추적하자, 최근 거제도에 집을 빌렸음을 확인할 수 있었다.

만약 그녀를 찾지 못했다면 김학일을 찾는 데 정말 오래 걸렸을 것이다.

"자, 잠깐! 그녀는 이 일과 관련이 없습니다! 그녀는 제 친구의 조카⋯⋯."

"미즈하라 키코 씨, 당신 역시 체포합니다. 한국에 오시기 전 정체불명의 계좌에서 거액의 돈을 받은 기록이 있더군요."

한화로 약 8천만 원.

종혁은 그 돈이 브로커가 미즈하라 키코에게 김학일을 회유하는 대가로 지불한 것이 아닐까 짐작했다.

그리고 그 예상은 정확했다.

미즈하라 키코는 수갑을 빼 드는 종혁의 모습에 다급히 김학일을 봤다.

자책, 슬픔, 아픔으로 일그러진 눈으로 김학일을 봤던 그녀는 깜짝 놀랐다.

김학일은 그녀를 바라보며 씁쓸히 웃고 있었다. 마치 전부 알고 있었다는 것처럼.

"아, 아니에요! 난 진심이었어요! 정말 당신을 사랑했다고요! 아니, 지금도 사랑해요!"

"알고 있어."

"네?"

"우리가 처음 만났을 때 키코, 너는 고등학생이었잖아."

오래전 일본으로 여행을 갔던 그날.

그날도 이렇게 햇살이 쏟아지는 가을이었다.

일본에 여행을 갔다가 친구와 만나려고 카페 들렀던 김학일은 자신의 친구를 따라왔던 어린 소녀, 미즈하라 키코와 처음 만나게 됐다.

그때는 서로 사랑이라는 감정을 품을 만한 관계도 아니었고, 고등학생이 자신에게 무언가 목적을 가지고 접근했으리라고 생각하기도 어려웠다.

"아마 어떤 인간이 순진한 널 꼬드긴 거지? 난 믿어, 키코."

"김 상……."

'지랄을 한다.'

"형사님! 키코는 정말 이 일과 상관이 없습니다!"

김학일이 한심해하는 종혁을 쳐다보며 울부짖는다.

"예, 예. 자세한 사정은 취조실이라는 조용한 곳에서 알아보도록 하죠. 그러니 순순히 손 내미세요, 미즈하라 씨."

"이익! 내가 개발한 기술을 가져왔을 뿐인데 이게 무슨 죄란 말입니까!"

김학일 스스로가 생각하는 정당한 퇴직금, 충성의 대가. 그것은 자신이 개발한 기술을 가져오는 것이었다.

그리고 그것이 아내와 회사 때문에 눈이 돌아갔던 김학

일이 생각한 미래를 위한 최선의 방법이자, 최고의 복수
였다.

"서 과장, 아니 서대우 그 인간처럼 다른 기술을 빼돌
린 것도 아니잖습니까!"

쿵!

"……뭐요?"

종혁은 입을 떡 벌렸다.

'어…… 그러니까 스파이가 둘이라고?'

* * *

김학일이 잡혔다.

범인 중 한 명으로.

전화기를 귀에 가져다 댄 박종명 경찰청장이 관자놀이
를 꾹 누른다.

-일본이…… CCTV 기록을 넘겼단 말입니까? 그 일본
이?

자신들 검찰이 그렇게 요청했을 때는 콧방귀도 뀌지 않
던, 일본인의 개인신상정보가 유출될 수 있다는 이유로
김학일이 일본에서 쓴 금융거래 기록만 겨우 보냈던 일
본이 말이다.

-……최종혁. 컨트롤되는 거 아니군요. 됐습니다. 그
냥 사건 내놓으세요. 지금부터는 검찰이 맡겠습니다.

"흐음. 무슨 말인지 모르겠군요."

─뭐요?! 박 청장! 정말 이럴 겁니까!

"사건은 이미 저희 경찰에 넘기지 않았습니까? 그런데 다시 달라, 말라…… 좀 이상하군요."

─박 청장! 이러면 당신한테도 안 좋아! 알아?! 나를 적으로 돌리고도 당신이 발 뻗고 잘 수…….

"그럼 끊겠습니다."

전화를 끊다 못해 전화선을 뽑아 버리고 핸드폰도 멀리 던져 버린 박종명은 코웃음을 쳤다.

삼전의 장남인 김용재 상무가 얽힌, 그것도 김희건 회장이 지켜보는 사건에 수작을 부렸다.

물론 그러고도 범인을 잡았다면 상관없었겠지만, 삽질만 하다가 끝난 수준. 아니, 그러다 못해 겉으로는 감히 삼전이 맡긴 일을 거부하는 것처럼 보여졌다.

이제 차장검사는 더 이상 위로 올라가기는커녕 옷을 벗어야 할 처지에 처한 거다.

이럴 땐 바로 관계를 끊어야 했다.

"그보다…….''

종혁과 특별범죄수사대의 능력이 상상 이상이다. 꼭 굳이 쳐내야 할까 하는 생각이 슬쩍 고개를 들 정도로.

"일단은…… 유화적인 모습을 보여야겠지."

쁘락지를 붙이려고 했는데, 그를 따돌리고 끝내 김학일을 검거한 종혁.

자신이 쁘락지를 붙이려 했던 걸 눈치챈 거다.

차장검사는 모를 핸드폰을 꺼내 든 그는 종혁에게 전화

를 걸었다.

"그래, 최 대장. 필요한 건 없나?

이 상황도 종혁도 모두 마음에 들진 않지만, 종혁이 사건을 해결한다면 경찰청장인 자신에겐 좋은 일.

삼전 김희건 회장이, 못해도 김용재 상무가 박종명 자신을 지켜봐 줄 거다.

박종명의 목소리가 너그러워졌다.

* * *

2008년 6월의 어느 날, 삼전전자의 복도.

온갖 물품이 담긴 작은 박스 하나를 든 장년인, 서대우가 안 그래도 왜소한 어깨를 더욱 움츠린 채 복도를 걷고 있다.

162cm, 남자치곤 굉장히 작은 체구에 염소의 그것처럼 난 수염. 복도를 지나는 사람들이 그런 그를 애써 외면한다. 또 누군가는 그런 그를 비웃는다.

패배의 상징. 퇴사자.

전염병에 걸린 사람 곁에는 있는 게 아닌 듯, 괜히 친한 척이라도 했다가는 인사 고과에 안 좋은 영향이 끼칠수 있다.

그에 서대우는 발끈했지만 이내 신경을 껐다. 아니, 그런 것에 신경을 쓸 겨를이 없었다.

'천천히…… 천천히…….'

누구의 의심도 받지 않도록.

그는 평소처럼 피로에 다크써클을 늘어트리며 엘리베이터 앞에 섰다.

띵! 스르릉!

엘리베이터의 문이 닫히기 시작하자 작게 쉬어지는 한숨.

그 순간이었다.

터억!

엘리베이터의 문틈 사이로 비집고 들어와 다시 엘리베이터 문을 여는 손.

"서 과장님."

화들짝 놀라 고개를 들었던 서대우의 얼굴이 살짝 일그러진다.

"홍 실장님……."

키가 큰 사십 후반의 사내와 그 옆에 서 있는 삼십대 사내.

눈을 마주치지 못하는 삼십대 사내의 모습에 서대우가 씁쓸히 웃는다.

"뭐가 그렇게 급해서 이 후배들이 작별 인사를 할 틈도 안 주고 가 버리십니까. 섭섭합니다."

잘생긴 외모처럼 사람 좋은 미소가 가득한 홍 실장의 말에 서대우는 다시 발끈했다.

'내 인사를 피한 건 너희잖아!'

거기다 그렇게 하라고 지시한 게 바로 눈앞의 홍 실장이다.

자신이 있는 부서의 장, 홍 실장.

예전엔 서대우 자신이 있던 부서의 신입사원이었던 그.

서대우의 이가 악물어진다.

"……홍 실장님, 아니 이제 관계없지. 홍 실장이 그렇게 말하니 웃기네. 날 내보내고 싶었던 게 홍 실장 아니었나?"

홍 실장과 그 옆의 삼십대 사내가 깜짝 놀란다.

만년 과장으로 그동안 무어라 다그치고 혼을 내고 무시해도 반항 한 번 못했던 서대우가 날카롭게 반항을 하자 홍 실장은 당황할 수밖에 없었다.

그런 그들의 모습에 왠지 속이 후련해진 서대우. 움츠렸던 그의 어깨가 펴진다.

홍 실장은 패배자답지 않은 서대우의 모습에 미간을 찌푸렸다.

"모두 회사를 위해서였습니다. 사심은 하나도 없습니다."

"그래. 알았으니까 탈 거면 타고, 말 거면 말지?"

"……배웅해 드리죠."

"그럴 필요 없는데?"

"저흴 경우 없는 놈들로 만들지 말아 주십시오."

"받은 셈 칠 테니까 가."

홍 실장은 서대우의 말을 무시하며 엘리베이터에 올랐고, 결국 문이 닫혔다.

스으으응!

밑으로 내려가는 엘리베이터.

"이런 일로 회사에 앙심은 품지 마십시오. 회사가 자선 단체는 아니잖습니까."

"속 긁으러 온 거라면 잘하고 있어."

"뭐 앙심을 품는다고 해도 우리 같은 일개미가 뭘 할 수 있겠습니까."

"알았다고."

알고 있다. 일개미 따위가 공룡에게 덤벼 봤자 짓밟혀 죽는다는 것쯤은.

그러나 개미도 개미 나름대로 충분히 반항을 할 수 있었다. 그것도 공룡에겐 치명적일 수 있는 반항을.

바로 지금의 자신처럼 말이다.

그런 자신감이 전해져서일까.

가늘게 떠진 홍 실장의 눈이 흔들린다.

"……변하셨군요."

아니다. 홍 실장에겐 낯설지 않은 모습이다.

그는 잠시 아주 먼 과거로 돌아갔다. 아무것도 모른 채 우물쭈물하던 신입 연구원이었을 때로.

그때의 서대우가 이랬었다.

시니컬하고 패기 넘치고.

다른 사람들보다 머리 하나는 작은 작은 체구임에도 이리저리 들이받으며 제 연구를 관철했었고, 홍 실장은 그런 그의 카리스마에 감동해 언제나 그의 등을 쫓았었다.

'그런데 어쩌다 이렇게 된 거지?'

홍 실장은 엘리베이터 거울에 비춰지는 자신을 보며 흠 칫 놀란다. 그리고 그런 그의 동요는 서대우에게 여실히 전해졌다.

띵! 스르릉!

목적지에 도착했다는 알림과 함께 열리는 엘리베이터 의 문에 홍 실장이 서대우를 죽일 듯 노려본다.

"당신이 도박만 안 했어도 아마 2년은 더 일할 수 있었 을 겁니다."

"2년 늦게 퇴직하나, 일찍 퇴직하나 달라지는 게 있을 까? 그리고 너라고 다를 것 같냐?"

"난 당신과……! 후우. 주한 씨는 서 과장님 배웅해 드 리고 와."

홍 실장은 닫힘 버튼을 눌렀고, 둘의 눈은 문이 완전히 닫힐 때까지 떨어지지 않았다.

"평소에도 이런 모습을 보였다면……."

스르릉! 타악!

"……그러게. 뭐가 그렇게 무서웠을까."

결국 이렇게 될 것을 왜 그리 무서워했는지 모르겠다.

"과, 과장님. 저, 저는……."

서대우는 변명을 하려 애쓰는 직원의 모습을 가만히 응 시했다.

자신이 받은 마지막 부하 직원, 마지막 연구원.

'참 이것저것 가르쳐 줬는데…….'

결국 홍 실장과 붙어먹고 뒤통수를 쳤다.

"내 입에서 좋은 말이 나오지 않을 거란 건 알지? 정말 험한 말 나오기 전에 꺼져."

"과, 과장님!"

콧방귀를 뀐 서대우는 밖을 향해 발을 뗐다.

바리케이드, 마지막 관문이 가까워지자 다시 움츠러드는 그의 어깨.

경비원의 부라리는 눈을 차마 마주치지 못하고 피한다.

'제발! 제바알!'

"잠깐. 정지. 짐을 좀 검사하겠습니다."

짐을 뺏듯 가져가 안을 뒤적이는 경비직원.

서대우의 얼굴이 하얗게 질리고, 심장이 터질 듯 뛴다.

"거기. 적당히 해."

"예? 하지만……."

"네가 누구 부탁받고 그러는지 알겠는데 적당히 하라고. 그동안 수고하셨습니다, 서대우 과장님."

"……고, 고맙습니다."

내미는 짐을 받아 든 서대우는 잰걸음으로 건물을 나서자마자 한숨을 길게 내뱉었다.

"하아아."

모두 끝났다. 걸리지 않고 무사히 빠져나왔다.

그 안도가 그를 잠시 휘청이게 했다.

"어이쿠."

겨우 몸을 바로잡은 서대우는 방금 전 일을 떠올리곤
이를 악물었다.

'개새끼.'

끝까지 망신을 주려 한 홍 실장을 떠올린 서대우는 이
를 갈며 집으로 향했다.

그리고 그날 늦은 저녁, 가방 하나만 둘러멘 그는 집을
가만히 둘러봤다.

더 이상 올 수 없는 곳. 삼전전자에 입사 후 25년 동안
그와 함께 했던 보금자리.

아쉬움과 섭섭함이 가득 담긴 눈으로 집을 둘러보던 그
는 입술을 깨물며 집을 나섰고, 그가 도착한 곳은 인천의
어느 카페였다.

"오셨습니까."

손님 한 명 없는 카페에 앉아 있다가 몸을 일으키는 사
십대 초반의 사내.

서대우는 악수를 하는 척 연변 쪽 사투리를 구사하는
그를 향해 USB 하나를 넘겨주었다.

"나머진 도착하면, 그리고 내가 그 회사에 자리를 잡으
면 천천히 전수하겠소."

"……좋은 태도십니다. 그보다 들키진 않았겠죠?"

움찔!

'한 명에게 들키긴 했지만…….'

은밀히 기술을 복사하던 자신을 발견하고 경악하던 김
학일이 떠오른다.

하지만 그 역시 자신과 똑같이 회사에 배신을 당한 사람이었고, 입막음도 해 놔서 신경 쓸 필요는 없었다.

자신보다 더 회사에 유감이 많은 김학일. 그의 입이 열릴 걱정은 하지 않아도 됐다.

"괜찮소. 문제없소. 그보다 얼른."

사내는 서대우에게 참 급하다며 신분증을 내밀었다.

쉬 다유(서대우).

서대우가 중국에서 쓸 새 신분이다.

"완벽한 게 아니라서 한국에선 쓸 수 없습니다. 밀항선이 6일 뒤에 있으니 그때까진 저희의 통제에 따라……."

"아니? 일단 하우스부터 갑시다."

이젠 회사, 자신이 기술을 탈취했는지도 모를 회사의 눈치를 볼 필요가 없다.

그의 눈이 추악한 욕구에 물들기 시작했다.

*   *   *

경찰 본청의 취조실.

거울유리 너머에 도착한 김용재 상무가 취조실 안에 있는 김학일을 죽일 듯 노려본다.

"아, 오셨습니까."

방금 전 씻은 건지 머리에 묻은 물기를 털며 들어오는 종혁의 모습에 김용재 상무의 눈이 흔들린다.

"……정말 감사합니다, 최 대장님."

검찰에서는 두 달이나 쫓았음에도 찾아내지 못했던 범인, 아니 범인 중 한명을 찾아냈다.

고작 일주일도 안 돼서.

"최 대장님께서 이렇게 대단하신 분인지 미리 알았더라면……."

"하하. 전 아무것도 한 게 없습니다. 모두 제 우수한 팀원들이 노력해 준 덕분이죠. 그리고 미리 아셨다고 해도 제가 미국 연수에서 돌아온 지 얼마 되지 않아서 사건을 맡을 순 없었을 겁니다."

"아, 신문으로 봤습니다. 뉴욕에서 맹활약을 하셨다고요."

뉴욕에서 손꼽히는 마피아 조직을 일망타진하고, 뉴욕시의 시장까지 끌어내렸다는 기사를 발견했을 땐 놀라 자빠지는 줄 알았다.

"활약은 무슨. 아하하."

어색하게 웃는 종혁의 모습에 더 신뢰 어린 표정을 지은 김용재 상무가 눈빛을 가라앉혔다.

"그런데 정말로 일본 기업에서 접근을 한 거라고요."

몇몇 핸드폰 제조 기업의 이름들이 김용재 상무의 머릿속을 스쳐 지나간다.

"일단 정황상 그렇기는 합니다."

어느 기업인지는 곧 밝혀지게 될 거다.

"그럼 감상하고 계십……."

벌컥!

갑자기 문을 열고 들어오는 사람의 모습에 종혁의 표정이 살짝 굳었다가 펴진다.

'아주 몸이 달았구만, 달았어.'

"충성."

"반갑습니다, 상무님. 경찰청장인 박종명입니다."

"대단한 분을 부하 직원으로 두셨습니다. 김용재입니다."

김용재 상무의 목소리에 서린 온기에 박종명의 입술이 꿈틀거린다. 그는 종혁을 봤다.

"저놈이야? 저놈부터 하려고?"

"그렇습니다."

"흠. 미인계를 쓴 그 여성부터 취조하는 게 낫지 않겠어?"

"그쪽은 국적이 일본이라서 말입니다."

"……하긴 그렇군. 그럼 그쪽은 포기해야 되는 건가?"

"그게 무슨 말입니까? 포기하다니요?"

김용재 상무가 불쾌해하자 박종명은 얼른 입을 열었다.

그런데 그보다 종혁의 말이 빨랐다.

"아, 그건 걱정 마십시오. 곧 일본 경시청에 있는 지인이 도착할 테니, 그때 함께 참관 조사를 하면 됩니다."

"설마 그 여자를 인계받으러 온다는 경시정이?"

"예, 그렇습니다."

순간 박종명의 눈이 흔들린다.

무로이 코헤이 경시정. 사상 최연소의 경시정이자, 후에 경시총감으로 꼽히는 엘리트 중 엘리트.

대대로 경시청 높은 자리를, 몇 명의 경시총감을 배출한 경찰 가문의 장남.

종혁은 김용재 상무를 봤다.

"아마 기업 이름까진 밝힐 수 없을 겁니다."

무로이 코헤이의 입장도 있기에 공식적으로 밝혀낼 순 없을 거다.

아니, 그 전에 미즈하라 키코에게 접근한 걸로 추정되는 브로커가 누구의 의뢰를 받았다는 등의 말을 그녀에게 했을 정도로 멍청하다고는 볼 수 없었다.

"그래도 브로커가 누군지는 밝혀낼 수 있을 겁니다. 그러면……."

무로이 코헤이가 그 브로커를 확보해 의뢰를 한 기업이 누군지 밝혀낼 거다.

그리고 은밀히 그곳이 누군지 알려 줄 거다. 혹여 공식적으로 말해 버리면 무로이 코헤이의 커리어에 금이 가니 말이다.

이 말은 즉, 이번 사건의 배후가 누군지 알아낸다고 해도 당장 별다른 조치를 할 수 없다는 말과 같았다.

"……그래도 그 정도면 충분합니다."

적이 누군지 아는 것만으로 충분한 성과였다.

"그리고 솔직하게 말해 주셔서 감사합니다."

"흠. 그럼 그렇게 알고 진행하겠습니다."

박종명 경찰청장에게 거수경례를 한 종혁은 서류를 들고 취조실로 향했다.

끼익!

문이 열리자 흠칫 놀라 쳐다보는 김학일.

종혁은 그 맞은편에 앉으며 캠코더를 켜고, 노트북을 폈다.

"김학일 씨, 당신은 현재 삼전전자의 기밀 기술을 타국 기업에 유출한 혐의로 이 자리에 있는 겁니다. 인정하시죠?"

"아직…… 유출하진 않았습니다."

"그건 차차 조사해 보면 알겠죠. 그럼 시작하겠습니다. 이름?"

"김학일입니다."

나이, 성별, 그딴 기초적인 프로필을 작성한 종혁이 김학일을 본다.

"본격적인 취조 전에 마지막으로 묻겠습니다. 정말 변호사는 필요 없으십니까?"

김학일이 씁쓸히 웃는다.

"절 변호해 줄 사람이 있긴 합니까?"

다른 곳도 아닌 삼전그룹의 일이다. 승소할 자신이 있다고 해도 웬만한 변호사는 맡으려고 하지 않을 거다.

"알겠습니다. 그럼 사건 당시의 상황으로 돌아가 보죠. 그때 무슨 일이 있었는지 천천히 말해 주시겠습니까?"

"그때가 아마…… 5월 중순쯤이었을 겁니다."

퇴직 통보를 받은 게 말이다.

갑작스런 퇴직 통보에 혼이 나간 김학일은 마치 홀린 듯 월차를 내고 미국에 있는 아내를 찾아갔다.

어떻게 해야 할지 상의하기 위해서였다.

더 이상 생활비를 부칠 수 없으니 딸의 유학을 관두게 해야 할 터. 미안하고 괴로운 마음을 품고 미국으로 간 김학일은 웬 흑인 남자와 외도를 하는, 침대 위에서 뒹굴 고 있는 아내의 모습을 발견할 수 있었다.

자신이 부쳐 주는 생활비로 마련한 집에서 외간 남자와.

충격과 배신.

그뿐만이 아니다.

열심히 음악 공부를 하고 있을 거라고 생각한 딸도 몸 여기저기에 문신을 한 채 거의 빨개 벗은 옷차림으로 웬 남자에게 안겨 있었다. 분명 대학에 있을 시간일 텐데도 말이다.

혼이 나간 그는 근처 호텔에서 하루 지내고는 그냥 돌 아와 버렸다.

"무려 8년입니다! 8년! 내가 그년들에게 개처럼 헌신한 세월이! 그런데……!"

"저런. 그냥 그 남자 새끼를 총으로 쏴 죽이시지 그러 셨습니까. 그랬다면 정당방위를 받았을 수도 있었을 텐 데 말입니다."

누군가 집에 침입해 아내를 겁탈하는 것 같아서 그랬다 고 한다면 무조건 정당방위다. 한국은 아니지만 미국에

선 그랬다.

김학일의 아내도 외도에 대한 혐의를 벗기 위해 바람을 피운 상대를 강도강간범으로 몰아갔을 테니 김학일은 약간 고생만 했다면 모든 걸 원만하게 마무리 지었을 거다.

미국의 일은 그렇게 마무리하고, 한국에 돌아와 간통죄로 신고하면 됐다.

아직은 한국에 간통죄가 살아 있는 시기. 그동안 붙인 생활비뿐만 아니라 위자료까지 청구할 수 있었을 거다.

"그, 그런⋯⋯."

"그래서요? 그래서 이성을 잃고 기술을 훔치려고 하신 겁니까?"

움찔!

정신을 차린 김학일이 눈을 붉힌다.

"아닙니다! 그, 그럴 생각이 있었다면 그동안 헤드헌터나 브로커들의 접근이 있었을 때 이미 일을 저질렀을 겁니다!"

20년을 근속했음에도 여전히 과장에 머물러 있는 만년 과장. 그들에게 김학일은 참 먹음직스러운 먹잇감이었을 거다.

아내와 딸이 미국으로 떠난 뒤에 생활이 궁핍해져 여행지를 대마도로 바꾸게 되었을 때도 쫓아와 매달리던 브로커도 있었다.

"그 사람들 얼굴 기억하십니까?"

"⋯⋯기억합니다."

"이따가 몽타주를 그리도록 하죠. 그래서요?"

"아, 알겠습니다. 그, 그런 와중에…… 아무튼 집에 돌아갈 의미도 없고, 현재 개발하고 있는 기술은 마무리하자는 심정으로 야근을 하던 중 실장실에서 나오는 서 과장을 발견한 겁니다."

거의 자정을 넘긴 시각, 메모리사업부 기술개발실의 홍실장의 사무실에서 나오는 서대우 과장을.

놀라 경악하는 찰나에 서대우 과장이 다급히 제안을 해 왔다. 감언이설로 꼬드겼다.

"그때 그냥 무시했어야 했는데…… 회사에 알렸어야 했는데……."

"마음에도 없는 소리는 하지 마시죠. 그런 분께서 자신이 개발한, 그러나 회사에 귀속된 기술을 빼내신 겁니까?"

아무리 회사에 앙심이 있다고 한들 그에게 지급될 퇴직금이 무려 3년 치 연봉이었다. 거기에 연금에 사는 집까지 있으니 충분히 죽을 때까지 풍족하진 않아도 적당히 쓸 수 있었다.

거기다 5년 후면 다른 기업 취직에 대한 제한도 풀린다. 핸드폰 후발 주자들이라면 어떻게든 모시고 가고 싶은 게 바로 김학일 같은 인재였다.

"……."

종혁은 입을 다무는 그를 보며 담배를 물었다.

"후우. 그래서요? 그렇게 기술을 탈취한 이후 아내를

피해 부산까지 간 것은 알겠습니다. 그런데 미즈하라 키코와는 어떻게 만난 겁니까?"

"……제가 퇴사하기 사흘 전에 키코가 절 찾아왔습니다."

어떻게 안 것인지 몰라도 힘들 때 때마침 찾아온 키코는 자신을 위로해 주었고, 거제도에 집을 빌려서 자신의 곁을 지켰다.

그리고 한 달이 지났을 무렵, 키코가 먼저 고백을 해 왔다.

"이후에는…… 형사님도 아시는 대로입니다."

"부산 기장군에는 왜 가신 겁니까?"

"……아내와 연애를 할 적 갔던 곳입니다."

서울을 벗어나 처음으로 간 여행지. 그곳에서 불타는 사랑을 나눴고, 김학일은 그때 결혼에 대한 결심을 했었다.

"형사님, 키코는 정말 이 일과 아무런 연관이 없습니다!"

"그건 조사하면 나올 일이죠. 그보다 기술은 대체 어떻게 빼낸 겁니까? 알고는 있지만, 조서를 써야 하니 한번 들어 보기로 하죠."

아니다. 검찰이 넘긴 자료에는 이 부분이 나와 있지 않았다.

"제가 묻고 싶군요. 대체 어떻게 아신 겁니까? 서 과장이 말하길 백도어로 빼낸 거라서 절대 눈치채지 못할 거라고 했는데 말입니다!"

서대우가 범행을 저지르는 모습을 발견했던 김학일.

그는 그것을 눈감아 주는 대가로, 기술을 흔적 없이 빼낼 수 있는 방법을 공유받았었다.

'역시 백도어였나.'

그래서 유출 기록이 늦게 발견된 것 같다.

"삼전에서 일하셨었으면서 삼전의 기술력을 무시하시는군요. 아무튼 알겠습니다."

이제 조사할 건 다 조사한 것 같다.

마지막 하나만 남기고 말이다.

"그럼 마지막으로 서대우씨가 어딜 간다고 말한 적은 없습니까?"

"아니요……. 후, 그보다 저는 어떻게 되는 겁니까?"

모든 걸 포기한 듯한 말투.

종혁은 죄를 짓고도 사죄는커녕 그냥 포기해 버리는 모습에 눈빛을 차갑게 굳혔다.

"명백한 증거가 나온 이상 산업기밀의 유출방지 및 보호에 관한 법률 위반으로 처벌을 받게 될 것입니다."

이미 기술이 넘어갔다면 10년 이하의 징역 또는 10억 이하의 벌금.

미수에 그친 것이라면 3년 이하의 징역 또는 3천만 원 이하의 벌금에 처해질 것이다.

'너무 약하단 말이야.'

수백, 수천억을 들여 만든 기술을 훔쳤음에도 최대가 고작 10년이다.

아무리 생각해 봐도 한국의 법은 너무 약했다.

〈274〉 회귀 경찰의 리셋 라이프 24

"그, 그런……!"

그러나 김학일은 그가 생각했던 것보다 형량이 셌는지 얼굴이 새파랗게 질렸다.

종혁은 그 모습을 보며 어이없다는 듯 웃었다.

"설마 이 정도도 각오하지 않았던 겁니까? 난 또 술술 불기에 다 알고 그러시는 줄 알았습니다."

"……."

"뭐, 협조를 잘해 준다면 형량이 좀 낮아질 수도……."

"혀, 협조요?"

"1차 조사는 여기서 마무리하고, 몽타주를 그려 보도록 하죠. 잠시만 기다리세요."

몽타주, 김학일에게 집요하게 접근한 브로커에 대한 모든 걸 말해 줄 협조.

종혁은 사건 자료와 노트북을 챙기며 몸을 일으켰다.

경찰 본청 로비.

종혁은 로비 안으로 들어오는 검은 정장의 무리와 그 선두에 선 일본 경찰 제복을 입은 무로이 코헤이를 발견하곤 미소를 지었다.

"쿄 형."

"종혁."

뜨겁게 악수를 하는 둘.

"그 팔자주름은 더 깊어졌네요."

"쯧. 인사해. 이쪽은 이번 출장에 함께하게 된 경시청 형사들."

"아는 얼굴이 몇 보이네요."

예전 경찰대 시절 일본에 교류를 갔을 때 탈옥 사건을 해결하며 마주쳤던 형사들 중 몇 명이 보인다.

그들은 불쾌한 표정을 지으며 고개를 돌렸다.

일본의 자존심을 뭉갰던 악적, 최종혁.

덕분에 사건을 해결하긴 했지만, 그때 일본 유도의 자존심이 뭉개졌기에 좋게 볼 수가 없었다.

"올라가시죠. 청장님께서 기다리고 계십니다."

"음."

경찰청장실에서 간단히 다과와 대화를 나눈 둘은 다시 취조실로 내려왔다.

따로 무로이 코헤이를 불러낸 종혁은 담배를 권하며 물었다.

"어딥니까?"

"너도 알 만한 곳이지."

종혁은 순순히 말할 생각이 없는 무로이 코헤이의 모습에 눈을 가늘게 떴다.

"벌써 외압이 들어간 겁니까?"

"……."

'맞네.'

차라리 입을 다물지언정 거짓말은 하지 않는 무로이의 성정을 보면 맞는 것 같다.

"참사관, 범인을 인계받을 준비가 됐습니다."

참사관. 일본 공무원 고유의 직책으로, 과장과 부장 사이의 직책이지만 꽤 중요한 직책이다. 위로 향하기 위해서라면 꼭 한 번은 거쳐야 하는 직책.

종혁은 대화에 난입하는 형사를 보며 입술을 비틀었다.

"하? 기본 조사도 안 끝났는데 누구 맘대로?"

"일본인이다, 한국 경찰."

"그 일본인이 한국인과 한국 기업을 대상으로 범죄를 저질렀지. 어휴, 같은 일본인으로서 아주 자랑스러우시겠어."

"뭐야!?"

"그만."

관자놀이를 누른 무로이 코헤이는 형사를 지그시 쳐다봤다.

"간단한 조사는 이곳에서 한다."

"참사관!"

"그게 예의다. 경시청 형사로서 본을 보이도록."

"……핫!"

'지랄.'

코웃음을 친 종혁은 무로이 코헤이에게 김학일을 통해 만든 몽타주를 보여 줬다.

"얩니다. 김학일을 자주 쫓아다닌 놈이. 이름은 다나카 타로."

일본인이라면 누가 들어도 가명 같은 이름이다.

움찔!

혀를 찬 무로이 코헤이도 사진을 한 장 내민다.

"이놈이야. 미즈하라 키코에게 돈을 입금한 걸로 추정되는 놈이."

"……같은 놈이네요."

CCTV에서 딴 사진인 듯 화질은 구리지만, 형사의 눈으로 보니 똑같이 생겼다.

'능력 좋네, 씨불놈.'

즉, 놈은 김학일의 어려운 사정을 알아차린 것도 모자라 인간 관계까지 파고들고, 김학일에게 애정을 품고 있는 미즈하라 키코에게 접근해 한편으로 끌어들인 거다.

"들어가시죠."

"음."

문을 열고 들어가니 수갑을 찬 채 앉아 있던 미즈하라 키코가 일어서려다 무로이 코헤이의 소개에 하얗게 질린다.

"경시청 참사관인 무로이 코헤이 경시정이다. 미즈하라 키코, 널 데리러 왔다."

"겨, 경시청!"

일본 국민들에겐 악명이 더 높은 경시청.

그럴 수밖에 없다.

경시청이 형사 사건을 담당했을 때 유죄를 받을 확률 90퍼센트 이상. 경시청에게 걸렸다가는 억울한 사람도 유죄를 받는다는 말이 상식으로 통용될 정도로 악명이 높다.

무로이 코헤이는 미즈하라 키코와 다나카 타로가 카페 같은 곳에서 함께 있는 사진을 내려놓았다.

"미즈하라, 이놈이 뭐라고 했지?"

미즈하라 키코는 무로이 코헤이의 강압적인 말투에 공포에 질려 바들바들 떨었다.

터엉!

"말해! 나라 망신을 시킨 죄로 더 심한 처벌을 받기 전에!"

"히익! 그, 그게……!"

종혁과 무로이 코헤이는 그녀의 입에서 흘러나오는 말에 눈을 동그랗게 떴다.

* * *

─기, 김 상이 심리적으로 몰려 있다고 했어요!

그래서 가서 위로해 주라고. 그러는 김에 이제 이혼을 하며 돈을 모두 뺏길 김학일이 큰돈을 벌 수 있게 해 주라고.

다나카 타로라는 브로커는 그렇게 그녀를 꼬드기며 김학일이 퇴사하기 사흘 전 그녀를 김학일에게 보냈다.

거제도에 집을 빌린 것 역시도 다나카 타로의 설계.

"흠. 이 브로커는 김학일이 기밀 기술을 탈취했다는 걸 몰랐던 것 같지?"

만약 알았다면 이미 김학일을 일본으로 빼돌렸을 거다.

"아마 김학일의 머릿속에 있는 기술 지식이 필요했던 것일 수도 있죠. 개발한 모든 걸 기억하지 못한다고 해도……."

"얼개는 알고 있을 테니까."

그러면 기술 개발에 조언을 해 줄 수가 있다. 그것만으로도 김학일은 엄청난 대우를 해서라도 모셔야 할 인재였다.

"쯧. 미안하군. 일본인으로서 사과하지."

"뭘요. 됐습니다."

어쩌다 보니 일본 기업이 얽혔을 뿐, 지금도 전 세계에서 이런 일이 비일비재 일어난다.

그것이 산업 스파이의 세상. 딱히 일본이라고 욕할 마음은 없었다.

"……고맙군."

"그보다 미즈하라 키코는 어떻게 되는 겁니까?"

나이 많은 아저씨를 사랑해 버린 미즈하라 키코.

일본에선 제법 흔한 일이다.

"산업기밀 유출을 도운 공범으로 처벌되겠지."

안타까우면서도 안타깝지 않은 일이다.

아무리 사랑에 눈이 멀었어도 범죄는 범죄.

종혁과 무로이 코헤이는 그걸 옹호해 주고 싶은 마음이 털끝만큼도 없었다.

"그럼 가 보지."

"벌써요?"

"비행기표를 예약해 놔서."

"애초부터 그냥 데려갈 생각이었구만? 쩝. 그래서 어느 기업인지는 끝까지 말 안 해 줄 거죠?"

"……다음에 봐. 의견을 묻고 싶은 사건들도 있으니까."

"에휴."

무로이 코헤이가 내미는 손을 잡은 종혁은 손바닥에 닿는 감촉에 살짝 놀랐다가 이내 혀를 툴툴 찼다.

"거 만날 나만 빨아먹으려 들고. 그러다 진짜 삐집니다."

"하하. 다음엔 좋은 일로 보자고."

"그래요, 그래. 다음에 일본에 가면 마스터에게나 들르죠."

무로이 코헤이와 처음 만나 탈옥 사건을 해결했을 때 갔던 시부야의 작은 바(BAR) 시라사기.

예전엔 사기꾼들에게 사기를 설계해 주거나 브로커 짓을 하던 인물로, 현재는 개과천선한 상태다.

"그렇지 않아도 마스터가 언제 들르냐고 은근히 묻더군. 꼭 가자."

엷게 웃은 무로이 코헤이는 웃음을 터트린 자신 때문에 놀라는 형사들의 모습에 낯빛을 굳히며 경찰 본청 건물을 빠져나갔고, 로비까지 배웅한 종혁은 눈물을 뚝뚝 흘리며 끌려가는 미즈하라 키코와 무로이 코헤이를 응시하다 손에 쥐고 있는 쪽지를 펼쳤다.

"흐응. 이 기업이었어?"

종혁은 핸드폰을 들었다.

"예, 상무님. 어디십니까? 아직 본청 안에 계시면 저 좀 보시죠?"

싱긋 웃으며 통화를 종료한 종혁은 갑자기 울리기 시작한 전화에 눈을 빛냈다.

"예. 저예요. 오 경감님."

ー최 대장, 찾았어! 서대우 행방!

"……어딥니까?"

종혁의 눈이 차갑게 가라앉았다.

* * *

인천 남구 숭의동 6층 빌딩의 꼭대기 층.

회장실이란 편액이 붙은 사무실 안에서 오택수와 최재수가 커피를 마시다 미간을 구긴다.

"에이. 돈 좀 벌었으면 좋은 원두를 쓰지."

"그러게요. 탄 맛이 너무 나는데요?"

"……그거 에티오피아 최상급 원두입니다, 형사님들."

"이게? ……아닐걸?"

"쯧. 형사님들이 어디 가서 이런 걸 드셔 보셨겠습니까. 이게 진짜 커피입니다, 형사님들."

웅성웅성.

바깥이 시끄러워지자 오택수는 피식 웃었다.

"왔나 보네."

벌컥!

"비켜, 이 씨."

종혁의 지시로 서대우를 쫓던 깡패, 창식은 애써 화를 참는 조직원들에게 손을 저었고, 종혁은 거침없이 안으로 들어와 창식의 앞에 놓인 잔을 들었다.

"어우씨, 목말…… 푸읍! 뭐야, 이 그지 같은 건? 야, 돈 벌었으면 원두 좀 좋은 거 써라. 입이 싸구려라 분간이 안 가면 그냥 근처 카페에서 원두 좀 팔아 달라고 하든가."

"이 개새끼…… 아, 대장님에게 한 말 아닙니다."

"에라이. 조폭이란 놈이 사기나 당하고 잘하는 짓이다."

종혁은 이를 가는 창식을 무시하며 빈자리에 앉았고, 오택수가 입을 열었다.

"상황은? 어떻게 됐어?"

최재수도 눈을 빛낸다.

종혁은 상황을 설명했고, 둘의 표정은 오묘해졌다.

"……일본 대기업이 얽혀 있는 일인가 보네. 경시청이 이렇게 빨리 데려간 걸 보니."

"기술이 유출된 곳이 삼전인데 그쪽도 그 정도 사이즈는 돼야죠. 뭐, 아무튼 브로커는 더 신경 쓰지 않아도 될 겁니다."

무로이 코헤이가 키를 잡았으니 늦어도 일주일 안에 검

거가 될 테고, 일을 시킨 일본 대기업은 꼬리를 자르기 위해서라도 브로커를 조질 거다.

"뭐 그 반대의 상황이면……."

일본 대기업이 브로커의 입을 막기 위해 무죄를 만드는 경우.

"그땐 그 새끼가 한국에 넘어오길 간절히 빌어야겠지."

"빙고."

오늘 이 순간부터 대한민국의 모든 국제항과 국제공항에 수배령을 내릴 거다.

놈은 한국에 발을 딛는 순간 끝이었다.

'그래도 혹시 모르니 주식 매입에 들어가야겠네.'

애써 놈을 잡아도 다시 일본이 채갈 가능성이 있다. 놈의 뒤를 봐줄 대기업부터 입을 다물게 해야 됐다.

더욱이 지금은 온 세계가 패닉에 빠진 상황.

주식이 시장에 넘쳐흐르고 있어서 그냥 주워 담기만 하면 됐다.

비릿하게 웃은 종혁은 이쪽을 향해 귀를 쫑긋 세우고 있는 창식을 어이없다는 듯 봤다.

"그래서 서대우의 행방에 대해 안다는 인간은?"

"……들어오라고 해!"

문을 열고 들어온 오십대 후반의 사내가 창식에게 허리를 굽힌다.

"오랜만입니다, 회장님."

"그래. 구 사장도 오랜만."

창식의 사업장 중 불법 도박장을 운영하는, 정확히는 서로 지분을 나눠 가지며 공동으로 운영하는 구 사장.

"제게 용무가 있으신 분들이 이쪽분들이십니까?"

종혁은 구 사장의 눈에 서린 작은 귀찮음에 한숨을 내쉬며 사진을 내밀었다.

"이 얼굴 기억하지?"

"예, 기억하죠. 그게 아마 6월쯤이었을 겁니다."

하우스에 갑자기 나타난 서대우. 연변 말투를 쓰는 웬 사내들과 함께 온 서대우는 그냥 호구였다.

"잠깐, 연변?"

"왜 그러십니까?"

"아니야. 계속해."

구 사장은 계속 말을 이어 갔다.

그렇게 거의 6일 동안 매일 출근하며 4천만 원 가까이를 잃은 서대우는 그다음 날부터 찾아오지 않았다.

"이게 제가 아는 전부입니다."

"지랄하네. 하우스에 연변 말투를 쓰는 불순분자들이 왔는데, 조사도 안 해 봤다고? 니들이?"

이쪽 바닥에서 연변이라는 단어가 이미지는 두 가지다.

못살고, 위험하고.

단돈 30만 원에 사람을 죽이는 놈들이기에 자신들 구역에 이놈들이나 중국인이 떴다 하면 조폭들은 비상경계 태세에 들어간다.

특히 인천항과 인천국제공항이 있는 인천은 그런 경향이 심하다.

"……중국에서 넘어온 놈들입니다. 인천항을 통해 입국한 걸로 나왔습니다."

창식은 힘들게 알아낸 여권 정보를 제공했고, 종혁은 그 얼굴을 보며 눈을 가늘게 떴다.

"정말 연변 놈인가?"

"왜?"

"중국 본토인과 외모가 좀 달라서요. 뭐, 이건 인터폴에 문의해 보면 알겠고."

이놈이 정말 브로커라면 인터폴이나 중국 공안 쪽에 자료가 있을 거다.

"6일이라……."

종혁은 창식을 봤다.

"그때 인천항에서 중국행 밀항선 한 대가 떴습니다."

"쯧. 결국 그렇게 됐나."

오택수와 최재수도 한숨을 내쉰다.

종혁이 박종명 경찰청장에게 사건 파일을 받자마자 왜 외사국의 함경필 국장을 찾아갔겠는가.

바로 이런 이유 때문이다.

서대우가 중국으로 도주한 정황이 발견된 이상 사건은 새로운 국면에 접어들게 됐다.

'그 넓은 중국을 다 뒤져야 한다고?'

콧대 높은 중국 공안이 협조해 줄 리는 만무한 상황.

눈앞이 아찔해졌다.

하지만 그래도 해야 됐다.

서대우가 탈취한 기술을 모두 풀어 버리기 전에 말이다. 아니, 이미 다 넘겼을지도 모른다. 수많은 사람의 피와 땀이 서린 노력의 결정체를.

하루라도 빨리 놈을 잡아야 했다.

"하하. 너무 걱정 마십시오, 최 대장님! 호텔 같은 곳에서 쉬고 계시면 제가 밀항선 선주를 찾아 대령……."

피식!

"왜? 이참에 밀항 조직까지 집어삼키면서 나한테 줄이라도 대려고? 창식아, 선 넘을래?"

"……제 순순한 호의를 그렇게 받아들이시니 좀 당황스럽군요."

"얘가 끝까지 이러네? 야, 내가 널 가만두는 이유는 하나야. 그래도 네가 정도를 지키고 있다는 거."

미성년자를 쓰거나 억지로 사람을 납치해 오거나 조직의 사업장에서 일하게 만들기 위해 빚 따위로 묶어 두거나 장기를 팔아 해치우는 등의 선을 넘는 행위.

그리고 창식 같은 거물 조폭을 검거하는 순간 어떤 미친놈들이 창식의 구역을 차지할지 모른다.

만약 다른 지역이었다면 그냥 따 버렸을 테지만, 인천은 조심할 필요가 있었다.

"조폭 새끼한테 이 이상 선한 모습을 기대하면 안 되지만, 그래도 형사를 이용하려 들면 안 되지."

"알아서 하시겠다면 더 이상 말하진 않겠습니다."

고개를 끄덕인 종혁은 몸을 일으켰다.

"내일 아침까지 세 놈 정도 추려서 네 뒤 봐주는 견찰 명단과 함께 본청 광수대로 출근시켜. 이왕이면 다른 조직 뒤 봐주는 놈 명단까지."

"허, 참. 대장님, 순순히 협조를 했는데 애들까지 내놓으라는 겁니까? 이건 상도의에 어긋나지 않습니까?"

"니들이 지금 작업하고 있는 재개발 수주 건까지 건드려 줄까? 노조에 파고든 니들 쁘락지 한번 추려 줘?"

굳이 조사할 필요까지도 없다. 회귀 전 창식은 이 재개발 건으로 조직의 규모를 키우며 기업형 조폭으로 거듭났기 때문이다.

"……."

"적당히 하자, 진짜. 아, 그리고 거기 구 씨."

"예, 예!"

"그 연변 말투 쓰는 놈에 대해 싹 다 기억하지?"

신체적 특징이나 목소리 등 모든 걸.

"예. 그렇습니다만……."

"넌 내일 아침까지 도박장 수익 일부하고 너 대신 빵에 들어갈 놈이랑 같이 본청 특별범죄수사대로 와서 몽타주 작성해. CCTV 있으면 그 영상까지도 제출하고."

"예……."

"그럼 난 이만 간다. 밀항선 선주 놈이 누군지 문자로 넣어 주시고. 부탁해."

몸을 일으킨 종혁은 오택수 최재수와 함께 사무실을 빠져나갔고, 남겨진 창식은 이를 갈았다.

"저 개새끼⋯⋯. 야, 커피 원두 사 오는 새끼 누구야! 데려와!"

창식은 오랜만에 야구배트를 들었다.

한편 건물을 나선 최재수가 의아한 눈으로 종혁을 본다.

"재개발 공사요? 노조 뿌락지?"

종혁과 오택수가 눈을 껌뻑인다.

"얘 저거 몰라요?"

"아, 맞네. 아직 얘는 모르겠네."

"아, 뭔데요?"

"어떻게 건설사들의 하청을 저놈들이 딸 수 있는지, 기술이라곤 쥐뿔도 없는 깡패 새끼들이 쉽게 건설업에 진출하는지 생각해 보면 답이 나올 거다."

철거 용역부터 노조 임금 협의까지 모두 저놈들이 손을 쓰기 때문이다. 하청을 주는 입장에선 참 편할 수밖에 없다.

"와, 씨. 대한민국 조폭들 멍청하다고 까면 안 되겠네요. 저 새끼 가만 놔두실 거예요?"

"그럴 리가."

지금도 제대로 된 증거를 찾지 못해 손쓰기 힘든 상황인데, 기업형 조폭으로 거듭나는 창식이다. 그 전에 쓸어버려야 했다.

다만 자신이 쓸어버렸다가는 앞으로 협조를 안 해 줄 놈들이 나올 것이기에 다른 칼을 이용해야 될 것 같다.

"그래도 여기가 인천이니까 조심해서 접근해 보자."

"무슨 말인지 알겠습니다."

지이잉!

창식이 보낸 문자를 확인한 종혁은 피식 웃었다.

아주 친절하게 쉬는 날 어디서 쉬는지, 아지트는 어딘지 상세하게 적힌 문자.

"그럼 우린 밀항 조직이나 털러 갑시다. 방검복들 챙기세요."

종혁은 목을 좌우로 꺾으며 차를 향해 발을 내디뎠다.

* * *

"아오, 씨발놈."

쾅!

최재수가 특별범죄수사대 사무실 안 유치장의 철창을 걸어차자 눈탱이가 밤탱이가 된 노인이 슬그머니 고개를 돌린다. 그건 함께 잡혀 온 다른 조직원 4명도 마찬가지다.

주로 인천에서 중국 밀항을 돕는 밀항 조직 중 하나.

아지트에서 술을 먹고 잠을 자던 걸 덮쳐 끌고 왔다.

씩씩거린 최재수가 부어오른 볼을 만지며 스크린 앞으로 향한다. 그와 동시에 달칵 하고 꺼지는 불.

순철이 스크린 앞에 선다.

"이름 쉬로우 첸. 나이 49세. 연변 출신으로서 6살 때 홍콩에서 자랐습네다. 인터폴에도 수배가 오른 브로커로, 어떤 기업에 소속된 게 아니라 독자적으로 움직이는 걸로 파악되고 있습네다."

마치 홍길동처럼 동에 번쩍, 서에 번쩍 할 정도로 신출귀몰해서 검거가 어려운 쉬로우 첸.

"또한 헤드 헌팅이나 기술 빼돌리기 정도만 하는 게 아니라 로비까지 직접 하는 걸로 나옵네다."

"별걸 다 하네, 개새끼. 지금 위치 파악은 돼?"

"중국 쪽 폐쇄회로에 접근을 할 수 있다면 찾아낼 수 있겠지만……."

"중국이 쉽게 허락해 줄 리 없지."

아니, 중국이 아니라도 불가능한 이야기다.

"야, 거기 밀항!"

"끄응. 공해에서 만나 확실한 건 모르지만, 상해 쪽 배였습니다."

"상해라……. 흠, 계속해."

"이 쉬로우 첸의 주 타깃은 한국과 일본의 기술자들로, 건설 쪽 설계자부터 전자, 카드까지 닥치는 대로 인재를 알선하는 걸로 파악되고 있습네다."

인터폴이 파악하길 현재 그를 통해 중국 기업들에 취직한 인재의 숫자가 무려 100여 명.

이런 그가 본격적으로 움직이기 시작한 건 2003년부터.

"2003년부터 현재까지 그가 알선한 인재가 무려 40명. 그 가운데 한국인은 30여 명에 이를 정도고, 인터폴이 파악한 바에 따르면 딱히 분야나 특정 기업을 가리지 않는다고 합네."

'2003년?'

종혁은 눈을 꿈틀거린다.

묘하게 싸늘해지는 뒷목.

"철아, 현 중국 주석이 주석에 임명된 시기가 언제지?"

"……2003년입네다."

쿵!

"자, 잠깐. 최 대장, 지금 그거 무슨 말이야?"

"무슨 말은 무슨 말이에요. 저 새끼가 중국 정부의 비호 아래 움직이는 새끼일 수도 있다는 거죠."

"뭐라고-?!"

"현 중국 주석은 과학 발전관과 붉은 자본가 등의 단어를 부르짖을 만큼 중국의 근본적인 발전에, 정확히는 기술이 지속적으로 발전할 수 있는 토대와 부르주아 양성에 힘을 쓰는 인물입니다."

현 주석의 나이는 66세.

농업주의 사회가 얼마나 힘이 없고 배고픈지 겪은 세대다.

"기술의 발전을 위해 그에 맞는 인재를 영입한다. 얼추 들어맞지 않아요?"

"……."

"분야나 특정 기업의 일을 도맡는 건 아니라고 했는데, 그래도 중국 내 기업의 일만 맡아서 하는 거 맞지?"

"그렇습네다."

"그 기업들과 현 주석, 아니 공청단과 상관관계는?"

"자, 잠시만 기다려 주시라요!"

다급히 컴퓨터로 달려가 키보드를 두드린 순철의 얼굴이 20여 분 뒤 하얗게 질린다.

"상관이 있는 것 같습네다……."

"하나 더. 영입한 인재들 가운데 5년 이상 버틴 인재는?"

타다다다닥!

"……30퍼센트 미만인 것 같습네다."

쉬로우 첸에 의해 알선 된 한국의 인재들, 현재 파악된 30여 명의 인재 중 20여 명이 한국으로 돌아와 있다.

정식적인 절차를 밟아 이직을 한 사람들도 있고, 이직 제한이 걸려 있음에도 중국으로 넘어갔던 이들도 있다.

"맞네."

고액의 연봉으로 꼬드겨 기술 전수나 코칭을 받은 후 팽을 한다. 회귀 전 중국의 모습이지 않은가.

아니, 이건 후발주자나 기술력이 떨어지는 회사들이 자주 하는 짓이다. 딱히 중국만 하는 짓은 아니었다.

다만 단물이 다 빨린 인재를 얼마나 데리고 있느냐의 차이일 뿐.

"이러니 씨발 인터폴에서 잡질 못하지."

협조를 해 줘야 할 공안이, 중국이 모른 척하니 인터폴도 잡지를 못하는 거다.

"뭐야. 그럼 이 자식을 잡을 수 없다는 말이야? 그럼 서대우는?"

쉬로우 첸을 검거해야 서대우가 현재 어느 기업에 있는지 확인을 할 수 있다.

지금 이 순간에도 호의호식하며 왕처럼 살고 있을 서대우를 말이다.

"뭐…… 중국의 핸드폰 제조업체나 통신업체들을 싹다 뒤져 봐야죠. 벤처, 스타트업, 소규모 업체까지 전부."

"지랄 났네."

수백, 어쩌면 수천. 그 회사들을 조사하다 새해가 밝을 판이다.

'하, 이럴 때 중국 기업 하나 가지고 있으면 좋을 텐데……'

아직은 정산 전이라서 돈이 없는 것도 있지만, 중국은 외국인이 단독으로 회사를 세울 수 있는 나라가 아니다.

잘해 봐야 합작 회사. 절반의 지분은 중국인이 소유해야만 했다.

"흠? 잠깐. 흐으음."

눈을 가늘게 뜬 종혁은 핸드폰을 들었다.

"네, 나탈리아. 중국에 산업체 같은 거 가지고 있으면 하나만 팔아 줄래요? 후불로."

─……?!

중국 톈진의 한 전자 기업.

높다란 16층 고층 빌딩 안으로 서대우가 들어선다.

어젯밤 날을 샌 건지 다크서클이 진하게 내려앉아 있지만, 어깨와 가슴은 활짝 펴져 있는 그.

오늘 아침, 이십대 미녀의 여자친구에게 받은 진한 키스를 떠올리는 그의 눈이 몽롱하게 물든다. 날을 새고 왔음에도 잔소리보다 몸은 괜찮냐고 물어 오는 헌신적인 여자친구.

그렇게 뒷짐을 진 채 걷는 서대우를 향해 로비를 지나는 인물들이 고개를 숙인다.

"안녕하십니까, 쉬 수석님."

"좋은 아침입니다, 수석님!"

나긋나긋한 사람들의 인사에 서대우가 인자한 미소를 짓는다.

꾀꼬리의 노랫소리가 저보다 더 아름다울까.

그의 미소는 진심에서 우러난 미소였다.

"어흠. 좋은 아침입니다."

고개를 까딱이며 느긋이 걸어 전용 엘리베이터에 탄 서대우는 문이 닫히자 입술을 꿈틀거렸다.

벌써 거의 넉 달째지만, 언제 보아도 황홀한 대접.

거기다 수석 연구원이다. 이 전자기업의 모바일 기술개

발실의 수석 연구원이자 실장.

삼전전자에서는 받던 취급과는 차원이 달랐다.

이런 걸 두고 일할 맛이라고 하는 걸까.

띵! 스르릉!

"엇! 오셨습니까, 쉬 수석님! 얼른 제게 외투 주십시오! 뭐해, 수석님 가방 받아!"

"예!"

"오셨습니까, 수석님! 여기 커피입니다. 수석님께서 오실 줄 알고 커피를 타 왔습니다!"

다급히 달려들며 그의 옷이며 가방을 빼앗듯 가져가는 연구원들.

"가지."

그의 말에 연구원들이 다급히 서대우의 뒤에 선다.

마치 신하들을 이끌고 걷는 왕의 행차 같은 모습.

매일 겪는 일이지만, 서대우의 온몸에 전율이 내달린다.

더 고무적인 건 이들 전부 중국어가 아니라 영어를 쓴다는 점이다. 중국어가 세계 중심의 언어인 줄 아는 중국인이 영어를.

'그래! 나 같은 인재는 이런 대우를 받아야지!'

자신의 화려한 사무실로 들어온 서대우는 넓은 창문을, 저 멀리 있는 점처럼 보이는 삼전전자의 톈진 공장의 모습에 입술을 비틀었다.

후룩!

"달군, 달아."

삼전전자에 있을 땐 그저 삐걱거리는 두뇌를 돌릴 용도로만 썼던 쓰디쓴 커피가 참으로 달다.

똑똑!

"쉬 수석님, 연구원들이 준비됐습니다."

"알았어. 나가지."

하얀색 복도를 가로지른 서대우는 랩에 모여 있는 연구원들을, 저마다 수첩을 든 채 눈빛을 초롱초롱 빛내는 연구원들을 보며 거만한 미소를 지었다.

"사흘 전 어디까지 했지?"

"박막트랜지스터의 녹는점까지 가르쳐 주셨습니다!"

"그래. 박막트랜지스터는……."

1969년 창립되어 2008년 현재까지 삼전전자가 수없는 도전 끝에 발명한 기술의 정수들이 그의 입에서 흘러나오기 시작했다.

한편 며칠 후 중국 상하이의 한 카페.

쉬로우 첸이 누군가와 통화를 하며 커피를 홀짝이고 있다.

"하하. 제가 말했잖습니까. 조금만 대접해 줘도 술술 다 말할 거라고!"

딴에는 토사구팽이나 제거를 생각한 건지 빼낸 기술을 한꺼번에 넘기지 않는 수를 썼지만, 그래 봤자 기술자의 조악한 생각일 뿐이다.

연구실에만 틀어박혀 기술만 연구하느라 사회성이 결여된 잉여.

그동안 대접다운 대접을 받지 못한 채 연구만 한 연구원.

쉬로우 첸은 이런 부류의 인간을 어떻게 다뤄야 하는지 너무도 잘 알고 있었다.

"흠. 지금보다 더 빠르게 말입니까? 으음. 알겠습니다. 방법을 강구해 보죠. 예."

통화를 종료한 쉬로우 첸은 방금 전 언제 난처했냐는 듯 코웃음을 친다.

"이놈도 이러는군."

황금알을 낳는 거위의 배를 빠르게 가르려는 작태.

하지만 탓할 마음은 없다.

모든 게 뒤떨어지는 중국.

세계의 패권국이, 저 간악한 미국을 넘어서려면 이렇게 해서라도 기술을 쌓아야 했다.

즉, 거위의 배를 가르는 것도, 자신이 하는 짓도 모두 나라를 위한 일.

쉬로우 첸은 현재 서대우와 함께 사는 여성에게 전화를 걸었다.

"응, 나야. 마약 사용량을 좀 더 늘려."

-흐응. 알았어요.

"그래."

전화를 끊은 쉬로우 첸은 잔에 남은 마지막 한 모금의

차를 들이켜며 몸을 일으켰다.

"오늘 미팅이 있는 곳이 자동차 부품 회사였던가?"

상하이자동차에 납품을 하는 부품 회사. 3차 하청 회사
다.

이곳의 주인이 상하이방 소속의 정치인과 꽌시를 맺고
있다.

공청단과 다른 곳이지만, 쉬로우 첸은 별로 신경 쓰지
않았다.

달걀은 한 바구니에 담지 않는 법이기도 하지만, 자신
에게 일을 시킨 사람도 딱히 공청단, 상하이방 등을 가리
지 말라고 했다.

한 건당 수백만에서 수천만 위안.

돈 앞에서는 모든 게 평등했다.

그래도 7 대 3정도의 비율로 일을 맡지만 말이다.

"오직 위대한 중화를 위해 힘을 써 달라…… 참 좋은
말이야."

그는 흡족한 미소를 지으며 카페를 나섰다.

* * *

종혁은 연신 식은땀을 흘리는 중국인, 상하이자동차에
부품을 납품하는 3차 하청 회사의 사장을 보며 속으로
재밌다는 듯 웃었다.

'중국인이 러시아에 약점이 잡혔다라…….'

그것도 마약이다.

중국에서 마약은 소지만 해도 사형. 제아무리 상하이방 소속의 정치인과 의형제 관계라고 해도 사형은 피할 수 없다.

모스크바에서 마약을 하다 SVR에게 검거된 눈앞의 중국인은, 그 일을 눈감아 주는 조건으로 상하이방의 정보를 알게 되는 대로 러시아에 넘겨주고 있었다.

"담배 한 대 태우시겠습니까?"

"허흠. 감사합니다."

그에게 불까지 붙여 준 종혁은 다리를 꽜다.

"윗쪽에게 말은 들었을 겁니다."

"켈룩! 켁! 켁! 예, 예. 들었습니다, 대인."

"그냥 편하게 말씀하시면 됩니다."

"전 이게 편하니 괘념치 마십시오."

"흠…… 알겠습니다. 아무튼 미리 전달받으셨듯이 오늘 하루만 자리를 비워 주시면 됩니다."

-칙! 비둘기가 둥지로 들어온다.

놈이 공장에 들어오고 있다는 암호.

"수신. 사장님은 이만 몸을 숨기세요."

"크흠. 그럼."

사장은 사장실 안쪽 공간으로 몸을 숨겼고, 종혁은 소파를 끌고 와 문 앞에 세우며 눈을 가늘게 떴다.

'인터폴에게 쉬로우 첸을 넘겨줘야 한다라…….'

접선을 하는 방법도 참 복잡했던 쉬로우 첸. 인터폴이

아니었다면 접선 방법을 알아내지도 못했을 거다.

"뭐 상관없지."

종혁이 원하는 건 어디까지나 쉬로우 첸이 아닌 서대우. 서대우만 검거할 수 있으면 됐다.

종혁은 문을 보며 눈을 빛냈다.

한편 공장 주차장을 가로질러 건물에 들어서던 쉬로우 첸이 눈을 가늘게 뜬다.

왜인지 불길함이 느껴지는 복도.

그의 눈이 주변에 지나는 사람들을 훑는다.

"오늘 점심은 뭐 먹을 거야?"

"글쎄? 탕면이나 먹을까?"

"뭐야. 너 왜 벌써 나와?"

"전무님 골프 치러 가셨어."

"아."

'아니군.'

꾸밈이 없는 날것의 자연스러운 모습. 혹여 공안이나 인터폴이 와 있나 싶었지만, 아무래도 아닌 것 같다.

하지만 혹시 모르기에 쉬로우 첸이 근처에 지나가는 사람을 붙잡았다.

"혹시 사장실이 어딘지 물어도 되겠습니까? 오늘 약속이 잡혀 있는데 말입니다."

"아, 사장실이요? 저기 엘리베이터를 이용하셔서 맨 위층으로 가신 후에 좌측으로 가시면 됩니다."

"감사합니다. 그런데 혹시 사장님께 무슨 일은 없으신 가요?"

"사장님이요? 글쎄요?"

"제가 큰 은혜를 입을 예정이라 건강 같은 게 안 좋으시면 선물이라도 사 갈까 해서 말입니다."

"건강하신데…… 아마 좋은 술을 사 가시면 좋아할 거예요."

"감사합니다."

고개를 끄덕인 쉬로우 첸은 완전히 안심을 하며 엘리베이터에 올랐다.

문이 닫히자 그의 입가가 비죽인다.

"5천만 위안이라……."

무려 5천만 위안짜리 일감.

"2차 하청, 아니 1차 하청으로 올라서려는 건가."

띵! 스르릉!

엘리베이터에서 내린 그는 좌측 복도를 걸어 사장실로 향했다.

문을 열고 들어가자 몸을 일으키는 멀대 같은 청년.

정장이 익숙하지 않은 듯 꽤 어색하다.

"오늘 약속을 잡은 쉬로우 첸입니다."

"아, 기다리고 계십니다!"

'흠?'

혀가 긴 듯 뭉개지는 발음. 그렇다 보니 꽤 어색하게 느껴졌다.

"들어가시죠."

똑똑!

"사장님?"

"들어와."

멀대 청년은 문을 열어 주며 한 발 비켜섰고, 쉬로우 첸은 만면에 미소를 지으며 열리는 문 안으로 들어갔다.

"하하. 안녕하십니까, 대인! 쉬로우…….."

움찔!

쉬로우 첸은 다리를 꼰 채 자신을 거만하게 쳐다보는 젊은 청년, 종혁을 보곤 그대로 굳어 버렸다.

'아니다!'

상하이방 소속 정치인과 의형제를 맺었다기엔 너무 어린 나이. 문과 소파 사이의 거리도 너무 짧다.

거기다…….

"왔어? 들어와."

오싹!

귀를 때리는 한국어.

"미친!"

그는 기겁하며 몸을 돌리는 순간이었다.

퍼어억!

"으악!"

그의 뒤에 서 있던 멀대처럼 큰 비서, 아니 최재수에 배를 걷어차여 구른 쉬로우 첸.

그의 머리에 종혁의 발이 올려진다.

"거참. 들어오라니까."

꾸우욱!

"끄으윽?!"

"우리 참 할 말이 많아. 그렇지?"

종혁은 그의 머리를 누르는 발에 힘을 더 주며 상큼하게 웃었다.

＊　＊　＊

"그러니까…… 후우."

스크린만 유일하게 빛을 발하는 어두운 회의실, 한참 열변을 토하던 서대우가 이마에서 흐르는 땀을 닦는다.

손바닥을 흥건히 적실 만큼 가득 흐른 땀.

미간을 좁힌 서대우가 초롱초롱한 눈빛을 보내는 연구원들을 지친 얼굴로 쳐다본다.

"누가 히터 좀 줄여 봐."

"히터는 안 틀어져 있습니다, 수석님."

울컥!

"뭐야? 그럼 내가 거짓말을 하고 있다는 거야?! 너 나가!"

"예, 예?"

"나가라고……."

서대우는 당황하는 연구원들의 시선에 아차 했다.

"아니, 잠깐 쉬기로 하지."

당황한 표정을 지은 서대우는 다급히 회의실을 빠져나와 자신의 사무실로 들어갔다.

쾅!

"뭐지? 내가 왜……."

서대우 본인도 본인의 성격이 나쁘다는 건 알고 있다. 그러나 이렇게까지 감정이 요동칠 정도는 아니었다.

거기다 묘하게 기력이 없는 몸에, 계속 감기려는 눈.

머릿속에 누가 담배 연기를 뿜은 듯 뿌옇기 그지없다.

"……감기가 오려는 건가."

환절기인 데다가 요새 부쩍 서늘해진다 싶더니 그런 것 같다.

하지만 이상한 점이 있다면 혀가 뭔가를 계속 갈구하고 있다는 거다. 감기에 걸리면 입맛이 없어야 하는데도 말이다.

"쯧."

곧바로 외투를 챙겨 든 서대우는 사무실을 나섰다.

"난 이만 퇴근하지."

삼전에 있을 땐 상상도 하지 못할 행위. 비서에게 통보하듯 말한 그는 연구원들이 기다리고 있다는 것도 무시한 채 건물을 빠져나와 곧장 집으로 향했다.

마치 궁궐처럼 새하얀 대리석과 샹들리에로 꾸며진 넓은 평수의 집.

"어머, 자기! 왜 이렇게 일찍…… 뭐예요! 땀이 왜 이렇게 흘러요? 얼굴은 왜 이렇게 하얗고요!"

"다가오지 마!"

"자, 자기?"

안 그래도 커다란 눈을 더 커다랗게 뜨는 이십대 초반의 미녀의 모습에 서대우는 왠지 모르게 울컥 치미는 화를 겨우 눌렀다.

"감기에 걸린 것 같아서 그래. 옮을 수 있으니까 오늘은 따로 자도록 해."

"괜찮아요?"

"다가오지 마."

거칠게 손을 저은 그는 곧바로 샤워실로 들어가 따뜻한 물로 씻고는 약을 먹고 침대 위에 누웠다.

그런데 희한하게도 정신이 미약하게 맑아지고, 기분 탓인지 울컥울컥 치솟던 짜증도 미묘하게 가라앉는다.

"쯧. 이놈의 내성."

원래부터 운동과 별 인연이 없어 감기 따위의 잔병을 달고 살았던 그. 그런데 아무래도 그동안 감기약을 너무 많이 먹은 것 같다.

그래서 오늘도 약을 좀 과하게 복용하긴 했지만 아무래도 부족했던 것 같다. 그는 약을 더 복용하기 위해 이불을 빠져나왔다.

똑똑!

"들어갈게요."

"가까이 오지 말라니까."

"내가 당신의 여자친구인데 어떻게 그래요. 이것만 마

시고 자요."

"이건?"

"파뿌리차예요. 옛날에 제가 감기에 걸렸을 때 저희 할머니가 끓여 주시던 거예요."

"……고마워."

왜 그딴 민간요법 따위를 들이미냐는 말이 목젖까지 치솟았다가 애써 가라앉힌 서대우는 적당하게 미지근한 파뿌리차를 단숨에 들이켰다가 얼굴을 구겼다.

미묘하게 쓰면서도 느끼하고, 또 더러운 맛.

"후후. 원래 입에 쓴 약이 몸에 좋은 거래요. 여기 사탕 드세요."

로션 냄새를 풍기는 보드라운 손과 함께 입술 안으로 들어오는 달짝지근한 사탕.

쩝쩝 빨던 서대우의 표정이 묘해진다.

'민간요법이 효과가 있는 건가.'

정신이 빠르게 맑아지고, 짜증이 차분하게 가라앉는다.

생각지도 못하는 효능에 놀라서인지 서대우는 보지 못했다. 여자친구의 입가에 날카롭게 피어난 칼날 같은 미소를.

지이잉!

"누구야?"

"친구예요. 전 잠시 전화 좀 받을 테니까 쉬고 계세요."

"알았어."

고개를 끄덕이며 다시 침대에 누운 서대우는 엉덩이를 씰룩이며 방을 나가는 여자친구를, 인생에 처음으로 찾아온 기적을 가만히 응시했다.

톈진에 도착한 지 4일째 되던 날, 비가 억수처럼 내리던 날, 갑작스런 차량 고장에 그는 하는 수 없이 우산을 사기 위해 마침 눈에 보이는 편의점에 들렀다. 집이 근처였기에 그냥 우산을 사서 걸어가기로 한 것이다.

그때 운명처럼 여자친구를 만나게 됐다.

우산을 고르며 돌아서던 서대우는 여자친구와 부딪쳤고, 여자친구는 들고 있던 핸드폰을 떨어트렸다.

바닥에 떨어지는 순간 퍽 하고 박살 나 버린 핸드폰.

울상이 됐던 그녀는 깜짝 놀라 안절부절못하는 그에게 눈을 치켜뜨며 대들었다.

이거 어떡할 거냐고, 물어 내라고.

당황한 서대우는 당연히 그러겠다고 하며 그녀와 함께 핸드폰 가게로 향했고, 그녀에게 최신형 핸드폰을 사 줬다.

그리고 누군가와 문자를 주고받은 내역을 본 그녀는 갑자기 눈물을 흘렸다.

그때 여자친구는 이렇게 말했다.

-죄송해요. 돌아가신 할머니와 나눈 대화라서……. 아깐 제가 정말 죄송했어요.

-아.

그건 서대우에게 꽤 충격이었다.

그라고 평생 솔로로 산 건 아니다. 학창 시절엔 소개팅도 해 봤고, 나이가 들어선 맞선도 봤다.

그러나 그가 만나는 여자들은 언제나 외모, 아니면 돈을 바랐다.

그렇기에 서대우의 마음 안에선 여자=속물이라는 공식이 성립됐는데, 그 공식이 산산이 부셔져 내렸다.

거기다…….

―그, 그 제가 식사를 대접해도 될까요? 이렇게 최신형 핸드폰을 사 주셨으니까…… 제 체면을 세워 주세요!

중국에선 거의 만능 같은 단어인 체면.

실제로 고작 이 체면을 깔아뭉갰다는 이유로 살인이 벌어질 만큼 중국인이 체면에 죽고 산다는 걸 알고 있는 서대우로서는 그녀의 부탁을 외면할 수 없었다.

솔직히 도발적인 외모가 눈에 들어오기도 했었다.

그리고 근처의 레스토랑에서 여자친구와 식사를 했고, 서대우는 그동안 깜짝깜짝 놀라야 했다.

어설프지만 제법이었던 이과 지식에, 올드한 유머 코드.

도발적인 몸이나 외모와 달리 꽤 순수했던 성격.

서대우는 자신이 여자와 이렇게 말을 잘했나 싶을 정도로 재밌는 시간을 보냈다. 이대로 헤어지는 게 아쉬울 정도로 말이다.

그래서 서대우는 용기를, 난 엄청난 대우를 받는 수석 연구원이라는 자부심을 바탕으로 한 용기를 내며 그녀에게 전화번호를 물었고, 그녀는 흔쾌히 허락했다.

"그리고…… 어느새 이렇게 동거를 하게 됐지."

여자 손 한번 제대로 잡아 보지 못했던 그가 모든 단계를 건너뛰고 동거부터 시작한 거다.

게다가 얼마 전에는 결혼에 대한 이야기까지 나눴다.

인생 제2막.

서대우란 한 인간의 절정기가 이제야 오는 것 같았다.

그는 흐뭇이 웃으며 눈을 감았다.

기분이 붕 뜨는 게 곧 잠을 잘 수 있을 것 같았다.

한편 서대우의 집의 부엌.

서대우의 여자친구가 서대우, 아니 둘의 침실을 보며 미간을 좁힌다.

─마약 사용량을 좀 더 늘려.

"……흐응. 알았어요."

전화를 끊은 여자친구의 눈이 가늘게 떠진다.

마약 사용량을 늘리라는 건 다음 단계로 넘어가라는 뜻.

"이제야 약발이 도는 것 같긴 하던데……."

하얗게 질린 채 식은땀을 뻘뻘 흘리며 들어와 짜증을 부렸던 서대우. 딱 마약중독자가 금단 증상에 시달릴 때의 모습이다.

아마 곧 자신이 없으면 물 한 잔조차 목구멍으로 넘길 수 없는 수준이 될 터.

그럴 수밖에 없다.

서대우가 이 집에서 먹고 마시는 모든 것에 극소량의 마약이 들어가니 말이다. 방금 전 서대우에게 먹인 사탕에도 마약이 들어간 상태다.

그녀는 이 집에서 동거를 시작한 그날부터 미세하게 용량을 늘려 갔었다.

그런데 용량을 확 늘리는 다음 단계로 넘어가라고 한다.

그건 곧 서대우로 하여금 마약에 의존하게 만들어 정상적인 사고를 하지 못하게 하고 재산을 모두 탕진해 돈을 갈구하게 만드는 단계, 숨기고 있는 기술을 모두 토해 내게 만드는 단계다.

"아직 한 1년은 더 끌어야 하는데 말이야……."

아무래도 서대우를 영입한 회사에서 애가 닳은 것 같다.

그러니 자신의 보스, 아니 의뢰인인 쉬로우 첸이 이번에도 황금알 낳는 거위의 배를 가르려는 것이다.

"뭐, 나야 일찍 끝나면 좋지."

어차피 자신은 돈만 받으면 되니 말이다.

"흠. 그럼 재산을 정리해야 되나?"

곧 나락에 빠질 서대우가 이 집 안에 있는 걸 팔아 치우기 전에 자신이 먼저 빼돌려야 할 것 같다.

이 정도의 소소한 보너스는 쉬로우 첸도 용인해 줄 터.

그녀는 집 안에 있는 고가의 물품들을 훑기 시작했다.

지이잉!

─허튼짓은 하지 않을 거라 믿어.

"그럴 리가."

코웃음을 친 그녀는 싱크대 서랍을 열어 하얀 가루를 꺼내 들었다.

"일단 그 지옥에 끌고 가야겠네."

그녀는 따뜻한 우유에 꿀과 함께 가루를 타서 다시 침실로 향했다.

"자기, 자요?"

그녀의 눈이 순진무구하게 빛났다.

＊ ＊ ＊

부우우웅!

상하이의 외곽도로 위.

결박이 된 쉬로우 첸이 꿈틀거리며 열변을 토한다.

"한국 기업에서 보낸 놈들이지? 이런 짓 하면서 얼마를 받는지 모르겠지만 내가 그 다섯 배, 아니 열 배를 주지!"

'분명 서대우에 대해 언급했어!'

게다가 어설펐던 중국어까지.

혀가 길었던 게 아니다. 한국인이다.

삼전그룹, 명실상부 대한민국 재계 서열 1위라는 삼전그룹이 고용한 해결사들이 분명했다.

얼마의 돈이 든다고 할지라도 일단 여기서 빠져나가야

했다.

그래야 목숨을 부지 할 수 있었다.

이대로 끌려가면 한 줌의 거름이 되거나 재가 될 터.

그는 필사적이었다.

'얼씨구? 이젠 열 배네?'

두 배에서 시작된 베팅이 어느새 열 배가 됐다.

"아, 거 새끼 더럽게 쫑알거리네. 야! 그거 입 다물게 할 수 없어? 운전하는 데 거슬리잖아!"

"뭐가 그렇게 급해요? 천천히 해요."

"지금 천천히 하게 생겼냐?"

중국 공안이 개입하기 전에 이 나라를 떠야 했다.

어쩌면 중국 군대까지 동원될 수 있는 상황. 제대로 된 취조는 그 이후에나 할 수 있었다.

"그래요! 대장님은 일단 조용히 하세요! 이쪽에 끈도 없으면서!"

'있는데…….'

웨이 홍이라고 중국 공안의 미친개 한 마리를 알고 있다.

오직 중국을 위해 일을 하는 형사지만, 이런 상황이라면 충분히 종혁 자신의 편을 들어 줄 사람이기도 했다. 아니면 상하이에 있는 국정원 지부나 CIA, SVR 지부를 이용해도 됐다.

물론 패는 아낄 수 있으면 아끼는 것이 좋기에 종혁은 입을 다물고 있기로 했다.

상황이 어그러지면 바로 써 버릴 테지만 말이다.

'대체 나 없는 동안 외사국에서 무슨 일이 있었던 거야?'

얼마나 험하게 지냈기에 최재수마저도 저렇게 귀염성이 사라진 걸까. 종혁은 입맛을 다셨다.

"밟아요, 밟아!"

"재수 너도 조용히 해!"

오택수는 액셀을 더 강하게 밟았고, 차는 상하이 푸둥국제공항을 향해 쏜살처럼 달려갔다.

부아아아앙!

빠르게 달려 도착한 상하이 푸둥국제공항.

"차는 여기다 세워 두면 된다고 했지?!"

"네. 그쪽에서 알아서 가져갈 거예요. 웃챠!"

쉬로우 첸을 끌어내린 종혁은 그를 어깨에 짐짝처럼 둘러멨다.

"큭! 이봐! 마지막이야! 스무 배! 네가 받는 액수의 …… 아니, 네 재산의 열 배를 줄게! 네 통장에 가장 돈이 많을 시기의 열 배!"

멈칫!

'아, 이건 좀 끌리는데?'

오택수와 최재수도 순간 혹하는 표정을 지었다가 고개를 젓는다.

거의 2천억 대의 부동산을 소유하고 있는, 아니 그 재산이 얼마나 있는지 솔직히 감이 잡히지 않는 종혁.

아마 이번 금융 위기를 이용하여 더욱더 천문학적인 돈을 벌었을 거다.

'그거의 열 배? 에이, 삼전 회장이라도 그건 못 주지.'

"야. 장난치지 말고 가자."

"그럴까요?"

히죽 웃은 종혁은 공항으로 걸음을 옮겼다.

사람을 둘러메고 가서 그런지 집중되는 시선.

웅성웅성.

수많은 사람들이 오가며 발생하는 소음이 쉬로우 첸의 눈과 귀를 때린다.

'뭐야, 여긴? 설마 공항? 그래, 공항이다! 이 멍청한 놈들!'

"살려 줘! 사람 살려—! 한국인이 중국인을 납치한다! 한국인이 중국인을 납치한다—!"

"이런 썅!"

다급히 쉬로우 첸의 입을 막는 최재수.

하지만 늦었다.

삐익! 삑!

호루라기를 불며 달려오는 공항경찰들.

"멈춰! 움직이지 마!"

그들을 포위한 공항경찰들이 긴장한 얼굴로 무기에 손을 가져가며 일촉즉발의 상황이 펼쳐진다.

"무슨 일이냐!"

"당신들 공안이죠!? 나 좀 살려 주세요! 이 한국 놈들이 날 납치하려고 합니다! 난 중국인이란 말입니다!"

술렁!

"미친! 타격대에 연락해!"

"움직이지 마! 손가락만 까딱해도 몸에 구멍을 뚫어 버릴 줄 알아!"

이젠 총까지 꺼내 든 강력한 위협.

오택수와 최재수의 입안이 바짝 마른다.

"대장님, 어떡해요? 뚫어요?"

"야, 일단 비행기로만 가면 되는 거지? 우리가 막을 테니까 넌 전용기 게이트로 뛰어."

길을 열기 위해 앞에 서는 둘의 모습에 피식 웃은 종혁은 쉬로우 첸을 땅바닥에 내려놨다.

"됐으니까 이놈이나 데리고 있어요."

"뭐? 어떻게 하려고!"

"있어 봐요."

"움직이지 마!"

끼릭!

당겨지는 격철.

멈춰 선 종혁은 공항경찰들을 무심히 쳐다봤다.

"난 러시아 내무부 소속 경찰, 미하일 최 대위다! 현재 러시아에서 범죄를 저지르고 도망친 범죄자를 비밀리에 검거해 돌아가는 길이니 협조해 주길 부탁한다! 내 말이 의심스럽다면 러시아 내무부에 연락을 해 보도록!"

공항을 쩌렁쩌렁 울리는 외침.

종혁의 능숙한 광둥어에 공항경찰과 쉬로우 첸이 경악한다.

종혁이 중국어를 할 줄은 몰라서 놀랐던 쉬로우 첸은 이내 환하게 웃었다.

'병신 같은 놈! 금방 들통날 거짓말을 하다니!'

중국을 얼마나 얕잡아 봤으면 이런 거짓말을 하는 걸까.

쉬로우 첸은 느긋이 기다리기로 했다.

"좋다! 정말 그렇다면 여기서 이럴 게 아니라 안에 들어가서 이야기하자!"

"알았다! 총을 거둬라!"

"총 내려. 따라와라!"

종혁은 이제 어쩔 거냐는 듯 다급한 눈빛을 보내는 오택수와 최재수의 모습에 그저 어깨를 으쓱이며 공항경찰을 따라갔다.

공항 안쪽의 사무실 같은 공간.

방금 전 종혁을 포위했던 공항경찰 대장이 종혁에게 담배를 권한다.

"아, 감사합니다."

종혁도 자신의 담배를 꺼내어 대장에게 권했다.

"후우. 우리나라 말이 능숙하군요. 중국인이라고 해도 믿겠습니다."

"하하. 그렇게 들렸다니 다행이군요. 엄청 노력했거든요."

"그런데 범죄자라고요?"

"읍! 으읍!"

어느새 재갈이 물린 쉬로우 첸이 종혁을 보며 비웃음을 터트린다.

"우리 러시아의 기술자들을 빼내 중국에 알선하는 놈입니다."

"으음."

순간 낯빛이 굳는 대장. 눈알이 불길하게 돌아가자 종혁이 싱긋 웃었다.

"그리고 이놈, 중국인이 아니라 연변에서 태어나 홍콩에서 자란 놈입니다."

중국인에게 있어 연변인이나 홍콩인은 같은 중국인이 아니다. 그저 중국 외곽에, 중국에 빌붙어 사는 소수민족일 뿐이다.

"아, 저런. 산업스파이, 아니 브로커군요. 감히 저딴 벌레 놈이 우리 중화의 얼굴에 먹칠을 하다니…… 거기다 우리 한족을 사칭하기까지…….."

쉬로우 첸의 낯빛이 어두워진다.

그때였다.

똑똑!

노크를 하자마자 문을 열고 들어온 한 경찰이 대장의 귀에 귓속말을 한다.

그에 놀라 얼굴을 구기며 벌떡 일어나는 대장.

그 심상치 않은 모습에 쉬로우 첸의 얼굴에 다시 미소

가 번지고, 오택수와 최재수가 다급히 덤빌 준비를 한다.

그 순간 종혁을 향해 거수경례를 하는 대장.

"충성. 확인됐습니다. 미하일 최 대위."

"……?!"

경악하는 쉬로우 첸을 비웃은 종혁은 몸을 일으켜 거수
경례를 했다.

"충성. 협조해 주셔서 감사합니다. 그럼 저흰 이만 가
봐도 되겠습니까?"

"저희가 탑승구까지 안내해 드리겠습니다."

"그러시죠."

"밖에 누구 있으면 손수레 가져와!"

그렇게 종혁들은 공항경찰, 즉 중국 공안의 호위를 받
으며 전용기 탑승구로 향했다.

"……러시아는 대우가 좋군요."

"하하. 귀향은 언제든 환영입니다. 아, 그리고 이건……."

"읍! 으으읍!"

손수레에 실려 발버둥을 치는 쉬로우 첸을 힐끔 본 종
혁은 피식 웃으며 지갑에 있는 현금 전부와 담배를 대장
에게 넘겨줬다.

"약소하지만 다른 대원들과 저녁에 술 한잔하시면서
나눠 피우십시오."

담배와 술은 처음 보는 중국인에게 훌륭한 선물.

"어휴. 뭘 이런 걸 다. 그럼 편안한 여행이 되시길 바라
겠습니다."

"감사합니다. 가죠."

도르르르륵!

출국 게이트를 넘어 복도에 들어서자 오택수의 얼굴이 씁쓸함으로 물든다.

"원만하게 잘 풀려서 다행이지만 좀 그렇네."

만약 자신들이 진실을, 한국 경찰임을 밝혔더라도 이렇게 쉽게 해결될 수 있었을까.

아마 온갖 핑계로 자신들을 구금했을 테고, 결국 쉬로우 첸을 뺏기고 말았을 거다.

"어쩔 수 있겠습니까. 이게 현실인걸요."

"에이, 씨부럴. 아, 그런데 야. 너 대체 언제 러시아 경찰이 된 거냐?"

"맞아요! 대장님, 설마 이직하시려고요?! 안 돼요!"

"이직은 무슨. 이런 일이 있을 줄 알고 미리 부탁해 놨던 거야."

아니다. 아까 자신을 보호하고 있는 SVR 요원에게 들으라고 크게 외쳤던 거다.

"오오오!"

종혁은 과하게 반응하는 최재수를 무시하며 전용기에 올랐다.

"이번엔 빠르군요, 최."

한 번 전용기를 이용했다 하면 최소 일주일은 지나야 다시 전용기를 이용했던 종혁. 그것도 모자라 그렇게 왕복을 한 뒤엔 거의 몇 달씩 전용기를 묵혀 두고 했다.

그런데 이번엔 고작 사흘 만에 다시 전용기를 이용하고 있다.

이제야 연봉값을 하는 것 같아서 기장은 기분이 참 좋았다.

"하하. 혹시 모르니까 바로 출발해 주세요. 자칫 공안이나 군대가 쫓아올 수 있거든요."

"……알겠습니다."

조종실로 들어가는 기장을 일견한 종혁은 쉬로우 첸을 빈자리에 던져 버리곤 재갈을 풀어 줬다.

"너희…… 대체 정체가 뭐야."

대체 뭐하는 놈들이기에 러시아 경찰을 사칭하고도 무사한 걸까.

정말 러시아 경찰인 걸까?

아니, 그건 아니었다. 브로커로서 전 세계를 누벼 왔던 쉬로우 첸은 종혁이 러시아인이 아니라는 것에 전 재산을 걸 수 있었다. 고려인과 한국인은 그 생김새가 미묘하게 차이가 나기 때문이다.

그리고 이런 전용기까지.

평범한 경찰에게 이런 전용기가 주어질 리가 없었다.

"너희 해결사 아니지?"

종혁은 혼란스러워하는 그를 보며 놀라워했다.

"오오, 그걸 이제 알았어?"

"너희 뭐야! 정체가 뭐냐고!"

"우리? 한국 경찰."

"······뭐?"

종혁은 어리벙벙해하는 그를 향해 환한 미소를 지어 줬다.

"그래서 하는 말인데, 넌 일단 인터폴에 넘겨질 거거든? 그게 그쪽과의 거래라서 말이야. 그럼 이제 남은 건 네가 어느 나라에서 처벌을 받냐는 건데······. 야, 너 한국에서 10년 썩을래? 그냥 중국에서 사형당할래?"

사형이란 단어에 쉬로우 첸의 낯빛이 검게 죽는다.

"무, 무슨······!"

"에이, 왜 이러실까. 너도 위정자들의 습성은 잘 알잖아."

중국 정부의 비호를 받으며, 아니 중국 정부의 의뢰를 받아 브로커 일을 한 걸로 추정되는 쉬로우 첸.

이놈의 입이 열리는 걸 꺼려 하는 사람들이 꽤 많을 거다.

정치인, 기업가, 중국 공안까지 놈의 뒤를 봐준 사람들이 득달같이 달려들 거다.

움찔!

"······무, 무슨 말인지 모르겠군."

"흐음. 뭐, 알았어. 입 다물고 싶으면 그렇게 해. 내가 죽냐? 네가 죽지? 뭐해요, 앉아요. 비행기 출발하잖아요."

"어우, 난 사우나 좀 해야겠다. 아까 너무 긴장을 해서 그런지 땀을 많이 흘렸어. 야, 갈아입을 옷 있냐?"

"전 뭐 좀 먹고요. 너무 긴장해서 그런지 아까 먹은 점심 다 소화된 것 같아요."

쉬로우 첸의 가방을 꼭 끌어안은 종혁은 안전벨트를 착용하며 눈을 감았고, 쉬로우 첸은 그런 종혁을 떨리는 눈으로 응시했다.

그리고 결국 떠오르는 비행기.

기이잉!

"아, 참고로 너 인천공항에서 인계될 거다. 일단 인터폴에 넘어가면 진술이고 나발이고 모두 끝인 거 알지?"

인터폴에 넘겨지는 그 순간까지 입을 다물고 있다면 그는 백 퍼센트 중국으로 송환될 거다.

"잘 생각해."

쉬로우 첸의 가방, 그 안에 있는 노트북과 핸드폰을 두드린 종혁은 그제야 정말 잠을 청했다. 겉으로 드러내진 않았지만, 그도 꽤 긴장을 했던 탓이다.

이윽고 전용기 안에 침묵이 내려앉았다.

약 1시간 30분 뒤, 높이 떴던 비행기가 가라앉으며 인천의 정경이 점점 커지자 쉬로우 첸의 심장이 격하게 뛰기 시작한다.

"어우! 잘 잤다."

기지개를 켜며 일어난 종혁은 승무원에게 부탁해 차가운 커피를 가져다 달라고 말했고, 부스스 일어난 오택수와 최재수도 같은 걸 주문한다.

그런 그들의 모습에, 정말 자신을 신경 쓰지 않는 그들의 모습에 눈을 감은 채 귀를 쫑긋 세우고 있던 쉬로우 첸은 더욱 불안해질 수밖에 없었다.

'정말 내가 어떻게 되든 상관없다고? 그, 그럴 리가 없어. 서대우가 어디 있는지 찾아야 하잖아!'

노트북에 강력한 락을 걸어 놨다. 설정한 암호가 아니면 절대 풀리지 않을 락을.

저건 분명 허세여야 했다.

쉬로우 첸은 눈을 더 질끈 감으며 애써 여유로운 모습을 보이려 했고, 일견 잠을 자는 듯한 그의 모습을 본 오택수는 피식 웃으며 종혁을 봤다.

"야, 그거 포렌식 할 수 있는 거 맞지?"

"그럼요. 철이가 어떤 놈인지 알잖아요. 해킹으로 펜타곤도 뚫는 놈이에요."

"맞아, 맞아. 그것 때문에 형량 거래하면서 영입했었지? 하긴 펜타곤도 뚫는 놈이 그깟 노트북 하나 못 뚫겠냐. 오케이. 알았어. 그럼 난 안심하고 커피 즐긴다."

"옙!"

철렁!

심장이 내려앉은 쉬로우 첸의 눈이 파르르 떨린다.

감겨진 눈꺼풀 안에서 이리저리 돌아가며 갈등을 하는 눈.

그사이 착륙한 비행기가 점점 속도를 줄이더니 결국 멈춰 선다.

"야, 야. 일어나. 다 왔어."

느릿하게 떠지는 눈.

아직 갈등이 채 끝나지 않은 복잡한 눈.

종혁은 가볍게 무시하며 그의 팔을 잡아 일으켜 열리는 비행기 문을 향해 끌고 갔다.

'미친!'

계단 아래에 몰려 있는 몇 명의 서양인을 보곤 헛숨을 삼킨 쉬로우 첸은 다급히 입을 열었다.

"자, 잠깐! 잠깐!"

"응? 왜?"

"……정말 내가 다 말하면 나 한국에서 처벌 맞는 거 맞습니까?"

종혁은 애처로운 그의 표정에 씩 웃었다.

* * *

웅성웅성.

"Call!"

"Stay."

"上! 上! 上!"

"레드…… 레드…… 아아!"

띠리리리링!

"워우우우우우!"

온갖 인종들이 모여 탐욕을 토해 내는 카지노.

누군가는 따고, 누군가는 잃고.

또 누군가는 인생역전을, 누군가는 나락을.

대박을 꿈꾸는 사람들이 모여 인세의 지옥을 만든다.

그곳엔 염소수염의 서대우도 있었다.

핏발이 선 두 눈으로 테이블 위를 구르는 주사위를 응시하는 서대우. 그의 옆에 선 여자친구도 불편한 표정을 짓는다.

'이, 이러면 안 되는데?'

도박을 지지리도 못한다는 서대우. 그래서 카지노에 데려왔건만 무슨 일인지 따고 있다.

뜻대로 풀리지 않는 상황에 그녀는 초조해질 수밖에 없었다.

'빌어먹을! 첸은 왜 연락이 안 되는 거야!'

그러는 사이 붉은 장판을 가로지르며 이리저리 튕겨지던 세 개의 주사위가 결국 멈춰 선다.

또르르르륵! 투욱!

"와아아아아……!"

"그렇지─!"

승리의 포효를 터트리는 서대우. 구경꾼들도 환호를 터트린다.

서대우는 여자친구를 와락 끌어안았다.

"으아악! 또 땄어! 또 땄다고!"

"꺄아아아악!"

서로 끌어안은 둘은 방방 뛰며 승리의 기쁨을 나누었다.

회귀 경찰의 리셋 라이프 24

"내가 말했지! 도박은 운칠기삼이라고!

도박은 운칠기삼. 도박은 파도.

여자친구의 부탁에 못이기는 척 온 사설 카지노.

오늘 아침까지만 해도 한화로 약 3천만 원을 잃었는데, 저녁이 되자 따기 시작하더니 벌써 20배 가까운 돈을 벌었다.

도박 인생 15년 만에 자신에게도 드디어 파도가, 아니 해일이 휘몰아쳐 오고 있었다.

"딜러! 어서 주사위를!"

서대우가 흥분해 외치는 순간이었다.

"대운이 밀려 오셨군요, 손님. 이 기세를 몰아 더 큰 판에서 게임을 해 보시는 게 어떻겠습니까?"

어느새 그에게 다가온 두 명의 검은 정장을 입은 사내.

그들의 입에서 나온 영어에 서대우는 순간 혹했다.

'더 큰 판?'

운이 밀물의 파도처럼 밀려오고 있다.

서대우의 눈이 돌아가는 순간 여자친구도 눈을 빛냈다. 그녀는 다급히 서대우의 그의 귀에 대고 입을 열었다.

"여, 여기서 그만하는 게 좋겠어요. 저들 무서운 사람들이에요."

밀려오는 파도를 막아서려는 여자친구의 말에 짜증을 부리려던 서대우는 검은 정장을 입은 사내들의 손등에 새겨진 문신을 발견하곤 조용히 침묵했다.

마음속에선 당장이라도 찢어 죽이라고 외치고 있지만, 또 한편으로는 참으라고 외친다.

"마, 많이 땄잖아요. 여기서 그만두는 게 좋을 것 같아요."

"끄응. 이제 파도가 밀려오는데……."

"저런 아쉽군요. 부디 즐거운 게임이 되셨길 바랍니다. 환전소까지 저희가 안내해 드리겠습니다."

"아니요. 됐습니다. 가자."

딜러에게 100달러짜리 칩을 던진 서대우는 칩을 모두 챙겨 환전소로 향했고, 검은 정장의 사내들은 그런 서대우를 뒤따르다 그가 정말 환전을 하자 돌아섰다.

그러자 그의 여자친구가 한숨을 내쉰다.

"잘했어요. 정말 잘했어요. 저들과는 어울리지 않는 게 좋아요."

"쯧. 손님이 돈을 딴다고 저렇게 훼방을 놓다니. 벨라, 저런 놈들이 없는 카지노는 없어?"

이 기세를 이어 가야 한다. 오늘 분명 일을 치러도 제대로 치를 운세였다.

이미 마약에 절은 서대우의 눈이 흥분에 의해 더 핏줄이 서자 그의 여자친구, 벨라는 단호히 고개를 저었다.

"없어요. 그리고 한꺼번에 너무 많이 따서 그러는 거예요. 왜 자기답지 않게 그렇게 흥분했던 거예요? 꾼이라면서 순 허풍 같아."

"크흠. 이게 갑자기 파도가 몰아치니까……."

지난 20여 년 도박 인생에 몇 없던 거대한 파도.

한 번 금전운이 풀리기 시작하니 계속 풀리는 것 같아 흥분했나 보다.

서대우가 우물쭈물하자 벨라는 고혹적으로 웃으며 서대우의 턱 끝을 검지로 훑었다.

일단 이 거지 같은 카지노에서 벗어나게 만들어야 했다.

"그래도 오늘 멋졌어요. 기대해요. 오늘은 도박보다 더 짜릿한 걸 느끼게 해 줄 테니까."

"도, 도박보다?"

콧김이 강하게 뿜어지자 벨라는 그의 손을 잡아끌었다.

"일단 올라가요."

꼴깍!

서대우의 목으로 마른침이 넘어갔다.

뜨거운 열락의 광풍이 휩쓸고 지나간 침대 위.

벨라가 서대우의 가슴에 안겨 숨을 가쁘게 몰아쉰다.

"정말 대단해. 자기, 왜 이렇게 정력이 좋아요?"

"하하하!"

"돈도 많고, 도박도 잘하고, 정력도 좋고. 너무 완벽한 거 아니에요? 한국 남자는 모두 이런가요?"

"으하하하하하핫!"

행복하다. 이렇게 행복해도 되는 걸까.

모든 게 완벽한 여자친구.

모든 게 완벽한 삶.

그리고 오늘 불어닥친 폭풍 같던 운빨까지.

서대우는 매일이 오늘 같았으면 좋겠다고 생각했다.

"내가 좀 특별하긴 하지! 으하하하핫!"

"그런데 어떡해요. 도박을 더 하지 못해서?"

"괜찮아. 내가 행운의 여신을 품었는데, 이 운이 도망칠까. 이따가 내일 또 가면 돼!"

'뭐라고? 안 돼!'

내일도 오늘 같을 순 없을 테지만, 벨라의 심장이 철렁 내려앉는다.

하지만 그녀는 그런 걸 겉으로 드러낼 만큼 아마추어가 아니었다.

"꺄! 그럼 오늘은 나랑 함께 있는 거네요?"

"흐흐. 각오해. 오늘 재우지 않을 거니까!"

"정말요?!"

다시 확인을 한 벨라가 비명을 지르며 서대우를 끌어안고, 서대우는 가슴에 닿는 그녀의 큰 가슴에 웃음을 터트렸다.

서대우에게 안겨 싸늘하게 눈을 빛낸 그녀는 이내 곧 다시 고혹적인 미소를 지으며 서대우의 볼을 쓸어내렸다.

"자기, 우리 조금 더 좋은 거 해 볼래요? 물론 자기 힘이 센 건 아는데, 그러면 나만 좋잖아요. 자기도 같이 즐길 수 있는 걸 해요, 우리."

"나도? 조금 더 좋은 거?"

"네. 아주 좋은 거. 한 번 해 버리면 맛이 들려 또 해 버리는 거."

결코 헤어날 수 없는 늪. 한 번 빠져 버리면 결국 죽고 마는 천국 같은 지옥.

침대 옆에 놓인 핸드백을 가져오는 그녀의 눈이 반짝이기 시작했다. 이제 이걸로 서대우는 정말 지옥에 빠지게 될 거다.

'내일 도박도 제대로 못할 거야!'

벨라는 서대우를 완전히 마약에 절이기로 마음먹었다.

그 순간이었다.

꽈아아앙!

"뭐, 뭐야!"

다급히 일어난 서대우는 방 안으로 들어오는 덩치 큰 사내, 종혁을 발견하곤 굳어 버렸다.

"어이구. 좋은 시간 보내는데 방해해서 죄송합니다. 안녕하십니까, 서대우 씨. 경찰입니다."

"뭐, 뭐?!"

"거기 꽃뱀도 이리 오시고."

손을 까딱이는 종혁이 사납게 웃었다.

* * *

스르륵!

경찰 본청 건물 앞에 승용차가 멈춰 서며 종혁이 내린다.

완연한 가을을 알리는 푸르고 높은 하늘.

서늘하게 불어오는 한 줄기의 바람이 실없이 웃게 만든다.

하지만 그것도 잠시. 그의 고개가 삐딱하게 기울어진다.

"야, 뭐하냐. 안 내리냐?"

"으으."

"하, 씨발."

"제가 할게요, 대장님!"

"어? 어, 그래."

"이 개놈의 시키들! 빨랑빨랑 안 내리냐! 너희들 때문에 우리 대장님 기다리잖아!"

팔을 쑥 집어넣은 최재수가 서대우와 벨라의 머리채를 잡아 그대로 끌어냈다.

"아악!"

"자, 잠깐! 머리!"

비명을 지르며 끌려 나오는 둘.

'……정말 나 없는 동안 뭔 일이 있었던 거야?'

최재수가 많이 사나워졌다.

고개를 저은 종혁은 본청 건물 안으로 걸어 들어갔다.

"와, 씹. 저걸 진짜 잡네."

"며칠 만이야? 2주 만인가?"

무슨 이유인지 로비에 모여 웅성거리는 경찰 간부들.

종혁은 곧 그 이유를 알 수 있었다.

'와우.'

박종명 경찰청장과 김용재 상무가 어깨를 나란히 한 채
서 있다.

그뿐만이 아니다. 남부지검의 차장검사에 중앙지검 특
수부의 강철선 부장검사도 있다.

충분히 모여 있을 만했다.

종혁은 얼굴이 붉그락푸르락하는 차장검사를 일견하곤
박종명 경찰청장에게 거수경례를 했다.

"충성. 특별범죄수사대 최종혁 경정 외 두 명, 방금 막
범인을 검거하고 복귀했습니다."

"잘했어."

짧지만 굵은 칭찬.

그 안에 참 많은 뜻이 내포되어 있다.

경찰 내부에서 말이 많았던, 박종명 자신이 이끄는 파
벌에서도 말이 많았던 신설 특별범죄수사대.

그런데 종혁은 그 누구의 도움 없이 제 실력을, 하나의
수사과를 맡을 만한 역량이 된다는 것을 완벽하게 증명
해 냈다.

이제 그 누구도 종혁의 나이나 역량을 가지고 태클을
걸지 못할 터.

종혁이 마음에 들지 않은 박종명은 이게 기분이 나쁘면
서도, 김용재 상무와 연결시켜 주는 등 자신의 체면을 팍
팍 세워 준 종혁을 미워할 수 없는 요상한 감정에 휩싸이

게 됐다.

종혁은 미세하게 움직이는 그의 얼굴을 보며 속으로 비릿하게 웃었다.

'왜? 갈등돼? 버리자니 아깝고, 삼키자니 싫지? 근데 난 아니야. 난 당신이 그냥 싫거든.'

딱히 잘못한 게 없어서 가만 둘 뿐, 앞으로 박종명 경찰청장을 좋아할 일은 절대 생기지 않을 거다.

그런 종혁의 마음을 아는지 모르는지 생각을 한구석에 밀어 놓은 박종명 경찰청장이 벨라를 본다.

"옆의 여자는?"

"쉬로우 첸이 서대우에게 붙인 꽃뱀입니다."

"음."

종혁은 김용재 상무를 봤다.

낯빛이 차갑게 가라앉아 있지만, 그 눈빛만큼은 활활 타오르는 그.

종혁은 슬그머니 옆으로 비켜서 줬다.

"그래도 옛 부하 직원인데 인사라도 나누시죠."

"……감사합니다."

자신이 지금 하고 싶어 미치는 행위를 허락해 준, 등을 떠밀어 준 종혁에게 진심으로 고마워한 김용재 상무는 성큼성큼 걸어가 서대우 앞에 섰다.

"사, 상무님."

"오랜만이군, 서 과장."

"상무님! 제 이야기 좀 들어 보십시오! 이게 어떻게 된 거냐면……!"

"날 이렇게 엿 먹였다는 건, 결국 나를 아무렇지도 않게 여겼다는 거겠지."

섬뜩!

얼음으로 된 칼날이 서대우의 등골을 베어 낸다.

"아, 아닙니다! 그게 아닙니다!"

"기대해. 삼전이 왜 삼전인지, 내가 왜 삼전의 황태자라 불리는지 알게 해 줄 테니까."

"잠시만요, 상무님!"

"변절자를 잡아 주셔서 감사합니다. 이 사례는 근 시일 내에 꼭 하도록 하겠습니다, 최 대장님. 그럼 전 바빠서 이만. 그럼 가 보겠습니다, 청장님."

"상무님! 상무니임!"

'휘유. 성깔 있으시네.'

하긴 삼전이라는 거대한 그룹을 물려받으려면 저 정도의 성정은 있어 줘야 했다.

'김용재 상무…… 제법 재밌는 대화를 나누게 되겠네.'

악동처럼 웃은 종혁은 오랜 인연인 강철선 검사를 봤다.

"뭘 또 이렇게 행차까지 하셨어요?"

"어떤 분께서 꼬롬하게 굴까 봐 온 거 아이가."

그 말에 얼굴이 더 구겨지는 차장검사.

그가 종혁을 향해 날을 세운다.

"능력 잘 봤어, 최종혁 대장. 앞으로 지켜보지."

그는 거칠게 몸을 돌리며 본청 건물을 빠져나갔다. 종혁과 강철선의 친분이 생각보다 더 두터운 것 같으니 완전히 텄다는 걸 알아차렸기 때문이다.

"어휴, 무셔라."

"됐다, 마. 곧 시골로 내려갈 양반은 쳐다도 보면 안 되는 기라. 부정 탄데이."

'아, 결국 그렇게 되나 보네.'

객기를 부린 대가를 받는 것뿐이니 동정조차 가지 않았다.

"그럼 드가자. 사무실 구경시켜 도."

"하하, 그럴까요? 올라가시죠. 청장님, 그럼 전 이만 올라가 보겠습니다. 충성."

"충성. 취조 끝나면 내 방으로 올라와."

"……옙!"

'또 무슨 말을 하려는 건지…….'

멀어지는 박종명 경찰청장을 보며 혀를 찬 종혁은 이번에도 완벽하게 제 몫을 해내 준 팀원들을 보며 환하게 웃었다.

"그럼 올라갑시다! 마무리해야죠!"

드디어 사건이 마무리됐다.

* * *

경찰청장실.

소파에 앉은 박종명이 무슨 생각을 하는지 눈을 가늘게 뜨고 있다.

똑똑!

"최종혁 대장이 도착했습니다."

"들어와."

문을 열고 종혁이 들어오자 박종명의 입가에 미소가 그려진다.

"취조에 어려움은 없었나?"

"어려울 게 있겠습니까."

증거부터 증인까지 모든 게 명백했고, 서대우 역시 살아남기 위해 협조를 할 수밖에 없었다.

조서는 술술 써질 수밖에 없었다.

"곧 삼전 측에서 텐진의 핸드폰 제조 기업에 대한 고소 절차에 들어갈 겁니다."

서대우는 물론이고, 놈과 관련된 기업들도 기소될 것이다.

"현재 엠바고가 걸려 있는 기사들은 재판이 끝난 이후에나 보도되겠군."

미국발 경제 붕괴가 세계 경제에 악영향을 끼치고 있는 상태다.

특히나 한국은 그 타격을 크게 받아, 원화의 가치가 IMF를 연상시킬 만큼 떨어진 상황.

코스피 지수가 1000포인트 아래로 내려가는 게 아니냐는 말이 나올 만큼 증시가 비명을 지르고 있었다.

이런 상황에서 사건이 완벽히 정리되기 전에 기술 유출이 되었다는 사실이 드러나면, 안 그래도 추락하는 삼전의 주가가 어디까지 주저앉을지 몰랐다.

"아무래도 그러지 않을까 싶습니다. 그리고 서대우에게 달라붙었던 꽃뱀 역시 한국에서 처벌을 받고 싶다고 애원하고 있습니다."

중국에서 마약은 사형.

꽃뱀 벨라는 울고불고 매달리며 간절히 애원했다.

"내가 알아야 할 이야기인가?"

"……죄송합니다."

"차나 들지. 이번에 좋은 찻잎이 들어왔기에 특별히 꺼내 본 거니 한번 맛이나 봐."

"오! 감사히 마시겠습니다."

후룩!

'당연히 알아야 할 이야기지, 이 양반아.'

꽃뱀 벨라에게 당한 기술자가 한 두 명이 아니다.

기술이나 인재를 유출당한 기업들에게 먹잇감으로 던져 주기만 해도 감사 인사를 받을 터.

하지만 이걸 굳이 언급해 줄 필요는 없었다.

그냥 미운 사람인 박종명 경찰청장.

'난 그년에 대해 말했어요. 당신이 듣지 않은 거야.'

종혁은 김용재 상무에게 벨라와 관련된 정보를 그에게 일러 주기로 했다. 혹여나 오빠에게만 알려 줬다고 삐질지도 모르니, 김용재 상무의 여동생인 신화호텔의 김부